DAVID MORRELL
RAMBO
FIRST BLOOD

TRADUÇÃO:
ALEXANDRE CALLARI

PIPOCA &
NANQUIM

RAMBO
FIRST BLOOD

David Morrell

© 1972 by **David Morrell**

Introduction copyright © 1990 by David Morrell

A portion of the introduction first appeared as part of an article by the author in Playboy magazine, copyright © 1988 by David Morrell

© 2025 Pipoca & Nanquim, para a edição brasileira.

Todos os direitos reservados.

É proibida a reprodução total ou parcial desta obra sem autorização prévia dos editores.

Tradução: ALEXANDRE CALLARI
Revisão: RODRIGO COZZATO
Arte da capa: THOBIAS DANELUZ
Design da capa: GUILHERME BARATA
Design da faca do Rambo: JIMMY LILE
Diagramação e projeto gráfico: ARION WU
Assistentes de arte: CAMILA SUZUKI, DANILO DE ASSIS e DIEGO ASSIS
Assistentes editoriais: RODRIGO GUERRINO, GABRIELA KATO, LUCIANE YASAWA e RÔMULO LUIS
Editor: ALEXANDRE CALLARI
Gerente editorial: BERNARDO SANTANA
Direção de arte: ARION WU
Direção editorial: ALEXANDRE CALLARI, BRUNO ZAGO e DANIEL LOPES

Março de 2025

Dados Internacionais de Catalogação na Publicação (CIP)

M873r   Morrell, David
     Rambo: first blood / David Morrell ; tradução por Alexandre Callari. – São Paulo : Pipoca & Nanquim, 2025.
     292 p. : il.

     ISBN: 978-65-5448-077-2

     1. Literatura americana. I. Callari, Alexandre. II. Título.

     CDD: 813
     CDU: 821.111.09

André Felipe de Moraes Queiroz – Bibliotecário – CRB-4/2242

 pipocaenanquim.com.br
youtube.com/pipocaenanquim
instagram.com/pipocaenanquim
editora@pipocaenanquim.com.br

Para Philip Klass e
William Tenn; cada
qual à sua maneira.

PREFÁCIO

Atenção: este texto contém *spoilers* da obra.

No verão de 1968, eu estava com 25 anos e era um estudante de pós-graduação da Universidade Estadual da Pensilvânia. Especializando-me em literatura norte-americana, tinha acabado minha tese de mestrado sobre Ernest Hemingway e começava minha dissertação de doutorado sobre John Barth. Mas, no meu coração, queria mesmo era ser romancista.

Sabia que poucos escritores conseguiam viver do ofício, então decidi tornar-me professor de literatura, uma ocupação em que estaria cercado de livros e que me daria tempo para escrever. Philip Klass, um membro do corpo docente da Penn State, cujo pseudônimo em obras de ficção científica é William Tenn, tinha me fornecido instruções generosas sobre técnicas de escrita. Mas, como Klass me disse, "Posso ensinar como escrever, mas não sobre o que escrever".

Sobre o que eu escreveria?

Por acaso, assisti a um programa de televisão que mudou a minha vida. O programa era *The CBS Evening News* e, naquela lúgubre noite de agosto, Walter Cronkite justapôs duas matérias cuja fricção brilhou na minha mente como um relâmpago.

A primeira mostrava um combate armado no Vietnã. Soldados americanos suados, agachados na selva, disparando com suas M-16s para repelir um ataque inimigo. Tiros em resposta levantavam sujeira e folhas caídas no chão. Médicos corriam para auxiliar os feridos. Um oficial rosnava coordenadas pelo rádio comunicador, exigindo suporte aéreo. A fadiga, a determinação e o medo no rosto dos soldados eram assustadoramente vívidos.

A segunda matéria era sobre um tipo de batalha diferente. Naquele verão úmido, cidades do interior dos Estados Unidos tinham irrompido em violência. Em imagens brutais, oficiais da Guarda Nacional seguravam com firmeza M-16s e andavam ressabiados em meio a destroços de ruas em chamas, desviando-se de pedras, cautelosos contra a presença de atiradores entre os veículos destruídos e os prédios devastados.

Cada reportagem, que por si só já era angustiante o suficiente, ganhou um peso maior quando emparelhada à outra. Ocorreu-me que, se eu tivesse desligado o som, se não tivesse escutado o repórter de cada matéria explicar ao que eu estava assistindo, talvez tivesse pensado que ambas as filmagens eram dois aspectos distintos de um mesmo horror. Um tiroteio nas imediações de Saigon, uma revolta dentro dela. Uma revolta dentro de uma cidade norte-americana, um tiroteio fora. Vietnã e Estados Unidos.

A justaposição me fez decidir escrever um romance em que a Guerra do Vietnã literalmente chegava aos EUA. Não há uma guerra em solo americano desde o final da Guerra Civil, em 1865. Com a América dividindo-se ao meio por causa do Vietnã, talvez fosse o momento de um romance dramatizar a divisão filosófica da nossa sociedade e empurrar a brutalidade da guerra para bem debaixo do nosso nariz.

Decidi que meu personagem catalisador seria um veterano do Vietnã, um boina-verde que, após muitas missões perigosas, teria sido capturado pelo inimigo, escapado e voltado para casa, recebendo a mais alta distinção militar do Exército norte-americano, a Medalha de Honra. Mas ele traria algo consigo do sudeste da Ásia, o que chamamos hoje de transtorno de estresse pós-traumático. Assombrado por pesadelos do que havia feito na guerra, amargurado pela indiferença humana e pela hostilidade ocasional em relação ao sacrifício que fizera por seu país, este homem se colocaria à margem da sociedade para vagar pelas estradas da nação que tanto amava. Ele deixaria o cabelo crescer, pararia de se barbear, levaria poucas posses num saco de dormir enrolado, pendurado sobre o ombro, e teria a aparência do que chamávamos na época de *"hippie"*. No que pensei levemente como uma alegoria, ele representaria os descontentes.

Seu nome seria... Me perguntam isso o tempo todo. Uma das línguas em que me graduei na faculdade foi o francês e, numa tarde de outono, enquanto fazia uma tarefa do curso, fiquei surpreso ao perceber a diferença da escrita e da pronúncia do nome do autor que estava lendo: Rimbaud. Uma hora depois, minha esposa chegou em casa, voltando do mercado. Ela mencionou que havia comprado algumas maças de um tipo que nunca escutara falar: rambo. O nome de um autor francês e o nome da maçã colidiram, e reconheci a força sonora disso.

Se Rambo representava os descontentes, eu precisaria de um personagem contrastante para representar o *establishment*. Outra matéria, dessa vez impressa, despertou a minha indignação. Numa cidade a sudoeste do país, um grupo de *hippies* pedindo carona havia sido apanhado pela polícia local, despido, lavado com uma mangueira e tosquiado — não só a barba, mas também os cabelos. Então eles receberam as roupas de volta, foram levados até uma estrada deserta e deixados para caminhar até a próxima cidade, a cinquenta quilômetros de distância. Lembrei-me das provocações que meu próprio bigode, que deixara crescer recentemente, e meus cabelos longos haviam me angariado. "Por que não corta esse cabelo? Você por acaso é uma mulher?" Perguntei-me qual teria sido a reação de Rambo se, após arriscar a vida a serviço do país, fosse sujeitado aos mesmos insultos que aqueles *hippies* receberam.

Em meu romance, a representação do *establishment* tornou-se um chefe de polícia, Wilfred Teasle. Cansado de estereótipos, queria que ele fosse um personagem tão complexo quanto a ação permitisse. Tornei Teasle velho o bastante para ser pai de

Rambo. Isso criou uma lacuna entre gerações, cuja dimensão foi ampliada pelo desejo do policial de ter tido um filho. A seguir, decidi que Teasle seria um herói da Guerra da Coreia, tendo recebido a Medalha de Serviço Distinto, inferior somente à Medalha de Honra do Rambo. Há diversas outras facetas na personalidade de Teasle e, em cada uma delas, a intenção foi torná-lo tão motivado e gerar tanta empatia quanto o protagonista, pois os pontos de vista que dividiam o país vinham de convicções profundamente arraigadas.

Para dar ênfase a essa polaridade, estruturei o romance de modo que a perspectiva de Rambo fosse seguida pela de Teasle; uma cena de Rambo, outra de Teasle, e assim por diante. Esperava que essa tática fizesse com que o leitor se identificasse com cada um dos personagens e se sentisse ambivalente quanto a eles. Quem era o herói e quem era o vilão, ou ambos eram heróis, ou ambos vilões? O confronto final entre Rambo e Teasle mostraria que, naquela versão em microcosmo da Guerra do Vietnã e das posturas dos Estados Unidos para com ela, a escalada das forças resultaria em desastre.

Ninguém venceria.

Por conta dos rigores da pós-graduação, só consegui completar o livro depois que me formei na Penn State, em 1970, e dei aulas na Universidade de Iowa por um ano. Após a publicação, em 1972, o livro foi traduzido para 21 línguas e, mais tarde, tornou-se a base para um filme bastante conhecido.

Este demorou uma década para ser feito. Eu havia vendido os direitos para a Columbia Pictures em 1972. Um ano depois, a Columbia os vendeu para a Warner Bros. Então, a Warner vendeu... Bem, ao longo de dez anos, o romance passou por três companhias de cinema, dezoito roteiros e por vários diretores, como Richard Brooks, Martin Ritt, Sydney Pollack e John Frankenheimer. Enquanto isso, Paul Newman, Al Pacino, Steve McQueen, Clint Eastwood, Robert De Niro, Nick Nolte e Michael Douglas foram considerados para interpretar Rambo. O romance virou lenda em

Hollywood. Como tanto dinheiro e talento podiam ser gastos num empreendimento que, de algum modo, não conseguia sair do papel?

Parte do motivo era a atmosfera predominante nos anos 1970. O envolvimento dos EUA na Guerra do Vietnã acabara mal, e os sentimentos em relação à guerra eram amargos. Os novos filmes que se referiam ao Vietnã (por exemplo, *Amargo Regresso*) refletiam essa atitude. Então, os anos 1980 chegaram. Ronald Reagan virou presidente. Ele prometeu que tornaria os Estados Unidos otimistas mais uma vez. A derrota no Vietnã parecia ter ficado para trás.

Àquela altura, Andrew Vajna e Mario Kassar, dois distribuidores de cinema que tinham alcançado sucesso na Ásia, decidiram virar produtores. Em busca de um projeto, trombaram com *First Blood* e decidiram que, com algumas modificações, a história se daria bem nos EUA. Ainda mais importante, a experiência que tinham no mercado internacional lhes dizia que, se a ação fosse enfatizada, atrairia um grande público em todo o globo.

No processo, certas mudanças foram feitas em relação ao meu romance. O local do filme foi mudado de Kentucky para o noroeste dos EUA (para evitar um inverno rigoroso, o que é irônico, porque a produção teve de ser interrompida devido a uma nevasca). Rambo ganhou o nome John (*"When Johnny Comes Marching Home"**). Ele também se tornou menos letal do que no meu romance. No filme, Rambo joga uma pedra num helicóptero, fazendo com que um atirador demente caia para a morte. Mais tarde, ele tromba um caminhão roubado contra um carro de polícia em perseguição, cheio de policiais em ponto de bala, e eles batem num veículo estacionado no acostamento da estrada. Nenhum desses incidentes está no livro. Essa é a contagem de corpos total do filme. O chefe de polícia — agora um caipira estereotipado — fica seriamente ferido, mas sai com vida. Mas, no meu romance, as baixas são virtualmente incontáveis. Minha intenção era transportar

---

(*) Escrita por Patrick Gilmore (1829 – 1892), foi uma canção muito popular na Guerra Civil Americana. A letra expressa o desejo das pessoas pelo retorno de seus amigos e parentes que lutavam na guerra.

a Guerra do Vietnã para os Estados Unidos. Em contraste, a intenção do filme era fazer com que o público torcesse pelo oprimido.

A mudança mais importante entre meu romance e o filme quase não ocorreu. Estava determinado que não houvesse vencedores, então ambos, Rambo e Teasle, morreriam. No romance, Sam Trautman (pensei nele como uma continuação da alegoria, um "Tio Sam", o oficial das Forças Especiais que treinou Rambo e o tornou quem é) explode a cabeça de seu antigo pupilo com uma espingarda. Uma variação — em que Rambo comete suicídio — foi filmada. Mas as plateias de teste acharam a conclusão muito deprimente. A equipe de filmagens voltou ao Canadá para preparar um novo final, e Rambo sobreviveu. Assim, de forma inadvertida, foi possível gerar as sequências, motivadas pelo sucesso do filme.

A primeira sequência, *Rambo II: A Missão*, de 1985, foi um sucesso internacional de bilheteria. Um filme de ação, cuja intenção era ser entretenimento. Mas, por lidar com um assunto político bastante espinhoso (se havia ou não prisioneiros norte-americanos no Vietnã), também foi extremamente controverso (assim como sua sequência, *Rambo III*, de 1988, que abordava a invasão soviética ao Afeganistão). Mas o presidente Reagan não pareceu dar bola para a polêmica. Certa noite, durante um comunicado televisionado para a imprensa, disse que tinha assistido a um filme do Rambo na noite anterior e agora sabia o que fazer da próxima vez em que houvesse uma crise terrorista com reféns. Infelizmente, muitas pessoas nivelaram os filmes do Rambo com a política militar norte-americana, ao ponto em que, enquanto eu estava numa turnê de lançamento na Inglaterra, em 1986, li pasmo uma manchete no *Times* londrino que dizia *"Jatos Rambo Americanos Bombardeiam a Líbia"*.

Não tive envolvimento com os filmes. Contudo, escrevi uma novelização para cada sequência, a fim de fornecer a caracterização que eles haviam omitido. Sentia ser importante lembrar os leitores do que se tratava originalmente o romance *Rambo*. Nos anos 1970 e início dos 1980, o livro tinha sido adotado por escolas e universidades em todo o país. Durante anos, recebi numerosas cartas de professores, dizendo o quanto seus alunos respondiam aos temas abordados pela história. Mas, em meados da década de 1980, a controvérsia gerada pelos filmes afastou os acadêmicos do livro. Ele deixou de ser incluído como leitura obrigatória, e as cartas pararam. Não que eu me oponha aos filmes. O nível de ação deles não chega nem perto de ser tão extremo quanto os atuais exemplares do gênero. Deixando a política de lado, as ações se parecem bastante com faroestes ou filmes do Tarzan (ainda que, analisando em retrospecto, hoje eu considere que *Rambo III* se parece demais com um filme antigo). Ao mesmo tempo, julgo irônico que um romance sobre polarização política nos EUA (a favor e contra a Guerra do Vietnã) tenha sido a base para filmes que resultaram em polarização similar (a favor e contra Ronald Reagan), uma década após o romance ter sido escrito.

Às vezes, comparo os livros e filmes do Rambo com trens que são parecidos, mas seguem direções diferentes. Às vezes, penso em Rambo como um filho que cresceu e saiu do controle do pai. Às vezes, leio ou ouço o nome Rambo num jornal, numa revista, na rádio ou na televisão — em referência a políticos, economistas, atletas, seja lá quem for — sendo usado como um substantivo, um adjetivo, um verbo, e demoro um instante até que minha mente me recorde de que, se não fosse pelo *The CBS Evening News*, por Rimbaud, pela minha esposa e pelo nome da maçã, se não fosse por Philip Klass e minha determinação de ser um romancista, uma edição recente do *The Oxford English Dictionary* não teria citado este romance como a fonte para a criação da palavra.

Rambo. Complicado, conturbado, assombrado, frequentemente malcompreendido. Se você já ouviu falar dele, mas nunca o encontrou, ele está prestes a surpreendê-lo.

David Morrell
1990

PARTE UM

1

Seu nome era Rambo e, aos olhos de todos, ele não passava de um jovem inútil, parado ao lado de uma bomba de gasolina num posto nos arredores de Madison, Kentucky. Ele tinha barba longa e o cabelo pendia sobre as orelhas, cobrindo o pescoço. Com o dedão erguido, tentava conseguir uma carona de algum carro que parasse para abastecer. Vendo-o ali, apoiado sobre um lado do quadril, com uma garrafa de Coca-Cola na mão e um saco de dormir enrolado no chão, junto de suas botas, ninguém diria que na terça-feira, dali a um dia, a maior parte da força policial do condado de Basalt o estaria caçando. Certamente não seria possível adivinhar que, na quinta-feira, ele estaria fugindo de toda a Guarda Nacional do Kentucky, da polícia de seis condados e de muitos civis que apreciam disparar suas armas. Mas, até aí, vendo-o ali, esfarrapado e empoeirado, ao lado da bomba naquele posto de gasolina, ninguém poderia imaginar o tipo de jovem que Rambo era nem o que estava prestes a dar início a tudo isso.

Mas Rambo sabia que haveria encrenca. Da grande, se alguém não tomasse cuidado. O carro para o qual pedia uma carona quase o atropelou ao sair da bomba. O frentista enfiou um recibo de cobrança e uma cartela de selos comerciais no bolso, e sorriu diante das marcas de pneus deixadas sobre o asfalto quente aos pés de Rambo. Então, o carro de polícia encostou ao lado dele, que, reconhecendo o recomeço do padrão de sempre, enrijeceu.

Não, meu Deus. Desta vez, não. Desta vez não vou deixar que abusem de mim.

O veículo tinha a inscrição CHEFE DE POLÍCIA, MADISON. Ele estacionou ao lado de Rambo — a antena do rádio balançando — e o policial lá dentro inclinou-se sobre o banco dianteiro e abriu a porta do passageiro. Olhou para as botas com crostas de lama, o *jeans* surrado, rasgado nas extremidades e com um remendo numa coxa, a camisa azul suada, manchada com o que parecia ser sangue seco, e a jaqueta de camurça. Mas não era isso que o incomodava. Era outra coisa, a qual não conseguia determinar muito bem.

— Bom... entre aí — ele disse.

Mas Rambo não se moveu.

— Eu disse pra entrar — repetiu o homem. — Deve estar morrendo de calor com essa jaqueta.

Rambo apenas deu um gole na sua Coca, olhou para os carros subindo e descendo a rua, tornou a fitar o policial dentro do veículo e permaneceu onde estava.

— Tem algo errado com seus ouvidos? — perguntou o policial. — Entre antes que me faça ficar azedo.

Rambo o estudou da mesma maneira que ele próprio fora estudado: baixo e corpulento atrás do volante, com rugas ao redor dos olhos e marcas superficiais nas bochechas que davam a elas uma granulação como a de uma tábua de madeira desgastada.

— Não me encare — disse o policial.

Mas Rambo continuou a escrutiná-lo: o uniforme cinza, o botão de cima da camisa aberto, gravata afrouxada, a parte da frente da camisa ensopada de suor. Rambo tentou, mas não conseguiu ver que tipo de arma ele carregava. O policial usava o coldre à esquerda, longe do lado do passageiro.

— Estou avisando — disse o policial. — Não gosto que me encarem.

— Quem gosta?

Rambo tornou a olhar ao redor, então, apanhou seu saco de dormir. Ao entrar no veículo, o colocou entre o policial e si próprio.

— Está esperando há muito tempo? — perguntou o policial.

— Uma hora. Desde que cheguei.

— Poderia ter ficado esperando bem mais. As pessoas daqui não costumam parar para caronistas. Ainda mais com a sua aparência. E é contra a lei.

— A minha aparência?

— Não dê uma de espertinho. Quis dizer que pedir carona é contra a lei. Muitas pessoas param na estrada para um moleque e, quando dão por si, são roubadas ou mortas. Feche a porta.

Rambo deu um lento gole em sua Coca antes de fazer o que lhe fora pedido. Olhou para o frentista, que ainda estava junto à bomba, sorrindo, quando o policial saiu com a viatura, seguindo na direção do centro da cidade.

— Não precisa se preocupar — disse Rambo ao policial. — Não vou tentar roubar você.

— Muito engraçado. Caso não tenha visto o letreiro na porta, sou o Chefe de Polícia Teasle. Wilfred Teasle. Se bem que acho que não faz muito sentido dizer meu nome a você.

Passou direto por uma intersecção em que o sinal ficou amarelo. Lojas se amontoavam de ambos os lados da rua; uma farmácia, um salão de bilhar, uma loja de armas e equipamentos, e dúzias de outras. Além delas, no distante horizonte, montanhas se erguiam, altas e verdes, tocadas aqui e ali por amarelo e vermelho nos pontos em que as folhas tinham começado a fenecer. Rambo observou a sombra de uma nuvem deslizar por sobre elas.

— Para onde está indo? — Ele escutou Teasle perguntar.

— Faz diferença?

— Não. Pensando bem, acho que não faz muita diferença saber disso também. Todavia... para onde está indo?

— Talvez Louisville.

— E talvez não.

— Isso mesmo.

— E onde você dorme? Na mata?

— Isso mesmo.

— Creio que agora seja seguro o bastante. As noites estão ficando mais frias, e as cobras gostam de se entocar, em vez de saírem para caçar. Mesmo assim, um dia desses, talvez você encontre uma parceira em sua cama, que esteja procurando calor corporal.

Eles passaram por um lava-rápido, um supermercado, uma lanchonete *drive-in* com um letreiro do Dr. Pepper na janela.

— Olha só pra esse *drive-in* horroroso — comentou Teasle. — Eles colocaram essa coisa aqui, na avenida principal, e, desde então, só o que temos é essa molecada estacionada, buzinando e jogando lixo nas calçadas.

Rambo bebeu sua Coca.

— Alguém da cidade te deu carona até aqui? — perguntou Teasle.

— Eu caminhei. Estou andando desde o amanhecer.

— Sinto ouvir isso. Pelo menos esta carona vai te ajudar um pouco, certo?

Rambo não respondeu. Ele sabia o que viria a seguir. Eles passaram por uma ponte e um riacho, até a praça da cidade, com um antigo tribunal de pedra na extremidade direita e mais lojas espremidas de ambos os lados.

— A delegacia fica bem ali, ao lado do tribunal — disse Teasle. Mas ele passou reto pela praça e desceu a rua, até que só havia casas, primeiro asseadas e prósperas, depois cabanas de madeira acinzentada, com crianças brincando nos jardins sujos. Subiu uma estrada que ficava entre duas encostas, num ponto em que não havia mais nenhuma moradia, somente campos de milhos atrofiados, ficando marrons sob a luz do sol. E, pouco depois de uma placa que dizia VOCÊ ESTÁ SAINDO DE MADISON. DIRIJA COM SEGURANÇA, Teasle parou no acostamento de cascalho.

— Se cuida — disse ele.

— E fique longe de encrencas — respondeu Rambo. — Não é isso?

— Isso mesmo. Já conhece a rotina. Agora, não preciso perder tempo explicando como caras como você têm o hábito de ser uma perturbação. — Ergueu o saco de dormir que estava entre ambos, colocou-o no colo de Rambo e esticou-se para abrir a porta do passageiro. — Agora se cuida.

Rambo saiu do carro devagar e disse, ao bater a porta:

— Te vejo por aí.

— Não — Teasle respondeu através da janela do passageiro. — Acho que não.

Ele dirigiu a viatura pela estrada, fez um retorno em U, e voltou para a cidade, buzinando ao passar.

Rambo observou o veículo desaparecer pela estrada entre as duas encostas. Bebeu o que restava da Coca, jogou a garrafa numa vala e, com o saco de dormir pendurado sobre o ombro pela corda, começou a retornar à cidade.

2

O ar estava pegajoso por causa da gordura frita. Rambo viu a senhora atrás do balcão espiar por detrás dos óculos bifocais, observando suas roupas, cabelos e barba.

— Dois hambúrgueres e uma Coca — disse a ela.

— Pode fazer para viagem — Ele escutou uma voz às suas costas.

Olhou para o reflexo no espelho que havia atrás do balcão e viu Teasle parado diante da porta de entrada, segurando a tela aberta, apenas para deixá-la bater com um estrondo.

— E faça rapidinho, Merle, por favor — Teasle completou. — O garoto está morrendo de pressa.

Só havia alguns clientes no local, sentados no balcão ou às mesas. Rambo viu o reflexo deles no espelho quando pararam de mastigar e o encararam. Mas, a seguir, Teasle inclinou-se contra a *jukebox* próxima da entrada, e pareceu que nada sério aconteceria, portanto, eles voltaram à comida.

A velha atrás do balcão deixou a cabeça cheia de cabelos brancos pender para o lado, intrigada.

— Ah, Merle... e que tal um cafezinho enquanto está terminando a comida dele? — completou Teasle.

— Tudo o que quiser, Wilfred — respondeu ela, ainda intrigada, e pôs-se a servir o café.

Rambo continuou olhando pelo espelho, enquanto Teasle o encarava. O chefe de polícia tinha um broche da Legião Americana preso na camisa do lado oposto do distintivo. Rambo se perguntou em qual guerra ele havia lutado. Você é um pouco jovem demais para a Segunda.

Ele virou-se e encarou o policial, perguntando e apontando para o broche:

— Coreia?

— Isso mesmo — respondeu Teasle, lisonjeado. E continuaram a se observar.

Rambo desviou o olhar para a lateral esquerda de Teasle e para a arma que usava. Era uma surpresa; não o típico revólver da polícia, mas uma pistola semiautomática, e, a julgar pelo tamanho do cabo, concluiu que era uma Browning nove milímetros. Ele próprio já havia utilizado uma. O cabo era grande porque continha um clipe de treze balas, em vez das sete ou oito que as pistolas costumam ter. Você não conseguiria apagar um homem de uma só vez com um tiro, mas com certeza o machucaria bastante. Mais duas bastariam para terminar o serviço, e você ainda teria outras dez para qualquer um que estivesse por perto.

Rambo tinha de admitir que Teasle também cuidava tremendamente bem dela. O policial tinha 1,67 de altura, talvez 1,70, e, para um cara pequeno, aquela pistola enorme pendurada poderia ficar esquisita, mas nele não ficava. Mas você tem que ser um cara grandão pra segurar com firmeza uma pistola assim, Rambo pensou. E a seguir olhou para as mãos de Teasle, espantado pelo tamanho delas.

— Já avisei você sobre ficar encarando — falou Teasle.

Inclinado contra a *jukebox*, ele descolou a camisa suada do peito. Canhoto, retirou um cigarro de um maço no bolso dela, acendeu e partiu ao meio o palito de fósforo que usou. Então riu em silêncio, balançando a cabeça, divertindo-se, conforme caminhava até o balcão, sorrindo estranhamente para Rambo no banquinho.

— Bem, você com certeza me pregou uma bela peça, não foi? — disse.

— Não era a intenção.

— Claro que não. Mas mesmo assim você me pregou uma bela peça, não?

A velha pôs o café diante de Teasle e olhou para Rambo, perguntando:

— Como quer seus hambúrgueres? Simples ou cheios de mato?

— Como é?

— Simples ou com acompanhamentos?

— Com bastante cebola.

— Como quiser. — Ela foi fritar as carnes.

— Ah, você realmente pregou — comentou Teasle para ele, tornando a sorrir de maneira estranha. — Me pegou de jeito. — Ele fez cara feia para o algodão sujo que escapava de um rasgo no banquinho ao lado de Rambo e sentou-se, relutante. — Digo, você age como se fosse esperto. E fala como se fosse esperto, então, eu naturalmente supus que havia captado a ideia. Mas se arrastou de volta pra cá e me enganou, o que basta pra fazer um sujeito se perguntar se, talvez, você não seja nada esperto. Tem alguma coisa errada contigo? É isso?

— Estou com fome.

— Bom, isso não me interessa nem um pouco — ralhou Teasle, tragando o cigarro. Ele não tinha filtro e, após exalar, o homem recolheu os pedacinhos de tabaco que aderiram aos seus lábios e língua. — Um fulano como você deveria ter mais cabeça e carregar o almoço consigo. Sabe... para quando tiver algum tipo de emergência, como a que tem agora.

Ele apanhou o pote de creme para pôr no café, mas reparou no fundo do pote, e sua boca ficou amarga ao ver coágulos amarelados grudados nele.

— Precisa de um emprego? — perguntou.

— Não.

— Então já tem um emprego.

— Não. Eu não tenho emprego. E não quero um.

— Isso se chama vadiagem.

— Chame como quiser.

As mãos de Teasle bateram no balcão com um som como se fosse um tiro.

— Tome cuidado com essa boca!

Todos no recinto viraram a cabeça na direção dele. Teasle os encarou de volta e sorriu como se tivesse dito algo engraçado. Então inclinou-se sobre o balcão para beber o café.

— Isso dará a eles algo para fofocar. — Ele sorriu e deu outra tragada, tornando a tirar pedaços de tabaco da língua. A piada tinha acabado. — Olha, eu não entendo. Esse seu equipamento, as roupas, o cabelo e tudo o mais. Não sabia quando voltou pela avenida principal que se destacaria como se fosse um negro? Minha equipe me passou um rádio uns cinco minutos após você ter voltado.

— Por que demoraram tanto tempo?

— Olha essa boca — ameaçou Teasle. — Estou avisando.

Ele pareceu prestes a dizer algo mais, mas a velha trouxe um saco de papel cheio pela metade para Rambo, dizendo:

— Um dólar e trinta e um centavos.

— Pelo quê? Por esse sanduíche mirrado?

— Você disse que queria acompanhamentos.

— Só paga a mulher — Teasle falou.

Ela segurou o saco até que Rambo lhe entregasse o dinheiro.

— Certo, vamos — Teasle disse.

— Pra onde?

— Pra onde eu te levar. — Ele esvaziou a xícara em quatro goles rápidos e deixou 25 centavos. — Obrigado, Merle. — Todos ficaram olhando para os dois enquanto saíam pela porta.

— Quase esqueci — emendou Teasle. — Ei, Merle, mais uma coisa. Que tal limpar o fundo daquele pote de creme?

3

A viatura estava parada bem na porta.

— Entre — disse Teasle, puxando sua camisa suada. — Que droga... Pra primeiro de outubro, com certeza está bem quente. Não sei como aguenta usar essa jaqueta.

— Eu não suo.

Teasle o encarou.

— Claro que não. — Ele jogou seu cigarro pela grade de um bueiro no meio-fio e ambos entraram no veículo. Rambo observava o tráfego e as pessoas passando. Após sair do balcão escuro da lanchonete, seus olhos doíam à luz brilhante do sol. Um homem que passava ao lado da viatura acenou para Teasle, que devolveu o gesto e saiu com o veículo, entrando no tráfego. Estava dirigindo rápido desta vez.

Eles passaram por uma loja de equipamentos e um estacionamento de carros usados, por velhos fumando charutos em bancos e por mulheres empurrando crianças nos carrinhos.

— Olha só pra essas mulheres — comentou Teasle. — Um dia quente como este e elas não têm o bom senso de deixar seus filhos dentro de casa.

Rambo não se deu ao trabalho de olhar. Apenas fechou os olhos e se recostou. Quando os abriu, a viatura estava acelerando pela estrada entre as duas encostas, na altura em que o milho atrofiado caía nos campos, após o sinal VOCÊ ESTÁ SAINDO DE MADISON. Teasle parou o carro abruptamente no acostamento e virou-se para ele.

— Agora veja se me entende — ele disse. — Não quero um garoto desempregado com a sua aparência na minha cidade. Logo, logo um bando de amigos seus vai aparecer, pedindo comida, talvez roubando, talvez vendendo drogas. Entenda que estou quase te prendendo por causa do inconveniente que causou. Mas, da forma como vejo, um moleque como você está fadado a cometer uma gafe. Vamos dizer que seu julgamento ainda não se desenvolveu igual ao de um adulto, portanto, tenho que pegar leve. Mas, se voltar, vou te dar tamanho corretivo que você não vai saber se a sua bunda foi chutada, espancada ou bicada pelos corvos. Ficou claro o suficiente? Entendeu?

Rambo apanhou seu almoço e o saco de dormir e saiu do carro.

— Eu fiz uma pergunta — falou Teasle, debruçado no banco do passageiro. — *Quero saber se me ouviu dizendo que não é pra voltar!*

— Eu te ouvi — respondeu Rambo, batendo a porta.

— Então, maldição, faça o que te mandam fazer!

Teasle pisou no acelerador e a viatura saiu do acostamento; pedregulhos voaram sobre o asfalto quente. Ele fez um retorno em forma de U e acelerou de volta para a cidade. Desta vez não buzinou ao passar.

Rambo observou a viatura ficar cada vez menor até desaparecer colina abaixo, entre as duas encostas e, quando não conseguia mais vê-la, olhou para os campos de milho, as montanhas ao longe e o sol branco no céu. Sentou-se na vala, esticando-se sobre a grama coberta de poeira, onde abriu seu saco de papel.

Uma porcaria de hambúrguer. Ele pedira bastante cebola e recebera uma única rodela amassada. A fatia de tomate era fina e amarelada. O pão era oleoso e a carne cheia de cartilagem de porco. Mastigando de forma relutante, olhou para o copo de plástico de Coca, bochechou e engoliu. Tudo desceu como um caroço desagradável. Decidiu que o negócio seria poupar Coca suficiente para os dois hambúrgueres, de modo que não precisasse sentir o gosto de ambos.

Quando acabou, pôs o copo e os dois saquinhos de papel de seda dos hambúrgueres dentro do saco e acendeu um fósforo, ateando fogo em tudo. Ficou parado, estudando as chamas se espalharem, calculando o quão próximo o fogo chegaria de sua mão antes que tivesse de largá-lo. A chama picou seus dedos e eriçou os pelos das costas da mão antes que ele soltasse o saco na grama e o deixasse queimar até virar cinzas. A seguir, as esmagou com a bota, espalhando-as com cuidado assim que se apagaram.

Cristo, ele pensou. Já fazia seis meses que voltara da guerra e ainda tinha a necessidade de destruir o que restara da refeição, para não deixar vestígios de onde estivera.

Meneou a cabeça. Pensar na guerra havia sido um erro. Imediatamente outros hábitos de guerra também lhe vieram à mente... as dificuldades para dormir, acordar ante o menor ruído, precisar dormir a céu aberto, o buraco onde fora mantido prisioneiro ainda fresco em sua cabeça.

— É melhor pensar em alguma outra coisa — disse em voz alta e percebeu que estava falando sozinho. — O que vai ser? Pra qual lado?

Ele olhou na direção em que a estrada se estendia até a cidade, na direção em que se estendia para longe dela, e decidiu-se. Apanhou a corda do seu saco de dormir, jogou-o sobre o ombro e começou a retornar para Madison.

Ao pé da colina que beirava a cidade, árvores se alinhavam na estrada, metade verde, metade vermelho, as folhas avermelhadas adornando os galhos que pendiam sobre a rodovia. É por causa dos escapamentos, ele pensou. Os escapamentos as matam mais rápido. Havia animais mortos aqui e ali na lateral da via, provavelmente atropelados, cobertos por moscas que voavam sob o sol. Primeiro, um gato, malhado como um tigre — ele parecia ter sido um belo gato —, a seguir, um cocker spaniel, então um coelho e um esquilo. Aquilo fora outro presente que a guerra lhe dera. Ele percebia mais as coisas mortas. Não com horror. Apenas curioso sobre como o fim as alcançara.

Ele passou por elas na lateral da estrada, o polegar esticado, pedindo carona. As roupas estavam amareladas de pó, o longo cabelo e a barba tão sujos quanto, e todas as pessoas que passavam davam uma olhadela, sem parar. Então por que você não se limpa?, ele pensou. Faça a barba e corte o cabelo. Dê um jeito nas roupas. Assim vai conseguir caronas. Porque sim. Uma navalha é só mais uma coisa para atrasá-lo, e cortes de cabelo custam dinheiro que você poderia gastar em comida... E, de qualquer maneira, onde você se barbearia...? Não dá pra dormir nas matas e sair delas com a aparência de um príncipe. Mas, até aí, por que andar por aí assim, dormindo nas matas? E, ao pensar naquilo, sua mente moveu-se em círculos e ele estava de volta à guerra. Disse a si para pensar em outra coisa. Por que não dar meia-volta e ir embora? Por que voltar para a cidade? Ela não tem nada de especial. Porque eu tenho o direito de decidir se quero ficar ou não. Não vou deixar que alguém decida por mim.

Mas aquele policial era mais amigável do que os demais foram. Mais razoável. Por que incomodá-lo? Faça o que ele diz.

Só porque ele sorri quando me entrega um saco cheio de merda, não quer dizer que preciso apanhá-lo. Não dou a mínima para o quanto ele seja amigável. O que interessa é o que faz.

Mas você parece mesmo um pouco bruto, como se fosse causar problemas. Ele tem razão.

Eu também tenho. Isso aconteceu comigo em quinze malditas cidades. Esta é a última. Não vou mais deixar que abusem de mim.

Por que não explicar isso para ele e se limpar um pouco? Ou você quer esse problema que está a caminho? Está faminto por ação, é isso? Para que possa mostrar a ele quem é?

Não preciso me explicar nem pra ele nem pra ninguém. Depois do que passei, tenho o direito de não ter que me explicar.

Ao menos conte a ele sobre a sua medalha e o que ela custou a você.

Tarde demais para impedir que sua mente completasse o círculo. Mais uma vez, ele estava de volta à guerra.

4

Teasle o estava esperando. Assim que passara pelo garoto, olhou pelo espelho retrovisor e lá estava ele, um reflexo pequeno e nítido. Mas o garoto não se moveu. Ficou ali estático, na beira da estrada, observando a viatura, apenas ali parado, observando, ficando cada vez menor.

Bem, por que a demora, garoto? Teasle pensou. Vá em frente e dê o fora.

Mas o garoto não o fez. Ficou apenas ali, cada vez menor no reflexo, olhando para o carro. Então, a estrada para a cidade fez uma inclinação aguda entre os rochedos, e Teasle não conseguiu mais ver o reflexo.

Meu Deus, você está planejando retornar de novo, percebeu ele de súbito, balançando a cabeça e dando uma risada. Você está mesmo planejando voltar.

Ele virou numa ruela lateral e dirigiu por um quarto do caminho em meio a uma fileira de casas de madeira. Fez um retorno, deu ré e estacionou de modo que a viatura estivesse virada na direção da estrada principal, de onde saíra. Então, afundou-se atrás do volante e acendeu um cigarro.

A expressão no rosto do garoto. Ele estava realmente planejando voltar. Teasle não conseguia deixar isso para lá.

De onde estava estacionado, conseguia ver tudo que passava pela avenida principal. Não havia muito tráfego; nunca havia nas segundas pela manhã. O garoto não poderia caminhar pela calçada na extremidade oposta e ser ocultado pelos carros que passavam.

Assim, Teasle observou. A rua onde estava parado cruzava com a principal formando um T. Havia carros e caminhões em ambas as direções, uma calçada no lado mais distante, um riacho que fluía paralelo à estrada depois dela e, além, o velho Madison Dance Palace. Ele havia sido condenado no mês passado. Teasle lembrou-se de quando estava no Ensino Médio e trabalhava lá, no estacionamento, nas noites de sexta e sábado. Hoagy Carmichael quase tinha tocado lá certa vez, mas os donos não conseguiram pagar o seu cachê.

Onde está o garoto?

Talvez ele não esteja vindo. Talvez tenha ido embora.

Eu vi a expressão em seu rosto. Ele está vindo, sim.

Teasle deu uma tragada profunda em seu cigarro e olhou para as montanhas verdes e marrons que se avolumavam próximas ao horizonte. Um repentino vento gelado que cheirava a folhas secas soprou e desapareceu a seguir.

— Teasle para delegacia — disse ele no microfone do rádio de seu carro. — A correspondência já chegou?

Como sempre, Shingleton, o operador de rádio do turno do dia, respondeu rápido, sua voz estalando por causa da estática:

— Sim, chefe. Eu já cheguei pra você. Mas temo que não haja nada da sua esposa.

— E do advogado? Ou quem sabe algo da Califórnia, em que ela não tenha posto o nome do remetente do lado de fora.

— Também já olhei isso, chefe. Desculpe. Nada.

— Algo importante que eu deva saber?

— Só um conjunto de semáforos que apagou, mas já pedi que o departamento de obras consertasse.

— Se isso é tudo, ainda vou demorar alguns minutos para voltar.

Esse garoto era um incômodo; ter de esperá-lo... Teasle queria voltar à delegacia e ligar para ela. Agora já fazia três semanas que ela tinha ido embora, e ela prometeu que escreveria no máximo até hoje; contudo, não o fizera. Ele não se importava mais em manter a promessa de não telefonar; ia ligar de um jeito ou de outro. Quem sabe ela tivesse pensado a respeito e mudado de ideia.

Mas ele duvidava disso.

Acendeu outro cigarro e olhou para o lado. Havia mulheres nas varandas das casas observando-o para ver o que ele estava tramando. Decidiu que aquilo era o fim. Jogou o cigarro pela janela da viatura, deu a partida e dirigiu até a avenida principal para descobrir onde diabos estava o garoto.

Em nenhum lugar à vista.

Claro. Ele foi embora e aquela olhadela era só para me fazer pensar que voltaria.

Então, seguiu em direção à delegacia para telefonar e, três quarteirões depois, viu o garoto na calçada à esquerda, recostado a uma cerca de arame farpado sobre o riacho, e a surpresa o fez pisar tão forte nos freios que o carro que vinha atrás bateu na traseira da viatura. O homem que o atingira permaneceu sentado ao volante, com a mão sobre a boca. Teasle abriu a porta e encarou o sujeito por um segundo, antes de ir até o garoto, que ainda estava inclinado sobre a cerca de arame.

— Como você entrou na cidade sem que eu visse?

— Magia.

— Entre no carro.

— Acho que não.

— Pense um pouco mais nisso.

Carros se enfileiraram atrás daquele que batera na viatura. Agora o motorista estava de pé no meio da rua, espiando o para-choque amassado e meneando a cabeça. A porta aberta de Teasle avançava sobre a pista oposta, desacelerando o tráfego. Motoristas buzinavam; clientes e funcionários colocavam a cabeça para fora das lojas ao longo de toda a rua.

— Escute aqui — disse Teasle. — Vou resolver essa bagunça no trânsito. Quando terminar, é melhor que esteja dentro da viatura.

Eles se encararam. A seguir, Teasle estava em cima do sujeito que batera na viatura. O homem ainda balançava a cabeça por causa dos danos.

— Carteira de motorista, documento do veículo e carteira do seguro — Teasle disse a ele. — Por favor. — A seguir, fechou a porta da viatura.

— Mas eu não tive chance de parar.

— Você me seguia perto demais.

— Mas você pisou no freio de repente.

— Não interessa. A lei diz que quem bate atrás está sempre errado. Você estava perto demais.

— Mas...

— Não vou discutir com você — Teasle falou. — Por favor, me entregue sua carteira de motorista, documento do veículo e carteira do seguro. — Ele olhou para o garoto que, claro, tinha desaparecido.

5

Rambo seguiu caminhando em campo aberto para deixar claro que não tentava se esconder. Teasle poderia desistir do jogo àquela altura e deixá-lo em paz; se não o fizesse, bem, então era Teasle quem queria problemas, e não ele.

Andava pela calçada do lado esquerdo, olhando para o riacho lá embaixo que corria veloz e desimpedido sob o sol. Além dele, havia o muro amarelo e recentemente jateado de uma construção com sacadas sobre a água e um letreiro no topo: HOTEL HISTÓRICO MADISON. Rambo tentou imaginar o que havia de histórico num prédio que parecia ter sido erguido no ano anterior.

No centro da cidade, virou à esquerda numa grande ponte laranja, deslizando a mão pela pintura suave e quente da estrutura de metal, até estar na metade do caminho. Próximo a ele, soldado ao trilho, havia uma máquina com uma tampa de vidro, cheia de gomas de mascar redondas. Tirou um centavo do *jeans* e já o ia inserir, mas conseguiu retirá-lo em tempo. Tinha se enganado, a máquina não estava cheia de chicletes, mas de bolas cinzentas de comida para peixe. Havia uma pequena placa de metal presa à máquina, que dizia ALIMENTE OS PEIXES. 10 CENTAVOS. OS LUCROS BENEFICIAM O CORPO JUVENIL DO MUNICÍPIO DE BASALT. JOVENS OCUPADOS SÃO JOVENS FELIZES.

Claro que sim, Rambo pensou. E Deus ajuda quem cedo madruga. Tornou a olhar para a água. Logo a seguir, escutou alguém caminhando em sua direção. Não se deu ao trabalho de ver quem era.

— Entre no carro.

Rambo concentrou-se na água.

— Dê uma olhada em todos os peixes lá embaixo — disse. — Deve haver milhares. Qual o nome daquele grandão dourado? Não pode ser um peixe dourado de verdade. Não desse tamanho.

— Truta Palomino — escutou detrás de si. — Entre no carro.

Rambo mirou ainda mais fundo na água.

— Deve ser um tipo novo. Nunca ouvi falar.

— Ei, garoto. Estou falando com você. Olhe para mim.

Mas Rambo não o fez.

— Eu costumava ir pescar — contou, olhando para baixo. — Quando era jovem. Agora, a maior parte dos rios não tem peixes ou está poluída. A cidade represou este aqui? Por isso há tantos peixes?

Era verdade. A cidade represava o riacho desde quando Teasle conseguia se lembrar. Seu pai costumava levá-lo com frequência para ver os trabalhadores da incubadora de peixes do estado represarem a água. Os trabalhadores carregavam baldes de um caminhão até o riacho, os colocavam na água e esvaziavam, deixando deslizarem para fora peixes do comprimento da mão de um homem, lustrosos e, às vezes, da cor do arco-íris.

— Jesus, *olhe* para mim! — bradou Teasle. Rambo sentiu uma mão segurar a sua manga.

— Tire a mão — disse ele, olhando para a água. Então, sentiu a mão segurando-o novamente, mas, desta vez, virou-se. — Estou avisando. Tire a mão.

Teasle deu de ombros.

— Tudo bem, pode bancar o durão o quanto quiser. Isso não me incomoda em nada. — Ele desenganchou as algemas de seu cinto. — Me dê os seus punhos.

Rambo os manteve na lateral do corpo.

— Estou falando sério. Me deixe em paz.

Teasle riu.

— Falando sério? — repetiu e gargalhou. — Falando sério? Você parece não entender que eu também falo. Mais cedo ou mais tarde você vai entrar naquela viatura. A única dúvida é quanta força eu terei que usar antes que o faça. — Ele pôs a mão esquerda sobre a pistola e deu um sorriso. — É uma coisinha de nada entrar na viatura. Que tal se a gente não perdesse a nossa perspectiva aqui?

As pessoas passando olhavam para ambos, curiosas.

— Você sacaria essa coisa — disse Rambo, olhando para a mão de Teasle sobre a pistola. — No início eu achei que você fosse diferente. Agora, vejo que é igual aos malucos que já encontrei.

— Então você está em vantagem — respondeu Teasle. — Porque eu *nunca* encontrei ninguém como *você*. — Ele parou de sorrir e fechou a enorme mão sobre o cabo da arma. — Anda!

E foi isso. Rambo decidiu. Um deles teria de recuar, do contrário, Teasle se machucaria. Feio.

Ele observou a mão do policial sobre o coldre da pistola e pensou. Seu policial idiota e estúpido, antes que puxe essa arma, posso partir seus dois braços e pernas na altura das juntas. Posso esmagar seu pomo-de-adão e te arremessar da ponte. Daí os peixes realmente teriam algo para comer.

Mas não por isto, ele subitamente disse a si, não por isto. Apenas pensando no que poderia ter feito a Teasle, conseguiu satisfazer sua ira e se controlar. Era um controle do qual não fora capaz antes, e pensar nele o deixou satisfeito também. Seis meses atrás, quando terminou a convalescência no hospital, ele não era capaz de se controlar. Num bar na Filadélfia, um cara o empurrou para ver uma *go-go girl* tirar as calças, e ele quebrou o nariz do sujeito. Um mês depois, em Pittsburgh, tinha cortado o pescoço de um garoto negro que puxara uma faca contra ele quando dormia certa noite ao lado do lago, em um parque. O garoto estava com um amigo que tentou correr, e Rambo o caçou por todo o parque, até finalmente apanhá-lo quando tentava dar a partida em seu conversível.

Não, não por isto, ele disse a si mesmo. Você está bem agora. Foi sua vez de sorrir.

— Tudo bem. Vamos para mais uma carona — ele disse a Teasle. — Mas não sei qual o objetivo dela. Eu simplesmente vou voltar de novo pra cidade.

6

A delegacia de polícia ficava em uma antiga escola. E ainda por cima é vermelha, Rambo pensou, quando Teasle entrou no estacionamento pela lateral. Ele quase perguntou ao policial se pintar a escola de vermelho era uma suposta piada de alguém, mas sabia que nada daquilo era piada e refletiu se deveria tentar sair daquela na base da conversa.

Você nem ao menos gosta deste lugar. Ele nem te interessa. Se Teasle não o tivesse apanhado, você teria passado reto por decisão própria.

Isso não faz diferença.

Os degraus de cimento que levavam à porta dianteira da delegacia lhe pareceram novos, a porta de alumínio certamente era, e, lá dentro, havia uma sala branca brilhante que tinha todo o comprimento do edifício, metade da largura e que cheirava a aguarrás. A sala estava abarrotada de mesas, das quais apenas duas tinham alguém, um policial digitando e outro falando num radiocomunicador que ficava na parede dos fundos, à direita. Ambos pararam ao vê-lo. Rambo apenas ficou aguardando os comentários.

— Bom, eis aí uma visão digna de pena — disse o homem que digitava. A injúria nunca falhava.

— Claro — Rambo respondeu a ele. — E agora você vai perguntar se sou homem ou mulher. E, depois disso, vai dizer que, se eu não tiver dinheiro pra tomar banho e cortar o cabelo, pode me emprestar algum.

— Não é o visual dele que me incomoda — falou Teasle. — É a boca. Shingleton... tem alguma coisa nova que eu deva saber? — perguntou ao sujeito do rádio.

O homem sentou-se reto e rijo. Tinha um rosto retangular quase perfeito e costeletas bem-aparadas logo abaixo das orelhas.

— Carro roubado — respondeu ele.

— Quem está cuidando disso?

— Ward.

— Então tudo bem. — Teasle virou-se para Rambo. — Venha. Vamos acabar com isso.

Eles cruzaram a sala e seguiram por um corredor até a parte traseira do edifício. Passos e vozes vinham de portas abertas de ambos os lados, funcionários administrativos na maior parte das salas, policiais nas demais. O corredor era branco brilhante e a aguarrás cheirava ainda pior; no final dele, havia um andaime debaixo de uma parte verde suja do teto, que fora deixada sem ser pintada. Rambo leu o aviso que estava colado com fita no andaime: ACABOU A TINTA BRANCA, MAS VAI CHEGAR MAIS AMANHÃ, E CONSEGUIMOS A TINTA AZUL QUE VOCÊ QUERIA PARA COBRIR O VERMELHO LÁ FORA.

Teasle abriu a porta do escritório no final do corredor, e Rambo se deteve por um momento.

Você tem certeza absoluta que quer seguir em frente com isso?, ele se perguntou. Não é tarde demais para tentar conversar e se livrar desta.

Sair do quê? Eu não fiz nada errado.

— Bem, vamos. Entre — disse Teasle. — Não era isso que você queria?

Foi um erro não ter entrado imediatamente. Deter-se diante da porta deu a impressão de que estava com medo, e ele não queria isso. Mas agora, se entrasse depois de Teasle ter mandado, daria a impressão de estar obedecendo, e ele não queria isso também.

Entrou antes que Teasle tivesse a oportunidade de mandar mais uma vez.

O teto do escritório quase raspava na sua cabeça, e sentiu-se tão apertado que teve vontade de curvar o tronco, mas não se permitiu fazer isso. O chão tinha um tapete verde e desgastado, como grama aparada próxima demais do solo. À esquerda, atrás da mesa, havia um armário com pistolas. Ele se deteve em uma Magnum .44 e lembrou-se do treinamento de campo das Forças Especiais: a pistola mais poderosa já feita, cujo disparo é capaz de atravessar dez centímetros de madeira ou de derrubar um elefante, mas com um coice tão forte que ele nunca gostou de utilizá-la.

— Sente-se no banco, garoto — falou Teasle. — Vamos começar com o seu nome.

— Me chame apenas de garoto — afirmou Rambo. O banco ficava na parede direita. Ele colocou seu saco de dormir sobre ele e sentou-se extremamente rígido e reto.

— Não tem mais graça, garoto. Fale o seu nome.

— Também sou conhecido como garoto. Pode me chamar assim se quiser.

— Pode apostar que vou. Cheguei a um ponto em que vou te chamar de qualquer porcaria que eu quiser.

7

O garoto era um aborrecimento maior do que ele podia tolerar. Tudo que queria era tirá-lo do escritório para poder telefonar. Eram quatro e meia agora e, considerando o fuso horário, seria o que na Califórnia...? Três e meia, duas e meia, uma e meia... Talvez ela não estivesse na casa da irmã agora. Talvez estivesse fora, almoçando com alguém. Quem?, ele se perguntou. Onde? Era por isso que ele estava passando tanto tempo com aquele moleque, porque estava impaciente para ligar. Não deixe os seus problemas interferirem no serviço. Deixe a sua vida em casa, que é onde ela pertence. Se os seus problemas começarem a fazê-lo se apressar, então é melhor se obrigar a desacelerar e fazer tudo duas vezes melhor.

Neste caso, talvez a regra estivesse compensando. O garoto não queria dar o seu nome, e o único motivo pelo qual as pessoas não dizem o nome é porque têm algo a esconder e não querem ser checadas nos arquivos de fugitivos. Quem sabe ele fosse mais do que um garoto que não estava disposto a escutar. Bem, ele descobriria, independentemente do tempo que levasse. Sentou-se no canto da mesa, em oposição ao garoto no banco, e acendeu calmamente um cigarro, perguntando:

— Quer um?

— Eu não fumo.

Teasle assentiu e tragou preguiçosamente o cigarro.

— Que tal tentarmos mais uma vez. Qual é o seu nome?

— Não é da sua conta.

Santo Deus, Teasle pensou. Ele levantou-se da mesa, apesar de contrariado, e deu alguns passos em direção ao garoto. Vá devagar, disse a si mesmo. Mantenha a calma.

— Você não disse isso. Não acredito que realmente escutei isso.

— Você me escutou bem. Meu nome é só da minha conta. Você não me deu motivo pra que o tornasse da sua.

— Você está falando com o chefe de polícia.

— Não é motivo suficiente.

— É o melhor motivo do planeta — disse ele. Então, esperou que o rubor em seu rosto amainasse e falou baixinho — Me dê a sua carteira.

— Eu não tenho.

— Me dê a sua identidade.

— Também não tenho.

— Sem carteira de motorista, sem cartão do seguro social, sem certidão de nascimento, sem...

— É isso aí — interrompeu-o o garoto.

— Não me venha com essa. Me dê a sua identidade.

Agora Rambo nem estava se dando ao trabalho de olhar para ele. Estava virado na direção do armário de armas, apontando para a medalha acima da fileira de troféus de tiro.

— A Medalha de Serviço Distinto. Pelo visto a Coreia foi um inferno pra você, não?

— Certo — disse Teasle. — De pé. — Era a segunda medalha de condecoração mais alta que se podia ter. Só a Medalha de Honra ficava acima dela. *Para o Sargento-Mestre do Corpo de Fuzileiros Navais, Wilfred Logan Teasle. Pela liderança valente e notável frente ao fogo inimigo*, dizia a citação dela. *Campanha do Reservatório de Chosin, 6 de dezembro de 1950*. Aquilo aconteceu quando ele tinha vinte anos, e não deixaria nenhum moleque que não parecia muito mais velho que isso zombar dela. — De pé. Estou cansado de te mandar fazer as coisas duas vezes. Fique de pé e esvazie os bolsos.

O garoto deu de ombros e levantou-se lentamente. Ele foi de um bolso do seu *jeans* para o outro, virando-os para fora, e não havia nada.

— Você não mostrou os bolsos da jaqueta. — afirmou Teasle.

— Meu Deus, você está certo. — Quando os virou para fora, apareceram dois dólares e vinte e três centavos, e uma caixinha de fósforos.

— Por que os fósforos? — inquiriu Teasle. — Você disse que não fumava.

— Preciso deles pra fazer fogo e cozinhar.

— Mas você não tem dinheiro nem trabalho. Onde consegue comida pra cozinhar?

— O que espera que eu diga? Que eu roubo?

Teasle olhou para o saco de dormir do garoto sobre o banco, supondo que era onde os documentos de identificação estavam. Ele o desamarrou e desenrolou no chão. Havia uma camisa limpa e uma escova de dente. Quando começou a apalpar a camisa, o garoto disse:

— Ei. Eu fiquei muito tempo passando essa camisa. Cuidado pra não enrugar. — E, de repente, Teasle sentiu que estava cansado dele. Ele pressionou o interfone sobre a mesa.

— Shingleton, você deu uma boa olhada nesse garoto quando ele entrou. Transmita a descrição dele pelo rádio para a central de polícia. Diga que eu o quero identificado o mais rápido possível. E aproveite pra checar se ele combina com alguma descrição que a gente tenha nos arquivos. Ele não tem emprego ou dinheiro, mas parece estar bem nutrido. Quero saber o motivo.

— Então você está determinado a forçar isso ainda mais? — perguntou o garoto.

— Errado. Não sou eu quem está forçando nada.

8

O Juiz de Paz tinha ar-condicionado. Ele zumbia um pouco, chacoalhava de vez em quando e deixava o escritório tão gelado que Rambo estremeceu. O homem atrás da mesa vestia um suéter azul maior que seu tamanho. Seu nome era Dobzyn, conforme dizia a identificação na porta. Estava mascando tabaco, mas, assim que deu uma olhada em Rambo entrando, parou de mastigar.

— Ora, ora, ora — disse ele, rolando para trás sua cadeira de rodinhas. — Quando você telefonou, Will, devia ter me dito que o circo estava na cidade.

Sempre vinha alguma gracinha. Sempre. Aquele negócio estava realmente ficando fora de controle, e ele sabia que tinha de ceder logo, e que isso pouparia bastante incômodo para si. Mas lá vinha mais merda sendo jogada, eles nunca deixavam passar e, por Deus, ele não ia mais aturar aquilo.

— Escute, filho — Dobzyn dizia. — Eu preciso mesmo te fazer uma pergunta. — Ele tinha o rosto bem redondo. Ao falar, deslizou o tabaco que mascava para um lado da bochecha, e essa lateral do rosto ficou inchada. — Vejo essa molecada na televisão fazendo passeatas, revoltas e...

— Não faço passeatas.

— O que quero saber é se esse cabelo não pinica a tua nuca. Sempre a mesma pergunta.

— Pinicava no início.

Dobzyn coçou a testa e pensou na resposta.

— É... acho que dá pra se acostumar com qualquer coisa, se você quiser. E quanto à barba? Não fica coçando nesse calor?

— Às vezes.

— Então por que a deixou crescer?

— Tenho irritação de pele e por isso não posso raspar.

— Que nem eu, tenho um espinho no traseiro e não consigo tirar — comentou Teasle, junto à porta.

— Espere um pouco, Will. Quem sabe ele esteja dizendo a verdade.

Rambo não resistiu.

— Não estou.

— Então por que disse isso tudo?

— Estou cansado de pessoas me perguntando por que deixei a barba crescer.

— *Por que* deixou a barba crescer?

— Tenho irritação de pele e por isso não posso raspar.

Dobzyn ficou com a expressão de quem havia tomado um tapa na cara. O ar-condicionado chiava e chacoalhava.

— Ora, ora, ora — disse baixinho, estendendo as palavras. — Acho que pedi por essa, não foi, Will? — Ele tentou dar uma breve risadinha. — Caí direitinho, com certeza. — Mascava seu tabaco. — Qual é a acusação, Will?

— Há duas. Vadiagem e resistir à prisão. Mas essas são só pra segurá-lo enquanto descubro se ele é procurado em algum lugar. Meu palpite é roubo.

— Vamos cuidar da vadiagem primeiro. Você é culpado, filho?

Rambo disse que não.

— Você tem emprego? Tem mais do que dez dólares?

Rambo disse que não.

— Então não tem como contornar esta situação, filho. Você é um vagabundo. Isso vai lhe custar cinco dias de cadeia ou quinze dólares. Qual vai ser?

— Acabei de dizer que não tenho dez, então onde diabos eu conseguiria quinze?

— Isto é uma corte — bradou Dobzyn repentinamente, inclinando-se para frente em sua cadeira. — Não vou tolerar linguajar abusivo na minha corte. Mais uma palhaçada dessas e vou acusá-lo de desacato. — Logo depois, tornou a recostar-se e refletiu, mascando mais uma vez. — Da forma como está, não vejo como ignorar essa sua atitude enquanto estou dando uma sentença. Que nem esse negócio de resistir à prisão.

— Sou inocente.

— Não perguntei nada ainda. Espere até que eu pergunte. Qual é a história dessa resistência, Will?

— Eu o apanhei pedindo carona. Fiz um favor e o levei até a fronteira da cidade. Achei que seria melhor pra todo mundo se ele continuasse em frente. — Teasle inclinou um quadril contra o trilho barulhento que separava o escritório da sala de espera, próximo da porta. — Mas ele voltou.

— Eu tenho esse direito.

— Então eu o levei pra fora da cidade de novo, e ele voltou de novo. Aí, quando pedi que entrasse na viatura, ele se recusou. Enfim tive de ameaçar usar a força pra que ele escutasse.

— Você acha que eu entrei no carro por estar com medo de você?

— Ele não me disse seu nome.

— Por que deveria?

— Diz que não tem carteira de identidade.

— Por que diabos eu preciso de uma?

— Ouçam... não posso ficar a noite inteira sentado aqui enquanto os dois se provocam — Dobzyn falou. — Minha esposa está doente e eu devia estar em casa fazendo o jantar para as crianças às cinco. Já estou atrasado. Trinta dias de cadeia ou multa de duzentos dólares. Qual vai ser, filho?

— Duzentos? Cristo, eu acabei de dizer que não tenho nem dez.

— Então vão ser trinta e *cinco* dias de cadeia — Dobzyn disse e levantou-se, desabotoando o suéter. — Estava prestes a cancelar os cinco dias por vadiagem, mas sua atitude é intolerável. Tenho que ir. Estou atrasado.

O ar-condicionado começou a chacoalhar mais do que a zumbir, e Rambo não soube dizer se estava tremendo de frio ou de raiva.

— Ei, Dobzyn — chamou ele, pegando o homem enquanto estava de saída. — *Ainda estou esperando que me pergunte se sou culpado por resistir à prisão.*

9

As portas de ambos os lados do corredor estavam fechadas. Ele passou pelo andaime dos pintores, perto do final do corredor, e foi para o escritório de Teasle.

— Desta vez, não. Você vai por aqui — disse o chefe de polícia, e apontou para a última porta à direita, uma porta com barras e uma pequena janela na parte superior. Foi destrancá-la com sua chave, mas viu que ela já estava um quarto aberta. Balançando a cabeça de desgosto, abriu-a e conduziu Rambo por uma escadaria com corrimão de ferro, luzes fluorescentes e degraus de cimento que levavam para baixo. Assim que ele entrou, Teasle veio atrás, trancou a porta e ambos desceram; seus passos ecoando ao rasparem nos degraus de cimento.

Rambo escutou o jato antes de chegar ao porão. O chão de cimento estava molhado e refletia as luzes fluorescentes. Na extremidade mais distante, havia um policial esfregando o chão de uma cela, a água escorrendo por entre as barras e descendo por um ralo. Quando viu Teasle e Rambo, desligou a mangueira; a água descreveu um arco amplo e parou abruptamente. A voz de Teasle ecoou:

— Galt. Por que a porta lá de cima estava aberta de novo?

— Eu deixei...? Nós não temos outros prisioneiros. O último acabou de acordar e eu o liberei.

— Não importa se temos prisioneiros ou não. Se adquirir o hábito de deixá-la aberta quando aqui estiver vazio, então pode acabar se esquecendo de trancar quando houver alguém, então quero aquela porta sempre trancada. Não gosto de dizer isto... Pode ser difícil se adaptar a um novo trabalho e a uma nova rotina, mas se você não aprender a tomar cuidado rápido, vou ter que procurar outra pessoa.

Rambo estava com tanto frio quanto no escritório de Dobzyn, tremendo. As luzes no teto eram próximas demais da sua cabeça; mesmo assim, o local parecia escuro. Ferro e cimento. Deus, ele jamais deveria ter deixado Teasle levá-lo até lá embaixo. Ao sair da sala da corte, deveria tê-lo atacado e fugido. Qualquer coisa, mesmo ser um fugitivo, seria melhor do que trinta e cinco dias ali embaixo.

Que diabos você esperava?, ele disse a si próprio. Você pediu por isto, não foi? Você não cedeu.

Pode apostar que não cedi. E ainda não vou ceder. Só porque vou estar trancado, não quer dizer que esteja acabado. Vou enfrentar isto aqui até o fim. Quando estiver pronto para me deixar ir embora, ele vai estar feliz por livrar-se de mim.

Claro que você vai lutar, claro. Que piada. Dê uma olhada em si próprio. Você já está tremendo. Já sabe o que este lugar o faz lembrar. Dois dias naquela cela úmida e vai estar molhando as calças.

— Você precisa entender que não posso ficar aqui. — Ele não conseguiu se segurar. — A umidade. Não vou suportar ficar perto dela. — O buraco, ele estava pensando, sentindo seu escalpo vivo. A grade de bambu sobre a abertura. Água pingando em meio à sujeira, as paredes desmoronando, todo aquele barro pegajoso onde ele tinha de tentar dormir.

Conte a ele, pelo amor de Deus.

Vá se foder, você quer dizer "implore a ele".

Claro, agora que já é tarde demais, o garoto cai em si e tenta sair dessa na base da conversa. Teasle não conseguia superar o quanto tudo fora desnecessário, o quanto o garoto realmente tinha se esforçado para ir parar lá embaixo. — Agradeça por estar tudo molhado — disse ele ao garoto. — Que lavamos tudo. Apanhamos os beberrões de final de semana e, na segunda, quando os botamos para fora, eles já vomitaram em todo o lugar.

Ele olhou para as celas e a água no chão fazia com que parecessem limpas, reluzentes.

— Você pode ser negligente com aquela porta lá em cima, Galt — disse ao homem. — Mas com certeza mandou bem nessas celas. Faça-me o favor de ir lá em cima e trazer uma roupa de cama e um uniforme pro garoto? Você — dirigiu-se a Rambo — acho que a cela do meio está ótima. Entre, tire as botas, calças e jaqueta. Fique de meias, cueca e camiseta. Pode tirar qualquer joia, colar no pescoço, relógio... Galt, o que você está olhando?

— Nada.

— E as coisas que lhe pedi?

— Só estava observando. Vou buscar. — Ele apressou-se escadaria acima.

— Não vai pedir que ele tranque a porta? — perguntou o garoto.

— Não preciso.

Teasle escutou o barulho da porta sendo destravada. Aguardou e então a ouviu sendo trancada logo a seguir.

— Comece com as botas — ordenou ao garoto.

O que mais ele esperava? Rambo tirou a jaqueta.

— Lá vamos nós de novo. Falei pra começar pelas botas.

— O chão está molhado.

— E mandei que entrasse ali.

— Não vou entrar lá antes que seja preciso. — Ele dobrou a jaqueta, olhou feio pra água no chão e a colocou sobre os degraus. Deixou as botas ao lado dela, tirou a calça *jeans* e também a dobrou, pondo sobre a jaqueta.

— O que é essa cicatriz enorme acima do joelho esquerdo? — Teasle perguntou. — O que aconteceu?

O garoto não respondeu.

— Parece uma cicatriz de tiro. Onde foi que a conseguiu?

— Minhas meias estão ficando molhadas neste chão.

— Então tira.

Teasle teve de dar um passo atrás para evitar ser atingido por elas.

— Agora tire a camiseta — ele falou.

— Por quê? Não vai me dizer que ainda está procurando meus documentos.

— Digamos que eu gosto de uma revista bem-feita e quero ver se está escondendo algo debaixo dos braços.

— Tipo o quê? Maconha?

— Quem sabe? Já aconteceu.

— Bem, não comigo. Larguei essa parada há muito tempo. Diabos, é contra a lei.

— Engraçadinho. Tira a porcaria da camiseta.

Enfim o garoto fez o que lhe foi dito. O mais devagar possível, claro. Os músculos de seu estômago eram definidos e havia três cicatrizes em seu peito.

— De onde *essas* vieram? — perguntou Teasle, surpreso. — Cicatrizes de faca. O que você andou aprontando?

O garoto apertou os olhos por causa das luzes e não respondeu. Em seu peito havia um triângulo de pelos pretos. Duas das cicatrizes cortavam através dele.

— Levante os braços e vire-se — mandou Teasle.

— Isso não é necessário.

— Se houvesse uma maneira mais rápida de te revistar, com certeza eu teria encontrado. Vire-se.

Havia dúzias de pequenas cicatrizes nas costas dele.

— Jesus! O que está acontecendo aqui? — Teasle exclamou. — Isso são marcas de açoite. Quem andou te chicoteando?

O garoto continuou sem responder.

— Aposto que vai ser um relatório interessante esse que a polícia vai nos mandar sobre você. — Ele hesitou. Agora vinha a parte que odiava. — Tudo bem, abaixe a cueca.

O garoto o encarou.

— Não me venha com cara feia — disse o policial, em reprovação. — Todo mundo tem que passar por isto e todo mundo continua sendo virgem quando eu termino. Só abaixa a cueca. Aí está bom, pode parar na altura dos joelhos. Não quero ver mais do que preciso. Segura o saco pro alto. Vou ver se tem alguma coisa escondida aqui. Use só uma mão, não as duas. E só a ponta dos dedos.

Mantendo-se longe, Teasle examinou a virilha do garoto de diversos ângulos. Os testículos estavam erguidos e esticados. Agora vinha a pior parte. Ele poderia pedir que alguém como Galt o fizesse, mas não gostava de passar serviço sujo para os outros.

— Vire de costas e curve-se.

O garoto realmente o encarou feio.

— Vá curtir suas taras com outra pessoa. Não vou mais aturar isso.

— Vai, sim. Exceto por algo que possa ter escondido lá, não estou interessado no seu traseiro nem em nada mais. Só faça o que mando. Agora vire de costas e abra essas bandas. E pode apostar que não é uma vista que eu curta. Pronto. Sabe, quando eu trabalhava em Louisville, certa vez tive um prisioneiro que trazia uma faca de sete centímetros enfiada dentro de si. Sempre quis saber como ele conseguia sentar.

Lá em cima, Galt estava destrancando a porta.

— Certo. Você está limpo — disse Teasle ao garoto. — Pode vestir a cueca.

Teasle escutou Galt fechar, trancar a porta e descer arrastando os calçados no cimento. Ele trazia consigo um par de roupas para detentos, um colchão fino, um lençol impermeável e um cobertor cinza. Olhou para o garoto ali, parado só de cueca, e disse a Teasle:

— Ward acabou de fazer um chamado. Furto de veículo. Ele o encontrou na pedreira ao norte daqui.

— Diga a ele para aguardar e peça ao Shingleton para solicitar uma equipe de perícia da polícia estadual.

— O Shingleton já ligou.

Galt entrou na cela e o garoto foi atrás, seus pés descalços fazendo ruído ao espalhar a água no chão.

— Ainda não — disse Teasle a ele.

— Bem, decida-se. Primeiro me quer lá dentro. Agora não quer que eu entre. Queria que se decidisse logo.

— O que quero é que vá até aquele chuveiro ali no canto. E que tire sua cueca e se lave bem, antes de vestir um uniforme limpo. E vê se lava esse seu cabelo. Quero que esteja limpo antes que eu tenha de tocá-lo.

— Como assim "tocá-lo"?

— Vou ter de cortar.

— Do que você está falando? Não vai cortar o meu cabelo. Não vai chegar nem perto da minha cabeça com uma tesoura.

— Já disse que todo mundo passa por isso. De ladrões de carro a bêbados, todos são revistados que nem você, tomam banho e ganham um corte de cabelo. O colchão que vamos lhe dar está limpo e o queremos de volta limpo, sem pulgas ou carrapatos que você possa ter pegado nesses campos, galpões ou sabe-se lá Deus onde tem dormido.

— Você não vai cortar meu cabelo.

— Com um pouquinho de encorajamento posso conseguir que você passe mais trinta e cinco dias aqui. Foi você quem procurou isso, agora aprenda a lidar. Por que não cede e facilita um pouco as coisas pra nós dois? Galt, vá lá em cima e pegue tesouras, creme de barbear e uma navalha, ok?

— Só vou concordar com o banho — alertou o garoto.

— Por enquanto vai bastar. Uma coisa por vez.

Enquanto Rambo ia lentamente até o chuveiro, Teasle tornou a observar as marcas de chibatas em suas costas. Já eram quase seis horas. A polícia estadual logo responderia.

Pensando na hora, refletiu que eram três na Califórnia, inseguro se devia ou não telefonar. Se ela tivesse mudado de ideia, teria entrado em contato com ele. Então, se ele ligasse, só estaria pondo pressão e afastando-a ainda mais.

Ao mesmo tempo, tinha de tentar. Quem sabe mais tarde, quando tivesse acabado com o garoto, ele telefonaria e só bateria papo, sem mencionar o divórcio.

Quem você está enganando? A primeira coisa que vai perguntar é se ela mudou de ideia.

Enquanto isso, o garoto abriu a torneira.

10

O buraco tinha três metros de profundidade e mal era largo o bastante para que ele se sentasse com as pernas estendidas. De noite, eles ocasionalmente vinham com lanternas para espiá-lo por entre a grade de bambu. Pouco após o amanhecer, eles tiravam a grade e o içavam para fazer as tarefas domésticas. Era o mesmo acampamento na selva onde ele fora torturado; as mesmas cabanas chapeadas e montanhas verdejantes. Por algum motivo pelo qual ele não entendera no início, haviam tratado seus ferimentos enquanto estava inconsciente; os cortes em seu peito onde um oficial o perfurara repetidamente com uma faca, rasgando-o na linha das costelas; as lacerações em suas costas, onde o oficial subitamente o açoitara.

Açoitara. Sua perna estava com uma terrível infecção, mas, quando eles abriram fogo contra a sua unidade e o capturaram, nenhum osso fora atingido, só músculos, e, com o tempo, ele conseguia mancar por aí.

Agora eles não o interrogavam mais, não o ameaçavam e nem sequer falavam com ele. Sempre faziam gestos, mostrando o que ele tinha de fazer: tirar o lixo da cozinha, limpar latrinas, acender fogueiras para cozinhar. Ele achava que o silêncio deles era algum tipo de punição por ele fingir que não entendia a sua língua. Mesmo assim, à noite, em seu buraco, ele escutava as conversas e, a partir dos fragmentos de palavras, ficou feliz ao descobrir que, mesmo quando estivera inconsciente, nunca lhes dissera o que queriam saber. Depois da emboscada e de sua captura, o resto da unidade devia ter seguido para seu objetivo, pois ele logo começou a escutá-los falar sobre a explosão de fábricas e de como aquele acampamento era um dos muitos nas montanhas vigiando outros destacamentos americanos.

Logo o puseram para fazer trabalhos mais pesados; davam menos comida e o faziam trabalhar mais, só que dormindo menos. Havia passado tempo demais para que ele soubesse onde sua equipe poderia estar. Já que ele não podia lhes dar informações, haviam cuidado dos seus ferimentos para que pudessem brincar um pouco mais com ele, descobrindo quanto labor ele suportaria antes que isso o matasse. Bem, ele os faria esperar um bom tempo. Não havia muito que pudessem fazer que seus instrutores já não tivessem feito. A escola das Forças Especiais e os oito quilômetros que ele tinha de correr antes do café da manhã, os dezesseis quilômetros *depois* do café da manhã, regurgitando a comida conforme corria, mas com cuidado para não sair da formação porque, para qualquer um que o fizesse por sentir-se nauseado, a penalidade era mais dezesseis quilômetros. Escalar torres altas, gritar seu número de identificação para o encarregado, saltar com as duas pernas unidas, os pés juntos, os cotovelos apertados, berrando "Mil e um, mil e dois, mil e três, mil e quatro" enquanto caía, o estômago chegando à garganta, o paraquedas se abrindo e impelindo-o para cima pouco antes de chegar ao chão. Trinta flexões de braço para cada lapso na rotina, mais uma em que gritava "Pelos Airborne!". Mais trinta flexões se o grito fosse fraco, e mais uma com o grito "Pelos Airborne!". No refeitório, no banheiro, em qualquer lugar os oficiais aguardavam, gritando abruptamente "Pode pagar", e ele entrava na postura de flexão, gritando "Mil e um, mil e dois, mil e três, mil e quatro", e continuava até ser dispensado, quando então berrava "Sim, senhor!" e saía numa corrida, bradando, "Airborne! Airborne! Airborne!". Saltos de dia em florestas. Saltos de noite em pântanos. Viver neles por uma semana tendo só uma faca como equipamento. Aulas sobre armas, explosivos, vigilância, interrogatório, combate corporal. Um pasto, ele e os demais cadetes segurando facas. Entranhas e estômagos espalhados pelo campo, animais ainda vivos, guinchando. Carcaças ocas e a ordem para entrar nelas, enrolar-se na carcaça e embeber-se no sangue.

Esse era o ponto em que você se tornava um boina-verde. Ele era capaz de aguentar qualquer coisa. Mas cada dia no acampamento na selva o deixava mais fraco e, enfim, começou a temer que seu corpo não fosse mais suportar. Mais trabalho, mais trabalho pesado, menos comida, menos sono. Sua visão começou a ficar cinzenta e borrada. Ele falava sozinho e gemia. Após três dias sem comer, jogaram a ele uma cobra dentro do buraco, e o assistiram torcer a cabeça dela e devorar o corpo cru. Ele só conseguiu manter um pouco dela no estômago. Foi só mais tarde — alguns minutos, alguns dias, o tempo era igual — que se perguntou se ela era venenosa ou não. Ela, os insetos que encontrava no buraco e os pedaços de lixo que ocasionalmente jogavam... aquilo foi tudo que o manteve vivo pelos dias que se seguiram — ou semanas, ele não saberia dizer. Arrastando uma árvore caída pela selva até o acampamento, permitiram que ele apanhasse algumas frutas e, de noite, teve disenteria. Ficou num estupor em seu buraco, atolado no próprio excremento, escutando-os falar sobre a sua estupidez.

Mas ele não fora estúpido. No delírio, sua mente parecia melhor do que jamais estivera desde a captura, e a disenteria tinha sido intencional. Ele comera apenas o bastante para que ela fosse moderada, de modo que, no dia seguinte, quando o içassem, poderia fingir ter dores mais severas do que eram de fato. Assim, colapsaria enquanto estivesse arrastando árvores mortas para o acampamento. Talvez não o fariam trabalhar por um tempo. Quem sabe seu guarda o deixasse na selva e fosse procurar alguém no acampamento para ajudá-lo a carregar a árvore e, quando retornasse, ele já teria conseguido escapar.

Mas aí ele percebeu que sua mente não estava nem um pouco melhor. Ele havia comido frutas demais e as dores de barriga ficaram piores do que esperava, ele não conseguiria mais trabalhar e o guarda provavelmente atiraria nele. Ou, mesmo se conseguisse escapar, quanto tempo duraria, até onde chegaria, faminto, semimorto e com diarreia? Ele não lembrava se tinha percebido tudo aquilo antes ou depois. Tudo ficou confuso e, de repente, estava sozinho, atravessando a selva aos tropeços e colapsando num riacho. A próxima coisa da qual se lembra era de estar rastejando por samambaias, subindo um rochedo, chegar ao cume, cair na grama, levantar-se de novo, lutando para permanecer de pé, e então subir outro rochedo de quatro, incapaz de ficar de pé, somente de rastejar. As tribos das montanhas, pensou. Encontre uma tribo, era só nisso que ele conseguiu pensar.

Alguém o estava fazendo beber. Ele tinha certeza de que os soldados o haviam apanhado e lutou para se libertar, mas alguém o segurava no chão e o fazia engolir. Não eram soldados, não podiam ser: eles o deixaram se libertar, tropeçando pela selva. Às vezes, ele pensava que estava de volta ao buraco, e apenas sonhara ter se libertado. Noutras, que estava saltando do avião ao lado do resto da equipe, seu paraquedas recusando-se a abrir, as montanhas avolumando-se cada vez mais perto. Ele acordou esparramado sob alguns arbustos, descobriu que estava em fuga e viu-se numa grande pedra. Quando o sol começou a baixar, tomou uma decisão e seguiu para o sul. Então, teve medo de estar mais uma vez confundindo o tempo e de ter tomado a direção errada, norte em vez de sul. Parou e observou o sol ainda se pondo, o que o fez relaxar. A noite caiu e, quando não conseguia ver mais nada, desabou.

Voltou a si pela manhã, suportado pelos galhos altos de uma árvore. Quando ou como chegara lá, não se recordava, mas estaria morto se não o tivesse feito: um homem sozinho, inconsciente, não teria sobrevivido aos predadores noturnos da selva. Ficou o dia inteiro na árvore, torcendo galhos aqui e ali para lhe dar uma cobertura melhor, dormindo, comendo lentamente a carne-seca e os grãos de arroz que encontrara surpreendentemente presos ao seu pescoço dentro de um saquinho feito dos farrapos que vestia. As pessoas que o haviam segurado no chão e feito beber... deviam ser camponeses, e aquela comida devia ter sido dada por elas. Poupou um pouco para a noite, quando desceu da árvore e, seguindo na direção do sol poente, continuou para o sul. Por que eles o tinham ajudado? Foi por causa das suas condições que decidiram dar-lhe uma chance?

Depois disso, ele só viajava à noite, usando as estrelas como bússola, comendo raízes, cascas de árvores e agrião que crescia nos córregos. Escutava com frequência soldados na escuridão se aproximarem e ficava estático na relva até que os sons desaparecessem. Com frequência, seus delírios sumiam, apenas para retornarem ainda mais confusos, fazendo com que imaginasse o estalo de um rifle automático sendo engatilhado, o que o fazia rolar para dentro de algum arbusto antes de dar-se conta de que o estalo era só um galho em que ele próprio pisara.

Em duas semanas a chuva começou, caindo eternamente. Lama. Madeira podre. Um aguaceiro vertendo sobre ele, mal deixando-o respirar. Ele seguiu em frente, entorpecido pela pancada de chuva, enfurecido pela lama que o puxava para baixo e pelos arbustos molhados que grudavam em seu corpo. Não sabia mais dizer em qual direção ficava o sul; as nuvens noturnas chegavam a espaçar, permitindo-lhe vislumbrar uma ou outra estrela, mas logo o tempo fechava, e ele tinha de viajar às cegas, e, quando mais uma vez as nuvens se abriam, percebia que havia perdido a direção. Certa manhã descobriu que andara em círculos, após o que passou a viajar apenas de dia. Teve de ir mais devagar, com mais cuidado, para evitar ser visto. Quando as nuvens obscureciam o sol, ele mirava na direção de marcos distantes, como o cume de alguma montanha ou uma árvore muito grande. E a cada dia, todos os dias, a chuva vinha.

Ele saiu da floresta, cambaleando em meio a um campo, e alguém atirou. Foi ao chão e rastejou de volta às árvores. Outro tiro. Pessoas correndo pela grama.

— Eu mandei que se identificasse — gritava um homem. — Se eu não tivesse visto que não estava armado, teria matado você. Fique de pé e se identifique!

Norte-americanos. Ele começou a rir. Não conseguia parar de rir. Mantiveram-no no hospital por um mês até que a histeria acabasse. Seu salto no norte fora no início de dezembro e, agora, disseram-lhe que era começo de maio. Ele não sabia por quanto tempo fora feito prisioneiro. Por quanto tempo estivera fugindo. Mas, durante aquele período, havia coberto toda a distância entre a região do salto e aquela base norte-americana no sul; seiscentos e trinta quilômetros. E o que o fez começar a rir era que já deveria estar em território controlado por forças americanas há dias, e alguns dos soldados que escutara à noite, e de quem se escondera, só podiam ser americanos.

11

Ele adiou voltar para lá o máximo que conseguiu. Sabia que não suportaria quando Teasle viesse com as tesouras cortar seu cabelo. Ainda debaixo da água, desviou o olhar e viu Galt aparecer repentinamente ao pé das escadas, segurando uma tesoura, uma lata de creme de barbear e uma navalha. Seu estômago se comprimiu. Observou freneticamente Teasle apontar para uma mesa e uma cadeira no pé das escadas, dizendo alguma coisa para Galt, que foi incapaz de escutar por causa do barulho da água. Galt pôs a cadeira na frente da mesa, apanhou alguns jornais de uma gaveta dentro dela e os espalhou embaixo da cadeira. Ele não ia demorar muito para acabar a tarefa. Teasle veio em sua direção, próximo o suficiente para que escutasse.

— Feche a torneira — disse.

Rambo fingiu que não ouviu. Teasle se aproximou um pouco mais e repetiu:

— Feche a torneira.

Rambo começou a lavar os braços e o peito. O sabonete era uma grande pastilha amarela, que tinha um forte odor de desinfetante. Voltou a ensaboar as pernas. Já era a terceira vez que o fazia. Teasle assentiu e saiu da vista, indo para a esquerda do *box*, onde devia haver algum registro porque num segundo a água parou de cair. As pernas e ombros de Rambo se contraíram;

água pingando no chão oco de metal do chuveiro. Teasle estava à vista novamente, segurando uma toalha.

— Não há motivo pra continuar adiando isso — disse ele. — Você vai pegar um resfriado.

Rambo não tinha escolha. Ele saiu devagar. Sabia que se não o fizesse, Teasle o seguraria, e ele não queria ser tocado. Secou-se repetidamente com a toalha. No frio, o tecido pinicava seus braços. Sentia os testículos expostos.

— Se você se secar mais, vai gastar a toalha — falou o chefe de polícia.

Ele continuou se secando. Teasle fez menção de conduzi-lo até a cadeira, mas Rambo saiu de lado, mantendo o policial e Galt à sua frente, enquanto se recostava no assento. Tudo se desenrolou sem pausas, numa rápida sequência.

Primeiro, Teasle tocou a lateral de sua cabeça com a tesoura, cortando, e Rambo tentou parar de se encolher, mas não conseguiu.

— Fique parado — alertou Teasle. — Você vai esbarrar na tesoura e se cortar.

Então cortou um grande cacho de cabelos, e Rambo sentiu a orelha esquerda resfriar, desprotegida contra o ar úmido do porão.

— Você é mais cabeludo do que eu pensava — comentou Teasle, jogando o cacho sobre os jornais espalhados pelo chão. — Sua cabeça vai ficar bem mais leve em menos de um minuto.

Os jornais estavam ficando cinza, ensopados de água. Teasle cortou um pouco mais, e Rambo voltou a se contorcer. O policial deu a volta para trás dele, e Rambo sentiu-se tenso ao não conseguir ver o que estava acontecendo. Girou a cabeça, mas Teasle pressionou-o para frente de novo. Rambo deu uma guinada, escapando da pegada.

Mas Teasle tornou a cortar, e Rambo tornou a se retorcer, e os cabelos prenderam na cavilha da tesoura, sendo arrancados de seu couro cabeludo. Ele não conseguia mais suportar. Deu um pulo da cadeira e virou-se de frente para Teasle.

— Pra trás!

— Sente-se!

— Não vai cortar mais nada. Se quer cortar meu cabelo, pode trazer um barbeiro aqui.

— Já passou das seis. Não há barbeiros trabalhando agora. Você não vai vestir aquele uniforme até que esteja de cabelos cortados.

— Então vou ficar assim.

— Você vai sentar nessa cadeira. Galt, sobe lá e traz o Shingleton. Fiz o máximo de concessões que pude. Vamos cortar o cabelo dele tão rápido que parecerá que usamos tosquiadores de ovelhas.

Galt pareceu feliz por se afastar. Rambo o escutou destrancar a porta no topo das escadas, o estalido ecoando. Tudo estava acontecendo rápido demais agora. Ele não queria machucar ninguém, mas sabia o que estava por vir; conseguia sentir a fúria se espalhando, saindo de controle. Em poucos instantes, um homem desceu apressadamente os degraus, seguido por Galt. Era o sujeito que estava sentado ao rádio no escritório: Shingleton. Ele parecia enorme agora que estava de pé, com a cabeça quase roçando as luzes do teto. Os ossos ao redor dos olhos e na parte inferior da face se destacavam naquela luminosidade. Ele encarou Rambo, fazendo-o sentir-se duas vezes mais nu.

— Problemas? — Shingleton perguntou a Teasle. — Ouvi que está com problemas.

— Não, mas ele está — respondeu Teasle. — Você e Galt... sentem-no na cadeira.

Shingleton foi direto na direção do garoto. Galt hesitou, mas também o fez.

— Não sei de que se trata isso tudo — disse Shingleton a Rambo —, mas sou um cara razoável. Vou te dar uma escolha. Vai por vontade própria ou vou ter que te arrastar?

— Acho que é melhor não me tocar.

Ele estava determinado a manter o controle. Seria só por cinco minutos, o toque contínuo da tesoura, e então, terminaria e ele ficaria bem. Começou a ir para a cadeira; os pés deslizando na água. Por detrás dele, Shingleton disse:

— Meu Deus... como foi que conseguiu essas cicatrizes nas costas?

— Na guerra. — Aquilo foi sinal de fraqueza. Ele não deveria ter respondido.

— Ah, claro. Claro que sim. Em qual exército?

Rambo quase o matou ali mesmo.

Mas Teasle cortou outro cacho de seus cabelos e o assustou. Havia amontoados de fios espalhados sobre o jornal cinza, alguns emaranhados ao redor dos pés nus de Rambo. Ele esperava que Teasle continuasse cortando seus cabelos. Preparou-se para aquilo. Contudo, Teasle aproximou a tesoura demais de seu olho direito, cortando a barba, e Rambo virou a cabeça para o lado esquerdo por instinto.

— Fique parado — bradou Teasle. — Shingleton... você e o Galt, segurem ele firme.

Shingleton endireitou a cabeça do garoto, mas o mesmo afastou o braço do homem com uma pancada. Teasle tornou a cortar a barba, prendendo-a na tesoura, o que beliscou sua bochecha.

— Cristo! — Ele gemeu. Eles estavam perto demais, sufocando-o, fazendo com que quisesse gritar.

— Isto pode durar a noite inteira — alertou Teasle. — Galt... pegue o creme de barbear e a navalha ali na mesa.

Rambo se contorceu.

— Você não vai me barbear. Não vai chegar perto de mim com uma navalha.

Então Galt a estava entregando para Teasle. Rambo viu a longa lâmina reluzir e lembrou-se do oficial inimigo retalhando seu peito, e aquilo foi o fim. Ele explodiu. Agarrou a navalha, ficou de pé e os empurrou para trás. Conteve o impulso de atacar. Não ali. Não na droga da delegacia. Tudo que queria era manter a navalha longe. Mas Galt, o rosto pálido, os olhos vidrados na navalha, buscou sua arma.

— Não, Galt! — Teasle berrou. — Nada de armas!

Mas Galt continuou a buscá-la e, de forma desajeitada, a sacou. Ele realmente devia ser novato naquele serviço; parecia que não acreditava estar erguendo a arma, a mão tremendo, apertando o gatilho, e Rambo abriu seu estômago com a navalha. Galt olhou estupidamente para o corte profundo e perfeito ao longo da barriga, o sangue ensopando a camisa e se derramando sobre as calças, os órgãos se pronunciando para fora como a câmara de um pneu à mostra através de um rasgo. Ele tentou empurrá-los para dentro, mas eles continuavam a escorrer; o sangue descendo pelas pernas, correndo pelos punhos e pingando no chão, enquanto ele emitia um ruído peculiar pela garganta e desmoronou na cadeira, derrubando-a.

Rambo já estava subindo a escada. Tinha olhado para Teasle e Shingleton; o primeiro recuara para as celas, o outro se encostara na parede, e sabia que ambos estavam longe demais para que os matasse antes que sacassem a arma e atirassem. De fato, quando estava na metade do lance de degraus, o primeiro tiro veio, ricocheteando atrás dele, na parede de concreto.

A metade superior da escada era num ângulo reverso à parte inferior, então ele desapareceu da vista, acima da linha de visão deles, indo para a porta que dava para o salão principal. Escutou gritos atrás de si e os passos subindo o primeiro lance de degraus. A porta. Ele havia se esquecido dela. Teasle avisara Galt sobre mantê-la trancada. Ele se apressou, rezando para que Galt estivesse demasiadamente apressado ao voltar com Shingleton, quando ouviu um "Pare!" vindo de trás e o ruído de uma arma sendo engatilhada bem quando girou a maçaneta, empurrou a porta e, bom Deus, ela se abriu. Mal havia passado por ela, se abaixando, quando dois tiros racharam a parede branca à sua frente. Ele virou o andaime do pintor, derrubando-o na porta; as tábuas, a tinta e montantes de aço se empilhando, barrando o caminho.

— O que está acontecendo? — disse alguém no salão atrás dele, e ele virou-se, topando com um policial de pé, surpreso ao ver Rambo nu, buscando sua arma. Quatro passos velozes e Rambo golpeou com a faca da mão o nariz do sujeito, apanhando a arma que ele derrubara ao cair. Alguém lá embaixo estava empurrando o andaime. Disparou duas vezes, na esperança de que os tiros segurassem Teasle tempo suficiente para que chegasse à porta da frente.

Ele a alcançou e deu mais um tiro em direção ao andaime antes de sair do prédio, nu, banhado pelo brilho quente do sol poente. Uma velha na calçada deu um grito; um homem desacelerou o carro e o encarou. Rambo desceu os degraus dianteiros aos pulos e chegou à calçada, passando pela mulher histérica, indo em direção a um homem com roupas de trabalho que passava numa motocicleta. O homem cometeu o erro de desacelerá-la para ver o que estava acontecendo e, no momento em que decidiu acelerar, Rambo já o havia segurado e arrancado da moto. Ele caiu na rua de cabeça e o capacete amarelo raspou no pavimento. Rambo montou no veículo, sentindo os quadris nus contra o assento quente, e a motocicleta rugiu, com ele disparando as três últimas balas em Teasle, que havia acabado de sair correndo pela porta da delegacia e, ao ver Rambo mirar, agachou-se. Rambo acelerou, passando pelo tribunal, andando em zigue-zague para atrapalhar a mira de Teasle. À frente, as pessoas estavam na esquina, bisbilhotando, e ele esperava que o risco de acertar uma delas impedisse o policial de disparar. Escutou gritos atrás de si e adiante, na esquina. Um homem veio correndo dela para tentar detê-lo, mas Rambo lhe deu um chute, contornou a esquina e, seguro por ora, acelerou para longe.

12

Seis tiros, Teasle tinha contado. A arma do garoto estava vazia. Ele correu para fora, apertando a vista por causa do sol, bem em tempo de vê-lo desaparecer na esquina. Shingleton o tinha na mira, mas Teasle puxou a arma dele para baixo.

— Jesus, não tá vendo toda essa gente?

— Eu podia ter acertado ele!

— E podia ter acertado mais do que ele também! — Ele voltou para dentro da delegacia empurrando a porta dianteira, adornada por três buracos de bala na tela de alumínio. — Entre aqui! Veja como estão Galt e Preston! Chame um médico! — Teasle atravessou a sala e foi até o radiocomunicador, ainda pasmo por Shingleton ter tentado disparar. O sujeito era tão eficiente no escritório, sempre pensando duas vezes; agora, sem procedimentos habituais para aquele tipo de problema, estava agindo estupidamente por impulso.

A porta fechou-se quando Shingleton adentrou a sala; Teasle pressionava um botão no rádio, falando rápido ao microfone. Suas mãos tremiam, as entranhas pareciam entupidas com algum material quente.

— Ward! Onde diabos você está? — perguntou pelo rádio, sem obter resposta. Enfim, quando Ward atendeu, contou o ocorrido, tentando adivinhar qual seria a tática do garoto. — Ele sabe que a avenida principal o levará para fora da cidade! Seguiu para oeste, naquela direção. Intercepte-o!

Shingleton surgiu apressado, atravessando a sala na direção de Teasle.

— Galt... Ele está morto. Deus, suas tripas estão penduradas — vociferou e engoliu em seco, tentando recuperar o fôlego. — Preston está vivo, mas não sei por quanto tempo. *Ele está sangrando pelos olhos.*

— Respire fundo e chame uma ambulância! Um médico! — Teasle apertou outro botão no rádio. Suas mãos não paravam de tremer. As entranhas pareciam mais quentes, quase soltas. — Polícia estadual — disse ao microfone. — Aqui é Madison para a polícia estadual. Isto é uma emergência. — Não houve resposta. Ele falou mais alto.

— Não sou surdo, Madison — respondeu uma voz masculina. — Qual o problema?

— Preso em fuga. Um policial morto — respondeu apressadamente, odiando perder tempo para repetir o que havia acontecido. Solicitou bloqueios nas estradas. A voz ficou imediatamente alerta. Shingleton desligou o telefone. Teasle nem o escutara discar.

— Uma ambulância está a caminho.

— Ligue para Orval Kellerman. — Teasle pressionou outro botão e ligou para outra viatura, mandando que fosse atrás do garoto.

Shingleton já tinha discado de novo. Felizmente ele já estava bem agora.

— Kellerman está no jardim. A esposa dele está na linha, mas não quer me deixar falar com ele.

Teasle apanhou o telefone.

— Sra. Kellerman? É o Wilfred. Preciso falar com Orval... rápido.

— Wilfred? — A voz dela soou fina e frágil. — Que surpresa, Wilfred. Não ouvimos falar de você há bastante tempo. — Por que ela não falava mais rápido? — Estávamos planejando dar uma passada para dizermos o quanto sentimos muito pela Anna ter ido embora.

Ele foi obrigado a interrompê-la.

— Sra. Kellerman, eu tenho que falar com Orval. É importante.

— Sinto muito, querido. Ele está lá fora trabalhando com os cães, e sabe que não posso incomodá-lo quando está com os cães.

— Você precisa pedir que ele atenda o telefone. Acredite em mim... é importante!

Ele a escutou respirando.

— Tudo bem, vou chamá-lo, mas não prometo nada. Sabe como ele é quando está com seus cães.

Ele a ouviu deixar o fone de lado e acendeu um cigarro. Era policial há quinze anos e jamais havia perdido um prisioneiro, nem muito menos tivera um parceiro morto. Sentia vontade de esmagar a cabeça do garoto contra o cimento.

— Por que ele teve de fazer aquilo? — disse para Shingleton.

— É um louco desgraçado. Aparece aqui procurando encrenca e, em uma tarde, vai de vadiagem a assassinato. Ei, você está bem? Sente-se e ponha a cabeça no meio dos joelhos.

— Nunca tinha visto um homem ser morto. Galt... pelo amor de Deus, nós almoçamos juntos.

— Não importa quantas vezes você vê. Devo ter visto uns cinquenta caras serem atacados com baionetas na Coreia e nunca parei de me sentir mal. Tinha um sujeito que conhecia de Louis-ville, vinte anos na força. Ele foi atender um chamado de briga de facas num bar e morreu enquanto tentava voltar pra viatura.

Ele escutou alguém apanhar o telefone do outro lado. Por favor, que seja o Orval.

— O que foi, Will? É melhor que seja importante como diz.

Era ele, de fato. Orval fora o melhor amigo de seu pai, e os três costumavam caçar juntos durante todos os sábados da temporada. Então, depois que o pai de Teasle foi morto, Orval tornou-se seu segundo pai. Tinha se aposentado agora, mas estava em melhor forma física do que muitos homens com metade da sua idade, e possuía o grupo de cães de caça mais bem-treinado do condado.

— Orval, temos um preso foragido aqui. Não tenho tempo de explicar, mas estamos atrás de um garoto, e ele matou um dos meus homens. Não acho que vá ficar nas estradas com a polícia estadual atrás dele. Tenho certeza de que irá para as montanhas, e espero que você esteja com disposição de pegar esses seus cachorros e levar pra perseguição das suas vidas.

13

Rambo pilotou a motocicleta descendo a avenida principal. O vento pinicava seu rosto e peito, os olhos estavam lacrimejando, e ele temia ter de desacelerar para ver o que havia à frente. Os carros estavam freando abruptamente e motoristas olhavam pelas janelas para ele nu na moto. Nas ruas as pessoas se viravam para vê-lo e apontavam. Uma sirene apareceu em sua retaguarda. Ele acelerou até cem por hora, furando um farol vermelho, quase sendo incapaz de desviar a tempo de evitar um grande caminhão de combustível que cruzava a intersecção. Outra sirene surgiu do seu lado esquerdo. Não havia como uma motocicleta ser mais rápida do que carros de polícia, contudo, ela poderia ir aonde eles não podiam: para as montanhas.

A rua fazia uma curva aguda e subia a colina. Rambo acelerou, ouvindo as sirenes. Aquela à sua esquerda havia dado uma guinada para juntar-se à que já o perseguia. Ele chegou ao topo da subida tão rápido que a moto saiu do pavimento e sacudiu ao pousar no chão, forçando-o a diminuir a velocidade para recobrar o equilíbrio. Aí ele tornou a acelerar.

Passou pela placa VOCÊ ESTÁ SAINDO DE MADISON e pela vala onde havia comido seus hambúrgueres naquela tarde. As plantações de milho amarronzado surgiram de ambos os lados, e as sirenes se aproximavam, mas as montanhas estavam à sua direita. Ele foi na direção delas por uma estrada vicinal, quase deslizando quando fez uma curva fechada para desviar-se de um caminhão de laticínios. O motorista inclinou-se para fora da janela para esbravejar com ele.

Agora ele levantava uma nuvem de poeira, mantendo a velocidade em noventa por hora para não derrapar no cascalho. As sirenes estavam em sua rabeira à direita, mas logo posicionaram-se diretamente atrás dele. Elas vinham rápido demais. Se permanecesse naquela estrada imunda, jamais conseguiria chegar às montanhas; tinha de sair dali e ir para algum lugar onde as viaturas não conseguissem segui-lo. Desviou para a esquerda, passou por uma porteira aberta e pegou uma estradinha, deixando sulcos profundos e amarelados no chão. O milho continuava de ambos os lados, as montanhas ainda estavam à direita, e ele buscava alguma maneira de chegar até elas. As sirenes ficaram mais altas quando chegou ao fim das plantações de milho, dobrando à direita num campo de grama murcha; a motocicleta dava solavancos no solo desigual, subindo e descendo, cortando o terreno. Mas as viaturas ainda seriam capazes de segui-lo por ali, e então escutou as sirenes ficarem mais altas, diretamente na sua rabeira.

Uma cerca robusta de madeira apareceu. Ele acelerou, frenético por causa da perseguição, e viu gado adiante, centenas de cabeças. Estavam naquele campo, movendo-se à frente dele, atravessando a passos lentos um portão aberto na cerca, rumo a um aclive bosque acima. O rugido do seu motor pôs os animais em galope; eram vacas Jerseys marrons, mugindo, e três delas passavam juntas pelo portão e seguiam colina acima, com as mamas cheias de leite se balançando. Ficavam cada vez maiores conforme ele se aproximava, e então se espalharam, com os cascos trovejando quando ele cruzou o portão ao lado da última delas, subindo a colina. Ela era íngreme e ele teve de se inclinar para frente para impedir que a roda dianteira empinasse. Passou por uma árvore, depois outra, as montanhas se aproximando, até que o aclive acabou, e ele viu-se acelerando num terreno nivelado.

Atravessou um pequeno córrego com a moto, quase tombando na margem oposta. Mas as montanhas estavam maravilhosamente próximas agora; endireitou a motocicleta e acelerou ao máximo. Havia uma linha de árvores adiante e, a seguir, a floresta densa, pedras, arbustos. Enfim, viu o que procurava, uma trilha entre duas colinas que levava às montanhas rochosas, e virou em direção a ela, enquanto as sirenes começavam a morrer atrás de si.

Isso significava que as viaturas haviam parado. Os policiais estavam descendo dos carros agora, mirando nele. Concentrou-se na trilha. Houve o estampido de uma arma e uma bala passou zunindo próxima da sua cabeça, alojando-se em um tronco. Ele ziguezagueou pelas árvores, ouvindo outro estampido, mas a bala nem chegara perto, e, enfim, viu-se dentro da densidão da floresta, fora da vista, subindo pela trilha. Quinze metros adiante, um aglomerado de rochas e troncos caídos bloqueava a sua passagem, obrigando-o a descer da moto, enquanto ela se espatifava nas pedras. Subiu pela colina, sentindo ramos afiados cortarem seu corpo em todos os lugares. Em breve, haveria muitos outros policiais perseguindo-o, mas pelo menos teria um tempinho para escalar até o cume antes que chegassem. Ele iria para o México. Poderia se assentar em alguma cidade costeira mexicana e passar o dia inteiro nadando no mar. Mas era melhor que nunca mais visse aquele filho da puta do Teasle. Tinha prometido a si próprio que não pretendia mais machucar pessoas, mas agora aquele puto o obrigara a matar mais uma vez. Se Teasle continuasse forçando a barra, Rambo estava determinado a reagir de um modo que faria o chefe de polícia pedir a Deus que nunca tivesse começado aquela briga.

PARTE DOIS

1

Teasle não tinha muito tempo; ele precisava organizar os seus homens e partir para a floresta antes que a polícia estadual chegasse. Saiu da estrada vicinal com a viatura e entrou no pasto, acelerando e seguindo os rastros deixados no chão pelos carros de polícia e a moto do garoto, em direção ao portão aberto. Ao lado dele, Shingleton se apoiava firme no painel, o veículo dando solavancos ao longo do campo, passando por buracos tão grandes que as molas não estavam dando conta da pesada estrutura do carro, fazendo os eixos baterem no chão.

— O portão é estreito demais — Shingleton alertou. — Você não vai conseguir passar.

— Os outros passaram.

Ele freou repentinamente, passando devagar pelo portão, deixando uma margem de quase três centímetros de cada lado, e tornou a acelerar, subindo o íngreme aclive, até onde os dois carros de polícia tinham estacionado, a um quarto do caminho até o cume. Eles deviam ter atolado ali; ao chegar até eles, o ângulo do aclive ficava tão elevado que o motor começou a falhar. Engatou a primeira e pisou fundo no acelerador, sentindo as rodas traseiras cavarem a grama e propelindo a viatura para o alto.

O policial Ward estava aguardando mais acima, tingido de vermelho pelo sol inchado que se punha nas montanhas à esquerda. Seus ombros inclinaram-se para frente e ele caminhou com a barriga um pouco projetada, e o cinturão da arma preso sobre a cintura. Chegou ao carro antes que Teasle tivesse parado.

— Por aqui — disse, apontando para uma depressão que surgia em meio às árvores. — Cuidado com o córrego. O Lester já caiu dentro dele.

Grilos cantavam próximos à água. Teasle acabara de sair do carro quando ouviu o som de um motor vindo da estradinha. Olhou ansioso, na esperança de que não fosse a polícia estadual.

— Orval.

Uma velha Kombi da Volkswagen, também pintada de vermelho pelo sol, vinha subindo pela encosta. Ela parou na base do aclive, incapaz de subir mais como as viaturas tinham feito, e Orval desceu, alto e magro, ao lado de um policial. Teasle ficou com medo de que os cães não estivessem no veículo; não os estava escutando ganir. Sabia que Orval os treinara tão bem que eles só latiam quando deveriam. Mas não conseguiu não se preocupar com a possibilidade do silêncio ser porque Orval não os trouxera.

Orval e o policial subiram o aclive apressadamente. O policial tinha vinte e seis anos, o mais jovem da equipe de Teasle, e seu cinto era o oposto do de Ward, pendurado baixo, como um pistoleiro de outrora. Orval o deixou para trás na subida graças a suas longas pernas. O topo de sua cabeça era uma careca lustrosa, com cabelos de ambos os lados. Estava de óculos, jaqueta verde de náilon, calças brim verdes e botas de cano alto.

Teasle pensou na polícia estadual mais uma vez e tornou a olhar para a estrada vicinal, certificando-se de que ela não estava a caminho. Encarou Orval, mais próximo agora. Antes só fora capaz de ver aquele rosto magro, moreno e envelhecido, mas já podia discernir os profundos sulcos e estrias, e a pele flácida em seu pescoço, sentindo-se chocado com o quão mais velho o homem se parecia desde a última vez que haviam se visto, três meses atrás. Mas Orval não agia como um velho. Ainda conseguia chegar ao topo daquele aclive bem antes do policial.

— Os cães? — Teasle perguntou. — Você trouxe os cães?

— Lógico. Mas não entendo por que pediu para aquele policial me ajudar a colocá-los no carro — Orval respondeu ao chegar até o cume, desacelerando. — Olha só o sol. Vai estar escuro em uma hora.

— Acha que não sei disso?

— Acredito que sim — Orval respondeu. — Não tive intenção de te dizer o que fazer.

Teasle desejou ter ficado quieto. Não podia dar-se ao luxo de começar com aquilo novamente. A situação era importante demais. Orval sempre o tratava como se ele ainda tivesse treze anos de idade, dizendo tudo o que tinha que fazer e como fazer, exatamente como quando o chefe de polícia era garoto e vivera com ele. Se Teasle estivesse limpando a arma, ou preparando algum cartucho especial, imediatamente Orval apareceria para dar conselhos, assumir a liderança, e Teasle detestava isso, pedia que ele desse o fora, dizia que faria as coisas do seu jeito e, com frequência, os dois discutiam. E entendia por que não gostava de conselhos; de vez em quando, encontrava professores que não paravam de palestrar quando estavam fora da sala de aula, e ele próprio era um pouco como eles, tão acostumado a dar ordens que era incapaz de aceitar que alguém lhe dissesse o que fazer. Nem sempre Teasle recusava conselhos; se fossem bons, os acolhia. Mas não podia deixar que isso se tornasse um hábito; para fazer seu trabalho de forma apropriada, tinha de confiar apenas em si. Se uma vez ou outra Orval tentasse lhe dizer o que fazer, ele não teria se importado. Mas não sempre que estavam juntos. E agora os dois quase tinham recomeçado aquilo, e Teasle tinha de ficar na sua. Orval era o homem de quem ele precisava naquele momento; um sujeito teimoso o bastante para levar os cachorros embora, caso os dois discutissem. Teasle deu seu melhor para conseguir sorrir.

— Ei, Orval... Isso sou só eu soando miserável mais uma vez. Não liga. Estou feliz em ver você. — Ele estendeu a mão. Quem lhe ensinara a apertar mãos quando garoto fora Orval.

Um aperto duradouro e firme, Orval dissera. Que seu aperto de mão seja tão bom quanto a sua palavra. Duradoura e firme. Agora, quando suas mãos se encontraram, Teasle sentiu um nó na garganta. Apesar de tudo, amava aquele velho, e não conseguia se acostumar às novas rugas no rosto dele, aos cabelos brancos nas laterais da cabeça, que haviam se tornado finos e ralos como teias de aranha.

O aperto de mãos foi estranho. Foi de propósito que Teasle ficara três meses sem ver Orval, desde que tinha saído aos gritos da casa dele por causa de uma simples observação que o homem fizera, a qual se transformou numa discussão a respeito da forma de se prender um coldre, apontado para frente ou para trás. Pouco depois, sentiu-se envergonhado por ter ido embora daquela maneira, e sentia-se envergonhado naquele momento, tentando agir de modo natural e olhar Orval de cabeça erguida, mas fazendo um péssimo trabalho.

— Orval... sobre a última vez. Me desculpe. De verdade. Obrigado por ter vindo tão rápido agora que preciso de você.

Orval apenas sorriu; ele era bonito.

— Não te ensinei a nunca conversar com um homem enquanto apertam as mãos? Olhe direito nos seus olhos. Não bata papo com ele. E ainda acho que o coldre tem que ficar apontado para trás. — Ele piscou para os outros homens. Sua voz era grave e ressonante. — E quanto a esse moleque? Para onde ele foi?

— Por ali — Ward respondeu. Ele os direcionou ao longo de duas rochas soltas no córrego até a linha das árvores e para dentro do pequeno vale formado pelo riacho. Estava fresco e escuro sob as árvores, conforme eles subiam até onde a motocicleta estava largada, ao lado dos galhos caídos de uma árvore morta. Os grilos haviam parado de cantar, mas ao que Teasle e os demais pararam de andar pela grama, eles recomeçaram a cantoria.

Orval apontou para o amontoado de rochas e árvores caídas bloqueando o caminho pelo riacho e para a vegetação rasteira em ambas as margens.

— É... dá pra ver onde ele se meteu entre os arbustos, do lado direito.

Como se a voz dele fosse um sinal, algo grande sacudiu as folhagens e, supondo que houvesse uma chance de ser o garoto, Teasle deu um passo para trás e sacou a arma por instinto.

— Ninguém por perto — uma voz disse lá de cima, pedregulhos e terra solta deslizando, então Lester surgiu, saindo desequilibrado de entre os arbustos. Estava ensopado pela queda no córrego. Seus olhos sempre foram habitualmente inchados e, ao verem a arma de Teasle, arregalaram-se ainda mais. — Ei, sou só eu. Só estava checando se o garoto ainda estava por aí.

Orval coçou debaixo do queixo.

— Seria melhor que não tivesse feito isso. Pode ter confundido o cheiro. Will... tem alguma coisa desse garoto para os meus cães farejarem?

— No porta-malas do carro. Cueca, calças e botas.

— Então só precisamos de comida e uma noite de sono. Vamos nos organizar direitinho e começamos ao raiar do dia.

— Não. Esta noite.

— Como é?

— Vamos começar agora.

— Não me ouviu dizer que vai estar escuro em uma hora? Não vai haver lua esta noite. Vamos acabar nos perdendo uns dos outros na escuridão.

Teasle já esperava aquilo; tinha certeza de que Orval preferiria esperar até a manhã. Era a maneira mais prática. Só que tinha uma coisa errada com a maneira prática... ele não poderia esperar tanto tempo.

— Com lua ou não, ainda temos de ir atrás dele agora — disse a Orval. — Perseguimos o garoto até sairmos da nossa jurisdição e a única forma de continuarmos atrás dele é seguindo com a caçada. Se esperar até de manhã, terei de entregar o caso para a polícia estadual.

— Então entregue. É um trabalho sujo mesmo.

— Não.

— Qual a diferença? De qualquer maneira, a polícia estadual chegará em breve... assim que o proprietário destas terras tiver telefonado, reclamando sobre esse monte de carros atravessando seu pasto. Você terá de entregar o caso de todo jeito.

— Não se estiver dentro dessas matas antes que cheguem.

Teria sido melhor para ele tentar convencer Orval sem que seus homens estivessem por perto escutando. Se não pressionasse Orval, ele pareceria mais fraco diante de seus homens, contudo, se pressionasse demais, o velho simplesmente daria de ombros e iria embora. O que Orval disse a seguir não ajudou.

— Não, Will. Sinto muito desapontá-lo. Faria muitas coisas por você, mas essas colinas são dureza de cruzar mesmo durante o dia. Não vou levar meus cães para lá de noite, numa caçada às cegas, só porque você quer ser a estrela do *show*.

— Não peço uma caçada às cegas. Só peço que traga os cachorros comigo e, no instante em que ficar escuro demais, paramos para acampar. É só o que preciso para continuar a perseguição. Vamos lá, já acampamos muitas vezes, nós dois. Será como quando meu pai estava conosco.

Orval suspirou e olhou ao redor, para a floresta. Estava mais escuro, mais frio.

— Não percebe a loucura que é isso tudo? Não temos equipamento para caçá-lo. Não temos rifles, comida ou...

— Shingleton pode voltar pra pegar o que precisarmos. Deixamos um dos cães com ele para que, pela manhã, nos encontre onde estivermos acampados. Tenho policiais suficientes para cuidar da cidade, então, quatro deles poderão vir com Shingleton amanhã. Tenho um amigo no aeroporto que disse que pode emprestar um helicóptero e trazer voando qualquer outra coisa que precisemos, além de sobrevoar a área para localizar o garoto. A única coisa que pode nos segurar agora é você, então, estou pedindo: vai me ajudar?

Orval estava olhando para os pés, remexendo a terra com sua bota.

— Não tenho muito tempo, Orval. Se entrarmos na mata rápido, a polícia estadual terá que me deixar no comando. Eles vão me dar apoio e posicionarão viaturas nas principais estradas ao redor das colinas, mas terão de nos deixar caçá-lo pelo terreno elevado. Mas vou te dizer, posso dar adeus a capturá-lo se não nos emprestar seus cães.

Orval ergueu os olhos e, devagar, apanhou uma bolsinha de tabaco e um papel dentro da jaqueta. Enquanto enrolava o cigarro, ponderava, e Teasle sabia que não devia apressá-lo. Enfim, pouco antes de riscar um fósforo, disse:

— Pode até ser, se eu entender melhor essa história. O que esse garoto fez a você, Will?

— Ele cortou um policial ao meio e surrou outro, até talvez tê-lo deixado cego.

— Sei... — Orval murmurou e riscou o fósforo, protegendo a chama com a mão para acender o cigarro. — Mas você não me respondeu. O que ele fez a você?

2

O terreno era alto e selvagem, de matas densas, cortado por ravinas, vales e repleto de buracos. Parecido com as montanhas da Carolina do Norte onde ele fora treinado. Similar às colinas por onde fugira durante a guerra. Seu tipo de terreno e seu tipo de luta, e era melhor que ninguém forçasse a barra, ou ele revidaria — e forte. Esforçando-se para ser mais rápido do que a luz que evanescia, correu o máximo e o mais veloz que conseguiu, sempre subindo. Seu corpo nu estava coberto de sangue por conta dos galhos que arranhavam a pele; os pés descalços traziam cortes e sangue por causa dos afiados gravetos que haviam na trilha, das pedras e paredes da encosta. Ele chegou a uma elevação adornada pelo esqueleto de uma torre de transmissão, e uma larga faixa da mata havia sido derrubada para impedir que as copas das árvores se emaranhassem nos cabos de alta tensão. Aquela parte limpa do terreno era feita de pedregulhos, cascalho e terra batida, e ele continuou a subir o aclive dolorosamente, com os fios de eletricidade acima da sua cabeça. Precisava alcançar o ponto de vantagem mais alto possível antes que escurecesse, precisava ver o que havia do outro lado da elevação e descobrir em qual direção seguir.

No topo sob a torre o ar era mais fresco, e, continuando rapidamente a subida, foi tocado pelos últimos resquícios da luz do sol, ao longe, à sua esquerda. Fez uma pausa, permitindo que a tênue luz quente o cobrisse, apreciando a sensação que o terreno macio trazia aos seus pés ali. O próximo pico também estava banhado pelo sol, mas sua encosta já estava cinzenta, e seu sopé, totalmente escuro. Era para lá que ele iria, longe do cume de chão macio, passando por mais cascalho e pedregulhos, em direção ao sopé. Se não encontrasse o que queria ali, precisaria virar para a esquerda, na direção do riacho que avistara, e seguir seu curso. Seria mais fácil acompanhar a água, e o que procurava provavelmente estaria próximo dela. Começou a descer pelo terreno arenoso em direção ao vale, escorregando, caindo, enquanto o suor salgado fazia seus ferimentos arderem. Quando chegou ao fundo do vale, percebeu que era um lugar ruim; um pântano de ponta a ponta, uma charneca com água lamacenta. Mas pelo menos o terreno voltava a ficar macio. Contornou o charco pela esquerda até chegar ao riacho que o alimentava e começou a acompanhar seu curso, não mais correndo, apenas andando rápido. Calculou que já havia coberto pelo menos oito quilômetros, e a distância o cansara; não estava mais tão em forma quanto antes de ser capturado na guerra e ainda não superara aquelas semanas que tinha passado no hospital. Não obstante, recordava-se de todos os truques para sobreviver e, se não conseguisse seguir em frente sem maiores problemas, ao menos tinha percorrido muito bem aqueles oito quilômetros.

O riacho fazia curvas e voltas, as quais ele seguia. Sabia que em breve estaria sendo perseguido por cachorros, mas não se deu ao trabalho de ir pela água para mascarar o seu cheiro. Isso só o atrasaria e, sendo que em algum momento seria obrigado a sair da água para uma ou outra margem, a pessoa responsável pelos cães meramente os dividiria ao longo das duas orlas para que reencontrassem seu rastro, enquanto ele só teria perdido tempo.

Ficou escuro mais rápido do que esperava. Subindo ao topo da colina, pegou os resquícios da luz acinzentada e então a floresta mergulhou nas sombras. Em pouco tempo, apenas as maiores árvores e rochedos tinham contornos discerníveis, e tudo estava escuro. Ouvia o som da água correndo pelo leito rochoso, o som dos grilos, pássaros noturnos e dos animais que se sentiam em casa na escuridão. Então começou a chamar em voz alta. Com certeza o tipo de gente que estava procurando não se revelaria caso ele só continuasse a seguir pelo riacho gritando. Ele tinha de soar interessante. Tinha de fazer com que eles quisessem conferir quem diabos era. Ele gritou em vietnamita e no pouco de francês que aprendera na escola. Imitou um sotaque sulista, um oriental e um britânico. Disparou longas listas das mais vis obscenidades que foi capaz de conjurar.

O riacho desaguava numa breve clareira, ao lado da encosta. Não havia ninguém. A água subiu e desaguou em outro vale, subiu e desaguou de novo, e ele continuava gritando. Se não encontrasse alguém logo, chegaria a um ponto tão alto na colina, que alcançaria a nascente do riacho, e não teria mais o fluxo de água para seguir. O que aconteceu. Com o suor congelando no ar da noite, chegou até onde o riacho se transformava num pequeno charco e uma nascente que conseguia escutar borbulhando.

Então era isso. Tornou a gritar, deixando suas palavras obscenas ecoarem pela colina escura, aguardou e retomou o percurso. Se continuasse subindo e descendo pelo terreno, julgou que uma hora encontraria outro riacho. Já estava a vinte metros de distância da nascente quando dois feixes de luz surgiram à sua frente, da direita e da esquerda. Rambo ficou absolutamente estático.

Sob quaisquer outras circunstâncias, teria saído do foco das lanternas e rastejado para a escuridão. Vagar por aquelas colinas no meio da noite, bisbilhotando onde não era chamado, poderia custar a vida de um homem; quantos não haviam tomado um tiro na cabeça pelo que ele estava prestes a tentar, sendo enterrados numa cova rasa, ficando à mercê dos predadores noturnos?

As lanternas incidiram diretamente sobre ele, uma em seu rosto e a outra no corpo nu. Mesmo assim não se moveu, apenas ficou ali, de cabeça erguida, olhando calmamente entre os dois feixes, como se fizesse parte daquele cenário, como se fizesse aquilo todas as noites de sua vida. Insetos passavam voando pela luz das lanternas. Um pássaro alçou voo do topo de uma árvore.

— É melhor largar essa arma e a navalha — disse um velho de voz rouca.

Rambo sentiu um alívio; eles não o matariam. Pelo menos não de imediato. Ele os deixara curiosos. Da mesma forma, continuar com a arma e a navalha havia sido uma aposta. Uma vez que aquelas pessoas o tivessem visto, poderiam ter se sentido ameaçadas e atirado. Mas ele não teria permitido a si mesmo andar pelas matas à noite sem ter algo com o que lutar.

— Sim, senhor — Rambo respondeu e deixou a arma e a navalha caírem no chão. — Não precisa se preocupar. A arma está descarregada.

— Claro que está.

Com um velho à direita, o da esquerda deveria ser jovem, Rambo pensou. Talvez pai e filho. Ou tio e sobrinho. As coisas eram assim por aquelas bandas, sempre em família; um velho para dar as ordens e um ou mais jovens para cumpri-las. Rambo conseguia sentir aqueles dois examinando-o por trás de suas lanternas. O velho estava em silêncio agora, e Rambo não diria nada até que lhe pedissem. Sendo um intruso, o melhor seria ficar de boca fechada.

— Toda essa porcaria que você tá gritando — disse o velho.
— Você tava xingando a gente de boqueteiro? Ou era pra outras pessoas?

— Pergunta por que ele tá andando pelado com as coisas balançando, pai — disse o da esquerda. Ele soou bem mais jovem do que Rambo esperava.

— Cala a boca — ordenou o velho para o garoto. — Eu falei que não queria um pio seu.

Rambo ouviu uma arma ser engatilhada da direção onde o velho estava e disse rapidamente:

— Espere um pouco. Eu estou sozinho. Preciso de ajuda. Não atire até me escutar.

O velho não respondeu.

— É sério. Não vim aqui causar problemas. Não faz diferença se eu sei que vocês estão em dois e que um é só um garoto. Não vou machucar ninguém só por saber disso.

Foi um palpite ousado. Certamente o velho poderia apenas ter perdido o interesse e atirado, mas Rambo refletiu que, pelado e sangrando, ele pareceria perigoso para o velho, que não se arriscaria agora que Rambo sabia que ele estava sozinho com um garoto.

— Estou fugindo da polícia. Eles pegaram as minhas roupas. Matei um deles. Estava gritando para ver se conseguia ajuda.

— É... você precisa de ajuda — afirmou o velho. — A pergunta é, contra quem?

— Vão trazer cachorros atrás de mim. Vão encontrar o alambique se não trabalharmos para deter eles.

Agora era a parte delicada. Se fossem matá-lo, a hora chegara.

— Alambique? — disse o velho. — Quem te falou que tem um alambique por aqui? Acha que eu tenho um alambique?

— Estamos no meio do escuro, numa charneca próxima de uma nascente. Por que mais vocês estariam aqui? Ele deve estar bem escondido. Mesmo sabendo que está por aqui, não consigo ver as chamas da sua fornalha.

— Acredita que, se eu soubesse que tem um alambique por perto, ia tá perdendo meu tempo com você em vez de correr até ele? Diabos, sou um caçador de guaxinins.

— Sem cachorros? Não temos tempo pra isto. Temos que ajeitar as coisas antes que os cachorros de verdade cheguem aqui, pela manhã.

O velho praguejou baixinho.

— Você se envolveu em uma encrenca, ok? — Rambo disse.

— Me desculpe por arrastá-lo a ela, mas não tive escolha. Preciso de comida, roupas e um rifle, e não vou deixar vocês saírem daqui até me darem.

— Vamos só atirar nele, pai — falou o garoto, à esquerda. — Ele vai tentar alguma coisa.

O velho não respondeu, e Rambo também ficou quieto. Tinha que dar tempo para que ele pensasse. Se tentasse apressar as coisas, o homem se sentiria encurralado e atiraria. À esquerda, escutou o garoto engatilhando a arma.

— Abaixa essa espingarda, Matthew — mandou o velho.

— Mas ele vai tentar alguma coisa. Não tá vendo? Não tá vendo que ele é um desses homens do governo?

— Vou enfiar essa espingarda no seu ouvido se não baixar ela, que nem eu mandei. — Então, o velho riu. — Governo... Besteira. Olha pra ele. Onde diabos esconderia o distintivo?

— É melhor ouvir o seu pai — Rambo afirmou. — Ele sabe do que fala. Se me matar, aqueles policiais vão me encontrar pela manhã e vão querer saber quem foi o responsável. A seguir, vão colocar os cães na cola de vocês. Não interessa se vão me enterrar ou tentar ocultar o cheiro, eles vão...

— Cal viva — o garoto o interrompeu, inteligentemente.

— Claro, cal pode ajudar a cobrir meu cheiro. Mas o cheiro dela vai estar em vocês, e os policiais colocarão os cachorros atrás desse rastro.

Ele parou e ficou olhando para as lanternas, dando tempo para que pensassem.

— O problema é que se não me derem comida, roupas e um rifle, não vou dar o fora até achar sua destilaria, e, pela manhã, a polícia seguirá meus rastros até ela. Não vai fazer diferença se vocês desmontarem tudo esta noite e esconderem. Vou seguir vocês até onde as peças estiverem.

— A gente espera até a manhã para desmontar — o velho afirmou. — Você não pode se dar ao luxo de ficar aqui por tanto tempo.

— Não vou conseguir ir muito longe descalço, de qualquer maneira. Não, acreditem em mim. No estado que estou, há uma boa chance de eles me pegarem... e eu posso levar vocês dois comigo nessa.

Após alguns instantes, o velho tornou a praguejar.

— Mas, se me ajudarem, se me derem o que preciso, vou para longe daqui, e a polícia não vai chegar nem perto do seu alambique.

Foi a forma mais simples que Rambo encontrou para dizer aquilo. A ideia soava convincente para ele. Se eles quisessem proteger seu equipamento, teriam que ajudá-lo. Claro que poderiam se zangar pela maneira como ele os estava encurralando e decidir matá-lo. Ou poderiam ser uma família de relacionamentos consanguíneos, estúpida o suficiente para não captar a lógica que empregara.

Estava mais frio, e Rambo não conseguia parar de tremer. Agora que todos estavam quietos, o ruído dos grilos parecia duas vezes mais alto. Enfim, o velho falou:

— Matthew... suponho que seja melhor você ir até a casa e trazer o que ele pediu. — Sua voz não estava feliz.

— E traga uma lata de querosene — Rambo completou. — Já que estão me ajudando, vamos garantir que eles não machuquem vocês. Vou passar querosene nas roupas e deixá-las secar antes de vestir. O querosene não impedirá que os cães me sigam, mas impedirá que captem o odor de vocês nas roupas e o sigam para ver quem me ajudou.

O feixe de luz da lanterna do garoto mirou diretamente em Rambo.

— Vou fazer o que meu pai mandou, não o que você disse.

— Pegue o que ele quer — disse o velho. — Também não gosto dele, mas o homem sabe muito bem no que foi que meteu a gente.

A lanterna do garoto permaneceu firme em Rambo por mais um momento, como se o jovem estivesse decidindo se iria ou não, ou talvez estivesse mostrando quem manda. Então, o feixe desviou-se para os arbustos, a luz apagou e Rambo o escutou atravessar a vegetação rasteira. Provavelmente já havia ido e vindo de casa até aquela nascente tantas vezes, que poderia fazê-lo de olhos fechados, e certamente sem luz.

— Obrigado — Rambo disse ao velho, cuja luz permaneceu iluminando seu rosto. Então ela também apagou. — Obrigado por isso também — falou; a imagem da luz permanecendo em sua vista por mais alguns segundos e, então, diminuindo lentamente.

— Só tô poupando as pilhas.

Rambo o escutou aproximando-se pela vegetação.

— É melhor não chegar muito mais perto — alertou. — Não queremos que seu cheiro se misture ao meu.

— Eu não ia fazer isso. Tem um tronco cortado aqui e quero me sentar, só isso.

O homem acendeu um fósforo e o levou à extremidade de um cachimbo. O fósforo não ficou aceso por muito tempo, mas, conforme o velho tragava e a chama bruxuleava, Rambo viu uma cabeça despenteada, um rosto grisalho e a parte de cima de uma camisa vermelha xadrez, com suspensórios sobre os ombros.

— Tem um pouco do seu material contigo? — Rambo perguntou.

— Talvez.

— Está frio. Eu não me importaria de dar um trago.

O homem esperou, então ligou a lanterna e ergueu um jarro, de modo que Rambo conseguisse vê-lo na luz para apanhá-lo. O vasilhame pesava como uma bola de boliche e, surpreso com isso, Rambo quase o derrubou. O velho riu. Rambo tirou a rolha, que estalou com um som molhado, e, apesar do peso do jarro, bebeu segurando-o com apenas uma mão, da maneira como sabia que o velho respeitaria, metendo o dedo indicador através da asa no topo e equilibrando o jarro na curva de seu cotovelo. O sabor era forte e queimou sua garganta e língua, esquentando cada centímetro do seu estômago ao cair. Ele quase engasgou. Quando baixou o jarro, os olhos estavam lacrimejando.

— Um pouco forte? — perguntou o velho.

— Um pouco — Rambo respondeu, tendo dificuldade de fazer a voz funcionar. — O que é?

— Uísque de milho. Mas é um pouco forte mesmo, não?

— Sim, eu diria que é. — Rambo repetiu, tendo ainda mais problemas com sua voz. O velho riu.

— É... com certeza é forte.

Rambo ergueu o jarro e tornou a beber, engasgando com o álcool denso e quente, enquanto o velho dava mais uma rápida gargalhada.

3

O canto matinal dos primeiros pássaros despertou Teasle no escuro, e ele ficou ali, deitado ao lado da fogueira, enrolado no cobertor que havia apanhado na viatura, espiando as últimas estrelas tardias no céu, além da copa das árvores. Há anos não dormia nas matas. Mais de vinte anos, ele se deu conta; 1950, ele calculava. Mas não o fim de 1950; dormir naqueles buracos congelados na Coreia não contava, obviamente. Diabos, não... a última vez que ele havia realmente acampado fora naquela primavera, quando tinha recebido sua notificação de recrutamento, decidira se alistar nos fuzileiros navais, e ele e Orval subiram as colinas no primeiro final de semana em que o clima estava quente o suficiente. Agora estava todo dolorido por ter dormido no chão duro, as roupas úmidas onde o orvalho ensopara o cobertor e, mesmo próximo ao fogo, tremia de frio. Mas não se sentia tão vivo em anos, empolgado por estar mais uma vez em ação e ávido para perseguir o garoto. Entretanto não havia motivos para atiçar todo mundo enquanto Shingleton não chegasse com os suprimentos e o resto dos homens e, por ora, sendo o único acordado, estava adorando ficar sozinho daquela maneira, tão diferente das noites em que passara só desde que Anna havia partido. Ele se enrolou mais apertado no cobertor.

Então sentiu um cheiro, olhou e viu Orval sentado ao lado da fogueira, tragando um cigarro de palha fino; a fumaça sendo levada na direção de Teasle pela brisa fria da manhã.

— Não sabia que estava acordado — Teasle sussurrou para não perturbar os outros. — Há quanto tempo?

— Antes de você.

— Mas estou acordado há mais de uma hora.

— Eu sei. Não durmo mais tanto assim. Não porque não consiga. Só não gosto de perder tempo.

Apanhando o cobertor, Teasle foi até próximo de Orval e acendeu um cigarro usando um graveto da fogueira. As chamas estavam baixas e, quando Teasle o jogou de volta a elas, faíscas quentes voaram. Estava certo quando dissera a Orval que seria como nos velhos tempos, embora não acreditasse naquilo ao falar, precisando apenas que Orval o seguisse e censurando a si próprio por ter usado aquele tipo de argumento emotivo para convencer o homem. Mas a sensação de reunir lenha, limpar pedras e gravetos para deixar o chão menos irregular, espalhar o cobertor... Ele se esquecera do quão real e bom era tudo aquilo.

— Então ela foi embora — Orval murmurou.

Teasle não queria falar a respeito. Ela é quem tinha ido embora, não o oposto, e isso dava a impressão de que ele é quem estava errado. Talvez estivesse. Mas ela também estava. Mesmo assim, não conseguiu jogar a culpa apenas sobre ela, de modo que Orval não pensasse mal dele. Tentou explicar de forma neutra.

— Talvez ela volte. Está pensando. Durante um tempo, nós estávamos brigando demais, essa é a verdade.

— Você é um homem difícil.

— Meu Deus, você também.

— Mas eu vivi com a mesma mulher por quarenta anos e, até onde sei, Bea não pensou em ir embora. Sei que as pessoas devem estar te fazendo essas perguntas o tempo todo, mas, considerando o que eu e você somos, acredito que tenho esse direito. Por que as brigas?

Ele quase não respondeu. Falar sobre coisas pessoais sempre o embaraçava, ainda mais aquilo, sobre o qual ele ainda não refletira o suficiente; quem estava certo, e se era justificável.

— Filhos — respondeu. A seguir, já que tinha começado, seguiu em frente. — Eu pedi pra termos pelo menos um. Não faria diferença, menino ou menina. Só queria alguém que fosse pra mim o que eu fui pra você. Eu... não sei como explicar. Até me sinto idiota falando a respeito.

— Não me diga que isso é idiotice, amigo. Não quando também tentei por tanto tempo ter um filho.

Teasle olhou para ele.

— Ah, você é como se fosse meu — Orval afirmou. — Como se fosse. Mas não dá pra evitar me perguntar que tipo de filho eu e a Bea teríamos. Se pudéssemos.

Doeu, como se por todos aqueles anos ele tivesse sido para Orval apenas a criança necessitada de um amigo falecido. Não conseguia aceitar aquele sentimento; era mais uma manifestação da falta de autoconfiança que vinha de Anna ter partido e, agora que falava sobre ela, precisava abrir o jogo e concluir.

— No Natal passado, antes de irmos jantar na sua casa, passamos no Shingleton pra tomar um drinque e, vendo os dois filhos dele, a expressão em seus rostos ao receber os presentes, pensei que talvez seria bom ter um. Com certeza me surpreendeu que, na minha idade, quisesse, e com certeza surpreendeu ela. Conversamos a respeito e ela ficava dizendo que não. Acho que, depois de um tempo, acabei criando um caso muito grande. O que aconteceu foi que ela meio que colocou na balança nosso relacionamento e as dificuldades que imaginou que um bebê traria. E foi embora. O mais doido é que, por mais que não consiga dormir desejando que ela volte, de certo modo, estou feliz por ela ter partido. Fiquei por conta própria de novo, sem discussões, livre pra fazer o que quiser, chegar tarde em casa sem ter de me explicar e pedir desculpas por ter perdido o jantar, sair se quiser e trepar por aí. Às vezes até acho que a pior parte de tudo é o quanto o divórcio vai me custar. Ao mesmo tempo, não consigo nem dizer a você o quanto preciso dela de volta comigo.

Seu hálito se condensava por causa do frio. Os pássaros tinham se reunido, ruidosos. Ele observou Orval dar a última tragada no cigarro, já rente aos dedos, suas juntas nodosas e amarelas pela nicotina.

— E esse sujeito que estamos perseguindo? — Orval perguntou. — Vai descontar tudo nele?

— Não.

— Tem certeza?

— Você me conhece. Não jogo mais duro do que preciso. Sabe tão bem quanto eu que uma cidade permanece segura por causa das pequenas coisas que são mantidas sob controle. Não se pode fazer nada para evitar algo grande, como um assassinato ou um assalto à mão armada. Se alguém realmente quiser fazer isso, fará. Mas são as pequenas coisas que mantêm uma cidade como é, as coisas que você pode vigiar e tornar seguras. Se eu só tivesse sorrido e abaixado a cabeça pro garoto, em breve estaria me acostumando com a ideia e deixaria que outros fizessem o mesmo. Logo, deixaria que outras coisas passassem em branco. Eu estava tão preocupado comigo quanto com o garoto. Não posso me permitir afrouxar. Não dá pra manter a ordem em algumas ocasiões, mas não em outras.

— Você ainda está terrivelmente ansioso para persegui-lo, mesmo com sua parte no trabalho tendo terminado. Isto aqui é assunto da polícia estadual agora.

— Mas foi meu homem que ele matou e é minha responsabilidade prendê-lo. Quero que toda a minha equipe saiba que não vou parar por nada se alguém os machucar.

Orval olhou para a guimba do cigarro e assentiu, jogando-a no fogo.

As sombras estavam desaparecendo; árvores e arbustos ficando nítidos. Era o falso amanhecer e, em pouco tempo, a luz ia parecer estar diminuindo de novo, mas então o sol brilharia e tudo voltaria a ficar claro. Eles poderiam se levantar e começar, Teasle pensou. Onde estava Shingleton com os homens e os suprimentos? Ele já deveria ter voltado há meia hora. Talvez alguma coisa tivesse dado errado na cidade. Talvez a polícia estadual o tivesse impedido de vir. Teasle cutucou o fogo com um graveto, atiçando as brasas. Onde *está* ele?

Então escutou o primeiro latido de um cachorro no meio da mata, o que agitou os cães presos a uma árvore perto de Orval. Eram cinco deles, despertos, as barrigas coladas no chão, olhos fixos em seu dono. Agora, estavam de pé, excitados, latindo em resposta.

— Quietos — falou Orval. Eles o encararam e ficaram em silêncio. Suas cernelhas tremiam.

Ward, Lester e o jovem policial se mexeram, ainda dormindo. Estavam do outro lado da fogueira, enrolados nos cobertores.

— Hãããã — disse Ward.

— Só mais um minuto — falou Lester, adormecido.

O cão tornou a latir, soando ainda mais próximo, e os animais ao lado de Orval ergueram as orelhas, devolvendo animados os latidos.

— Quietos — Orval ordenou. — Sentados.

Em vez disso, eles ergueram a cabeça na direção do outro latido, as narinas tremendo.

— Sentados — exigiu Orval e, lentamente, um a um, os cães obedeceram.

Ward se contorceu, os joelhos pressionados contra o peito.

— O que foi? O que está acontecendo?

— É hora de levantar — disse Teasle.

— Quê? — murmurou Lester e se espreguiçou. — Meu Deus, como está frio.

— É hora de levantar.

— Só mais um minuto.

— É o tempo que eles vão levar pra chegar aqui.

Pessoas atravessavam as folhagens, se aproximando. Teasle acendeu mais um cigarro, sua boca e garganta secas, e sentiu a energia crescer dentro de si. Poderia ser a polícia estadual, percebeu repentinamente, e ficou estático, fumando e olhando para a floresta na direção em que os arbustos estalavam.

— Jesus, que frio — reclamou Lester. — Espero que o Shingleton esteja trazendo comida quente.

Teasle esperava que fosse apenas Shingleton e seus homens, e não a polícia estadual. Súbito, cinco figuras surgiram contornando as árvores e arbustos sob a luz pálida da manhã, mas Teasle não conseguia discernir a cor de seus uniformes. Eles conversavam entre si, um homem tropeçou e praguejou, mas Teasle não pôde identificar as vozes. Tentava pensar em alguma maneira de permanecer no comando, caso fossem da polícia estadual.

Logo se aproximaram, saindo da linha das árvores até aquela breve inclinação, e o chefe de polícia viu Shingleton tropeçar enquanto guiava o cão que puxava firme a coleira, seguido por seus homens, e sentiu-se mais feliz do que nunca por vê-los. Carregavam sacos de pano, rifles e cordas, e Shingleton trazia um comunicador de campo sobre o ombro, com o cão conduzindo-o até o acampamento.

— Comida quente — Lester estava de pé, perguntando. — Você trouxe comida quente?

Shingleton aparentemente não o escutou. Estava sem fôlego, entregando o cachorro para Orval. Lester virou-se apressado para os policiais:

— Vocês trouxeram comida quente?

— Sanduíches de ovo e presunto — respondeu um deles, arfando. — Garrafa térmica com café.

Lester apanhou o saco que o homem carregava.

— Não tá aí — o policial disse a ele. — Tá com o Mitch, atrás de mim.

Mitch sorria. Abriu seu pacote, entregou os sanduíches embrulhados em papel-alumínio e todos pegaram um, começando a comer.

— Você cobriu uma distância e tanto na noite passada — Shingleton disse a Teasle, ainda recobrando o fôlego, recostado a uma árvore. — Achei que chegaria até vocês em meia hora, mas levou o dobro disso.

— Lembre que não conseguiríamos andar tão rápido quanto eles na noite passada — disse Mitch. — Tínhamos mais peso pra carregar.

— Eles cobriram uma distância e tanto mesmo assim. — Teasle não conseguia se decidir se Shingleton estava dando desculpas por ter chegado tarde ou se estava mesmo admirado.

O chefe de polícia deu uma mordida num sanduíche oleoso e morno, mas, por Deus, como estava bom. Apanhou um copo de papel que Mitch enchera de café fumegante, soprou um pouco e bebericou, queimando o lábio superior, a língua e o céu da boca, sentindo a pasta quente de presunto e ovo esquentar na boca.

— O que está acontecendo por lá? — perguntou. Shingleton riu:

— A polícia estadual não gostou muito do que você armou. — Ele parou para mastigar. — Como você havia dito, esperei naquele campo na noite passada, e eles apareceram dez minutos depois que vocês haviam entrado na mata. Ficaram danados da vida por você ter se aproveitado da pouca luz do dia que restara e perseguido o garoto para não perder o caso. Fiquei surpreso por terem percebido tão rápido o que você estava armando.

— Mas o que aconteceu?

Shingleton deu um sorriso orgulhoso e tornou a morder o sanduíche.

— Passei metade da noite com eles na delegacia, até que finalmente concordaram em cooperar. Vão bloquear as estradas que cercam as colinas e ficar fora daqui. Mas vou te dizer, não foi fácil convencê-los a não vir atrás de você.

— Obrigado. — Ele sabia que Shingleton estava esperando aquilo.

Shingleton assentiu, mastigando.

— O que finalmente fez diferença foi dizer que você conhecia o garoto melhor do que eles, e sabia do que ele era capaz.

— Alguma informação sobre quem ele é ou pelo que é procurado?

— Estão trabalhando nisso. Vão informar pelo rádio. Ao primeiro sinal de encrenca, disseram que virão com tudo o que têm.

— Não vai haver encrenca. Alguém dê um chute no Balford pra ele acordar — Apontou para o jovem policial enfiado dentro do cobertor, ao lado do fogo. — O cara consegue dormir em qualquer situação.

Orval acariciou o cachorro que Shingleton trouxera e o levou para lamber o rosto de Balford, despertando abruptamente o jovem policial, que limpou, zangado, a saliva do rosto.

— Que raios você está fazendo?

Os homens riram, mas pararam logo, surpresos. O som de um motor foi ouvido, distante demais para que Teasle adivinhasse de que tipo era, mas que começava a ficar mais nítido aos poucos, então, profundo e trovejante, até que o helicóptero surgiu sobre a copa das árvores, desferindo círculos amplos, refletindo a luz do sol.

— Mas o que...? — Lester começou a dizer.

— Como sabiam que a gente estava aqui?

Os cachorros latiam. Sobre o estrondo do motor, as lâminas cortavam o ar.

— Algo novo que a polícia estadual me deu — afirmou Shingleton, mostrando o que parecia ser uma reles caixinha de cigarros cinza. — Ele transmite sinais de rádio. Disseram que queriam saber onde você estava o tempo todo. Me fizeram carregar isto aqui e deram outro pro cara pra quem você pediu emprestado o helicóptero.

Teasle abocanhou o que restava do seu sanduíche.

— Qual policial está com ele?

— Lang.

— Nosso rádio chega até eles?

— Pode apostar.

O rádio estava onde Shingleton o deixara, numa reentrância baixa de uma árvore. Teasle girou um botão no painel de controle e, observando o helicóptero que ainda voava em círculos, a luz refletindo nas lâminas barulhentas, disse alto no microfone:

— Lang. Portis. Tudo pronto aí?

— Quando você estiver, chefe. — A voz era irregular e arranhada. Soava como se estivesse a quilômetros de distância.

Teasle mal conseguia escutá-la acima do barulho do motor. Olhou para os seus homens. Orval estava reunindo os copinhos e o papel-alumínio dos sanduíches, jogando-os no fogo. Os outros vestiam o equipamento, pendurando os rifles nos ombros. Com os detritos tendo virado cinzas, Orval abafou as chamas com terra.

— Certo, homens — disse Teasle. — Vamos andando.

Estava tão entusiasmado que não conseguia colocar o microfone de volta no rádio.

4

Ele correu e caminhou, correu e caminhou, durante a manhã inteira, escutando o motor a quilômetros dali, tiros ocasionais abafados e uma voz masculina murmurando algo num megafone. Posteriormente, o motor chegou mais perto, e ele, reconhecendo o som de um helicóptero, como os que havia na guerra, começou a mover-se mais rápido.

Já estava vestido há quase doze horas, mas após escalar nu aquelas colinas no ar gelado da noite, ainda apreciava o calor que as roupas traziam. Vestia sapatos velhos e pesados que o rapaz trouxera por volta da meia-noite ao vale próximo à nascente. De início, os sapatos eram grandes demais, mas ele havia posto algumas folhas dentro e apertado os cadarços para que seus pés não ficassem escorregando dentro do calçado e criassem bolhas. Mesmo assim, o couro era rígido contra seus pés nus, e ele gostaria que o garoto tivesse se lembrado de trazer meias. Quem sabe o esquecimento tivesse sido proposital. As calças, por outro lado, eram muito justas e, supondo que mais uma vez o rapaz tivesse feito de propósito, deu uma gargalhada. Sapatos grandes demais, calças apertadas demais, e ele era a piada.

Elas pareciam ser velhas calças sociais que tinham sido rasgadas na traseira, costuradas e agora virado calças de trabalho, meio descoloridas e com manchas de óleo e graxa. A camisa era branca, de algodão, puída nos punhos, casas de botão e colarinho, e, para mantê-lo aquecido durante a noite, o velho tinha até lhe dado sua camisa xadrez vermelha. Aquilo foi uma surpresa; o velho ter ficado tão amigável e generoso no final das contas. Talvez a culpa tenha sido do uísque. Depois que ele e o velho comeram as cenouras e o frango frito gelado que o garoto trouxera, passaram o jarro de uísque para lá e para cá sem parar, incluindo o rapaz, até que o velho chegou ao ponto de abrir mão do rifle e de um lenço cheio de cartuchos.

— Eu mesmo já tive de me entocar nas montanhas por uns dois dias — revelara o homem. — Faz tempo. Quando não era muito mais velho do que meu filho. — Ele não disse o motivo e Rambo teve o cuidado de não perguntar. — Nem tive chance de ir pra casa e apanhar meu rifle. Com certeza poderia ter usado contra eles. Se sair dessa, me mande o dinheiro pelo rifle. Quero a sua palavra. Não que me importe com o dinheiro. O que produzo, Deus sabe, me permite comprar outro. Mas, se sair dessa, gostaria de saber como conseguiu e penso que o rifle vai te lembrar disso. É uma boa arma. — E era mesmo; uma calibre .30-30 com ação de alavanca, capaz de varar um homem a oitocentos metros de distância como se ele fosse um pedaço de queijo. O velho tinha prendido uma grossa tira de couro no cabo para diminuir o coice. Tinha também um ponto de tinta luminosa no visor, na ponta do cano, para ajudar a mirar de noite.

Rambo fez a seguir o que tinha prometido, retornando pelo caminho que viera para longe de onde o velho tinha a sua caldeira, serpentinas e jarros; em pouco tempo, seguia na direção oeste, ainda planejando em algum momento virar para sul, rumo ao México. Não se enganava imaginando que seria fácil chegar lá. Já que não arriscaria ser pego ao roubar um carro, teria de viajar a pé durante meses pelo interior, vivendo da terra. Ao mesmo tempo, não conseguia pensar em outro lugar onde estaria mais seguro e, por mais distante que fosse a fronteira, pelo menos por enquanto ela lhe dava alguma direção. Quando já tinha cruzado alguns quilômetros, forçado a mover-se devagar por causa da escuridão, dormiu numa árvore, despertou com o raiar do sol e comeu mais cenouras e frango que havia poupado do montante que o velho lhe dera. Agora, com o sol alto e brilhando, estava a muitos quilômetros dali, atravessando rapidamente a floresta por uma larga baixada. Os tiros estavam mais altos, a voz do megafone mais definida, e sabia que em breve o helicóptero estaria checando aquela trilha junto às demais. Saiu das matas para correr por um campo aberto de grama e vegetação rasteira, e nem bem havia atravessado um quarto do caminho, ouviu o rugido das hélices quase sobre ele. Rambo fez uma curva em pânico, na ânsia de tentar encontrar abrigo. Um pinheiro caído, com o tronco destruído provavelmente por um raio, parecia ser tudo o que havia por perto para protegê-lo, pois não havia tempo de voltar para a mata fechada. Ele correu e mergulhou sob os galhos grossos, arranhando as costas enquanto engatinhava. Então, olhando por entre as folhas, viu o veículo surgir num voo baixo ao longo da grota. Ele crescia diante de seus olhos. Os trens de pouso quase roçavam o topo da copa das árvores.

— Aqui é a polícia — A voz do homem projetou-se do megafone do helicóptero. — Você não tem chance, desista. A qualquer um que esteja na floresta... um perigoso fugitivo pode estar próximo. Identifique-se. Acene se viu um homem vagando sozinho. — A voz parou, então, recomeçou estranhamente, como se as palavras estivessem sendo lidas num cartão. — Aqui é a polícia. Você não tem chance, desista. A qualquer um que esteja na floresta... um perigoso fugitivo pode estar próximo.

E assim foi, repetidamente. Rambo ficou sob os galhos, perfeitamente estático, sabendo que o emaranhado de folhas impedia que fosse visto do chão, mas incerto se o ocultava do alto, observando o helicóptero varrer as árvores na direção da planície aberta. Estava próximo o suficiente para que ele enxergasse a cabine através do vidro dianteiro. Havia dois homens olhando para fora pelas janelas abertas, um piloto civil e um policial vestindo o uniforme cinza dos homens de Teasle. De sua janela, mirava um rifle de calibre alto com mira telescópica. Ca-rack! O tiro ecoou, projetado contra um agrupamento de rochas e arbustos nos limites da floresta por sobre a qual o helicóptero acabara de voar.

Deus, Teasle queria mesmo pegá-lo, mandando que aquele homem disparasse em prováveis esconderijos, sem medo de atingir alguém inocente, supondo que a maior parte das pessoas obedeceria ao aviso e se revelaria por conta própria. Do ponto de vista de Teasle, por que não? Para ele, Rambo não passava de um assassino de policiais e não poderia escapar sob hipótese alguma, tendo de ser feito de exemplo para que ninguém mais cogitasse matar outro agente da lei. Mesmo assim, Teasle era um tira bom demais para ordenar que ele fosse baleado, sem receber antes a chance de se entregar. Este era o motivo dos avisos, e a ideia de atirar em possíveis esconderijos devia ser mais para assustar do que para acertar de fato. Mas as chances de que ele fosse atingido eram, mesmo assim, bastante altas, portanto não importava se eram disparos de advertência ou não.

Ca-rack! Outro aglomerado de árvores alvejado, e agora eles estavam sobrevoando a planície e, em segundos, estariam sobre ele, e muito provavelmente atirariam. Ele mirou seu rifle através dos galhos, centrando-se no rosto do atirador, pronto para mandá-lo para o inferno no instante em que olhasse em sua direção. Não queria matar mais ninguém, porém, não tinha alternativa. O pior é que, se atirasse naquele homem, o piloto se abaixaria, saindo de sua mira, e se afastaria rápido, pedindo ajuda pelo rádio. Todos saberiam onde ele estava. A não ser que impedisse o piloto ao explodir o tanque de combustível do helicóptero, o que sabia ser besteira também. Claro que conseguiria atingi-lo, mas explodir? Somente em sonhos um homem sem munição de fósforo branco conseguiria realizar um truque daqueles.

Permaneceu rígido, aguardando, o coração batendo forte conforme o helicóptero rugia em sua direção. O atirador posicionou o rosto na mira telescópica de seu rifle, e o próprio Rambo estava quase apertando o gatilho quando se deu conta do que o policial buscava. Graças a Deus Rambo percebera em tempo, relaxando. Cinquenta metros à esquerda havia um pequeno amontoado de pedras e arbustos, próximo a uma poça de água. Ele tinha quase se escondido ali quando escutara a chegada do helicóptero, mas estava longe demais. Agora a aeronave ia naquela direção — Ca-rack! — e ele não conseguiu acreditar, achando que seus olhos estavam lhe pregando truques. Os arbustos se moveram. Ele piscou e os arbustos se levantaram, e então soube que não eram os seus olhos, quando as folhas se abriram e um enorme cervo de chifres e ombros largos surgiu, passando pelas pedras. Ele caiu, levantou-se e seguiu saltando pelo campo aberto na direção oposta, rumo à floresta, seguido pelo helicóptero. Sangue corria pelo quadril do animal, mas isso não parecia fazer diferença; não da maneira magnífica como corria em direção às árvores. O coração de Rambo batia forte.

E não parava de bater. Eles voltariam. O cervo era só diversão. Assim que desaparecesse da vista na mata, eles voltariam. Já que havia algo escondido nos arbustos ao lado da poça, poderia haver algo também naquele pinheiro caído. Ele tinha que sair dali rapidamente.

Mas precisava esperar até que a cauda do helicóptero estivesse apontada na sua direção e os homens olhassem para frente, para o animal que perseguiam. Ele contraiu o corpo, em expectativa, até que finalmente não pôde mais esperar; rolou para fora de seu esconderijo e correu pela parte em que a grama era mais baixa e não deixaria rastros. Estava se aproximando dos arbustos e das pedras. O barulho do helicóptero mudou rápido demais, ficando mais alto. O cervo chegara à floresta. A aeronave estava dando a volta. Correu freneticamente até a cobertura das pedras, saltando debaixo dos arbustos e se preparando para atirar, caso tivessem visto sua fuga.

Ca-rack! Ca-rack! O primeiro tiro do helicóptero foi no pinheiro caído, o segundo enquanto sobrevoava a área, pairando. A seguir, se inclinou devagar para frente e seguiu pelo vale, deixando Rambo para trás.

— Aqui é a polícia — A voz tornara a soar. — Você não tem chance, desista. A qualquer um que esteja na floresta... um perigoso fugitivo pode estar próximo. Identifique-se. Acene se viu um homem vagando sozinho.

Um bocado de cenouras e frango maldigeridos voltou de seu estômago com um sabor amargo, e ele cuspiu na grama, sentindo o gosto acre na língua. Estava no estreito fim do vale. Mais à frente, as escarpas de ambos os lados se uniam. Fraco por ter vomitado, observou por entre os arbustos o helicóptero varrer as árvores naquela direção, ascender, margear o topo de uma encosta e ir para a ravina seguinte, o som do motor lentamente morrendo ao longe e a voz do megafone ficando mais abafada.

Ele não conseguia se levantar; as pernas tremiam demais. Por estar tremendo, tremia ainda mais; o helicóptero não devia tê-lo assustado tanto. Na guerra, vira ação bem pior do que aquilo e saíra abalado, mas nunca ao ponto de não conseguir fazer o corpo funcionar. Sua transpiração era fria, e precisava beber algo, mas a poça ao lado dos arbustos era estagnada e lamacenta, e com certeza o deixaria pior do que ele já estava.

Você ficou longe da luta por tempo demais, disse a si próprio. Está fora de forma, só isso. Vai se acostumar rapidinho.

Claro, refletiu. Aquela tinha de ser a resposta.

Apoiando-se num rochedo, forçou-se a ficar de pé e, com a cabeça acima dos arbustos, olhou ao redor para ver se havia alguém por perto. Satisfeito, recostou-se sobre a pedra, as pernas ainda inseguras, e removeu folhas de pinheiro do mecanismo de disparo de seu rifle. Independentemente de qualquer coisa, precisava manter a arma impecável. O cheiro do querosene que derramara nas roupas já havia desaparecido e em seu lugar havia um leve odor picante de terebintina, deixado pelo pinheiro. Isso misturou-se ao amargor em sua boca, fazendo Rambo pensar que passaria mal de novo.

De início, não teve certeza se escutara direito; o vento soprou e dispersou o som. Então, o ar ficou parado e ele os escutou com clareza; os primeiros ecos fracos de cães latindo atrás dele, vindo da extremidade oposta do vale. Um novo tremor irrompeu em suas pernas. Virou para a direita, onde a grama se transformava em rochas, árvores espaçadas e, depois delas, um barranco. Imprimindo força às pernas, correu.

5

Conforme Teasle e seus homens atravessavam as árvores e a vegetação rasteira, seguindo os cães, ele refletia que o garoto não tinha muita vantagem. Rambo havia fugido da cadeia às seis e meia, tinha escurecido às oito e meia, e, durante a noite, não poderia ter ido muito longe naquelas colinas; uma hora, talvez duas no máximo. Ele provavelmente teria retomado a fuga ao nascer do sol, assim como eles, o que lhe dava quatro horas de dianteira. Mas, considerando outras coisas, era possível que estivesse a apenas duas, talvez menos. Estava nu e isso o tinha atrasado; não conhecia o terreno, então de vez em quando acabaria desembocando em barrancos e vales sem saída, o que o faria perder ainda mais tempo para voltar e encontrar outro caminho. Fora isso, estava sem comida, o que o deixaria exausto, o atrasaria mais e abreviaria a distância entre eles.

— Com certeza menos de duas horas à nossa frente — disse Orval, correndo. — Não pode estar a mais do que uma. O cheiro está tão fresco que os cães não precisam nem arrastar o nariz no chão.

Orval seguia à frente do chefe de polícia e dos demais, seu braço estirado, como se fosse uma extensão da coleira principal que segurava, e Teasle saltava e passava por entre arbustos, tentando acompanhá-lo. De certa maneira, era curioso que um homem de setenta e dois anos de idade ditasse o ritmo, deixando todos para trás. Se bem que Orval corria oito quilômetros todas as manhãs, fumava apenas quatro cigarros por dia e nunca bebia, enquanto Teasle fumava um pacote e meio de cigarros, bebia meia dúzia de cervejas diariamente e não se exercitava há anos. Já era um grande feito conseguir acompanhá-lo. O policial respirava tão fundo e rápido que os pulmões queimavam e suas pernas pareciam sofrer punhaladas, mas pelo menos não estava correndo de forma tão esquisita quanto quando eles haviam começado. Ele tinha sido um boxeador em sua época de fuzileiro naval, e lá aprendera a correr durante os treinos. Mas o corpo estava totalmente fora de forma, e viu-se obrigado a reaprender tudo; uma passada rápida, macia e confortável, inclinar-se um pouco para frente, permitindo que o empuxo do corpo conduzisse as pernas para que não caísse. Estava pegando o jeito aos poucos, correndo mais rápido, com mais facilidade, sentindo a dor diminuir e o prazer do esforço preenchê-lo.

A última vez que se sentira assim tinha sido há cinco anos, quando voltara de Louisville para ser o novo chefe de polícia de Madison. A cidade não havia mudado muito, entretanto, tudo parecia diferente. A velha casa de tijolos onde crescera, a árvore no quintal onde seu pai amarrara um balanço, as lápides de seus pais... Nos anos em que esteve fora, as lembranças que tinha disso tudo tinham se aplainado e perdido a cor, como fotografias em preto e branco. Agora, possuíam profundidade e comprimento, eram verdes, vermelhas e amarronzadas, e as lápides eram de mármore arroxeado. Ele não acreditava que rever os túmulos poderia tornar seu retorno tão deprimente. A garotinha, na verdade um feto, num saco plástico aos pés da mãe dentro de um caixão. Ambos os corpos há muito transformados em pó. Tudo porque ela era católica. O feto a estava envenenando, a Igreja recusava-se a permitir um aborto, então ela obedeceu e morreu com seu bebê. Ele tinha dez anos de idade e não compreendeu por que o pai tinha parado de ir à Igreja depois daquilo. Lembrou-se do pai tentando ser também uma mãe após o ocorrido, mostrando-lhe como pescar e ensinando sobre armas, como costurar as meias e cozinhar, como limpar a casa e lavar as roupas, tornando-o independente, quase como se o homem tivesse previsto que levaria um tiro e morreria na floresta, três anos depois. Então, Orval o criou, e depois a Coreia, e Louisville, e então, aos trinta e cinco anos, estava de volta ao lar.

Exceto que não era mais o seu lar, apenas o lugar onde havia crescido, e naquele primeiro dia ao voltar, rodando por locais outrora familiares, ele deu-se conta de que já tinha vivido algo próximo de metade da sua vida. Sentiu-se arrependido por ter retornado, quase telefonou para Louisville para ver se era possível voltar a trabalhar lá. Enfim, pouco antes da hora de fechar, foi até uma imobiliária e, naquela noite, ele e o corretor foram ver lugares para alugar ou comprar. Mas todas as casas e apartamentos que visitou ainda eram habitados, e ele foi incapaz de se enxergar em qualquer um deles. O corretor lhe entregou um livreto com fotografias para que ponderasse antes de dormir e, folheando-o em seu pequeno quarto de hotel, encontrou o lugar que precisava; uma casa de campo nas colinas, próxima à cidade, com um riacho na frente, uma ponte de madeira e um denso arvoredo atrás. As janelas estavam quebradas, o telhado caído e a varanda colapsada; a tintura estava descascando e as persianas penduradas.

Na manhã seguinte, ela era dele, e, durante as noites e dias nas semanas que vieram, ocupou seu tempo como nunca. Das oito às cinco organizava a força policial, entrevistando homens que já estavam em serviço, despedindo aqueles que não queriam ir aos estandes de tiro à noite ou à escola da polícia estadual no período noturno, contratando efetivo que não se importava com aquelas tarefas a mais, e jogando equipamento obsoleto fora, para adquirir novos. Reorganizou a rotina de operações confusa deixada por seu predecessor ao falecer, vítima de um ataque do coração bem na frente da delegacia. Daí, das cinco em diante, abria mão do descanso e trabalhava na casa, refazendo o telhado, colocando novas vidraças nas janelas, construindo uma nova varanda e a pintando com uma cor ocre, de modo que combinasse com o verde das árvores. A madeira podre que removia do telhado e da varanda era usada para fazer uma fogueira no quintal todas as noites, e ele sentava-se diante dela, cozinhando, comendo chili com carne, filé, batatas assadas ou hambúrgueres. A comida nunca tivera sabor mais gostoso, nem seu sono fora tão reconfortante ou seu corpo se sentira melhor; os calos nas mãos lhe davam orgulho, a rigidez nas pernas e braços se transformavam em vigor e ele se movia com cada vez mais agilidade. Foi assim por três meses, então, o trabalho na casa acabou e, por um período, ele encontrou coisas pequenas para consertar, mas logo vieram as noites sem nada para fazer, em que saía para beber, ficava mais tempo no estande de tiro ou voltava para casa, onde assistia televisão e tomava cerveja. A seguir, Teasle se casou, mas agora aquilo também havia acabado, e, enquanto corria por entre as árvores, sem fôlego, pingando suor, sentia-se tão bem que perguntou-se por que tinha deixado de se cuidar.

Os cães começaram a latir à frente, e Orval teve de correr ainda mais rápido para acompanhá-los. Os policiais tentavam seguir Teasle, e ele tentava seguir Orval, e houve um momento enquanto cruzava a mata, com o sol brilhando quente sobre seu corpo, os braços e pernas suados e compassados, em que sentiu que poderia continuar para sempre com aquilo. Súbito, Orval desembestou adiante, e Teasle não conseguia mais se equiparar à sua velocidade. Suas pernas ficaram pesadas, e aquela boa sensação em seu corpo se esgotou.

— Vá mais devagar, Orval!

Mas Orval continuou seguindo firme os cães.

6

Quando alcançou a linha de árvores e pedras, ele teve de desacelerar, posicionando os pés com cuidado para não escorregar e correr o risco de quebrar uma perna. Percorreu a base da encosta, buscando uma maneira fácil de chegar ao topo, encontrou uma fissura na rocha que tinha um metro de profundidade e subia direto até o cume, e a escalou. Próximo ao topo, as pedras salientes que usava como apoio ficaram muito distantes umas das outras, e ele teve de cravar os dedos e subir na base da força. Felizmente, logo a escalada tornou a melhorar, e ele viu-se fora da fissura, em terreno mais nivelado.

Lá em cima, os latidos dos cães ecoavam alto. Ele agachou-se para ver se o helicóptero estava por perto. Não estava — não conseguia sequer escutá-lo — e não havia sinal de ninguém observando-o, fosse ali do alto ou lá embaixo. Deslizou em meio aos arbustos e árvores próximas à beirada da encosta, rastejando rapidamente em direção a um afloramento rochoso que tinha uma longa vista da ravina, onde ficou deitado, vigiando as faixas alternadas de grama e mata. Um quilômetro e meio vale abaixo, viu homens saírem das árvores e cruzarem um espaço amplo, em direção a mais árvores. De longe eles pareciam pequenos e difíceis de serem distinguidos; contou o que pareciam ser dez deles. Não conseguia discernir os cães, mas pelo som, pareciam muitos.

Não era a quantidade que o incomodava, mas sim que haviam obviamente encontrado seu rastro e o perseguiam com rapidez. Em quinze minutos o alcançariam. Teasle não deveria ter sido capaz de chegar tão rápido até ele. Teasle deveria estar horas atrás. Tinha de haver alguém, talvez o próprio chefe de polícia, talvez algum de seus homens, que conhecesse o terreno e, tendo mais ou menos noção do rumo tomado por Rambo, soubesse dos atalhos necessários para alcançá-lo.

Ele voltou correndo até a fenda que subia encosta acima; com certeza não podia permitir a Teasle uma escalada tão fácil quanto a que tinha feito. Posicionou o rifle num montículo gramado, onde nenhuma sujeira entraria nele, e começou a empurrar uma pedra que estava perto do penhasco. Ela era grande e pesada, mas assim que conseguiu rolá-la um pouco, o peso da própria rocha ajudou a impulsioná-la. Logo a pôs onde queria, bloqueando completamente o topo da fissura, com uma face se estendendo um pouco além da beirada da encosta. Um homem que chegasse até ela por baixo não conseguiria contorná-la. Teria de tirar a pedra da frente para conseguir chegar até o alto, contudo, estando sob ela, não teria a alavanca necessária para movê-la. Seria preciso a ajuda de vários homens para tanto, mas a fissura era estreita demais para que coubessem muitos de uma vez. Teasle demoraria um tempo para conseguir tirar a pedra do caminho e, até que o fizesse, ele já teria desaparecido.

Ou era o que esperava. Olhando para o vale, espantou-se ao ver que, enquanto posicionava a pedra, o grupo se movera tão rápido que já estava junto à poça e aos arbustos onde havia se escondido. Os homens em miniatura lá embaixo pararam e olharam para a vegetação, observando os cães farejarem o chão e latirem em círculos. Algo devia ter confundido o odor. O cervo ferido, é claro. Quando entrara nos arbustos, o sangue do animal o sujara, e agora, os cachorros estavam decidindo qual rastro seguir, o dele ou o do cervo. E escolheram rápido. Assim que os animais saltaram na direção da encosta, ele virou-se e apanhou o rifle, correndo para dentro da mata fechada. Nos pontos em que o matagal era denso demais, ele virava-se e forçava a passagem com as costas, e então corria adiante até que precisasse fazer isso novamente. O esforço despendido para empurrar a pedra sobre a fenda havia encharcado seu rosto e peito de suor, que pinicava e ardia, e agora, mais suor vertia enquanto ele encarava uma parede de urtigas, raspando as juntas nuas de seus dedos, deixando-as ensanguentadas.

Um segundo depois, ele estava livre. Irrompeu da mata escura para a luz brilhante do sol numa encosta de pedra e argila, e parou rapidamente para recobrar o fôlego, deslizando com cautela até chegar na beira da elevação. Havia uma encosta e uma ampla floresta no fundo dela, com folhas vermelhas, laranjas e marrons. A encosta era íngreme demais para que escalasse até lá embaixo.

Agora havia uma encosta à sua frente e outra atrás, o que significava que só poderia seguir por duas rotas. Se fosse para o leste, voltaria para trás, na direção da extremidade da ravina. Mas era provável que Teasle tivesse posto grupos vasculhando ambos os lados do vale, para o caso de Rambo ter conseguido retornar. Portanto, só restava um caminho, oeste, a direção que o helicóptero seguira. Foi para lá que correu, até desembocar em outra falésia e descobrir que havia ficado preso.

Jesus. Os cães latiam mais alto, e ele engatilhou o rifle, amaldiçoando a si por ter ignorado uma das regras mais básicas que havia aprendido. Sempre escolha uma rota que não o dei-xará aprisionado. Nunca corra por onde poderá acabar com o caminho bloqueado. Jesus. Será que sua mente tinha amolecido junto do corpo por ter ficado deitado naqueles leitos de hospital? Ele jamais deveria ter escalado aquele desfiladeiro. Merecia ser pego. Merecia toda a merda que Teasle lhe imputaria se ele se permitisse ser pego.

O latido dos cães estava ainda mais perto. Com suor escor-rendo pelo rosto, tocou a barba empapada e notou que ela estava gosmenta de sangue por conta dos cortes e arranhões provocados pelos arbustos e urtigas. O sangue o deixou furioso consigo mesmo. Achou que seria fácil e rotineiro escapar de Teasle, que depois do que passara na guerra, seria capaz de lidar com qualquer coisa. Agora estava sendo obrigado a repensar aquilo. A forma como se sentira abalado por conta do helicóptero deveria ter servido de alerta, sabia disso, mas, mesmo assim, estava tão confiante de que conseguiria despistar Teasle, que acabara se encurralando. Agora ele teria sorte de escapar daquela só com o sangue que já havia derramado. Só havia uma coisa a fazer. Começou a contornar a encosta, examinando sua altura, e parou no ponto em que ela parecia menor. Sessenta metros.

Tudo bem, disse a si mesmo. O erro foi seu, maldito, então pode pagar por ele.

Vamos ver o quão durão você realmente é.

Prendeu bem o rifle entre o cinto e as calças, girando-o para que ficasse em sua lateral, a parte de trás próxima da axila, o cano ao lado do joelho. Certo de que ele não estava solto e cairia nas rochas lá embaixo, deitou-se de barriga para baixo, debruçou na beirada e, seguro pelas mãos, sentiu os pés pendurados. Não conseguia encontrar nenhum apoio para eles.

Os cães começaram a latir histericamente, como se tivessem atingido a fenda bloqueada da encosta.

7

Teasle devia ter pedido pelo rádio quase que imediatamente a polia e o guincho para remover a pedra, a fim de checar se o garoto ainda estava lá em cima por algum motivo ou se aquilo era um truque. Rambo tinha descido a medida de uns dez corpos pela encosta quando tornou a escutá-lo ao longe; o som ficando mais próximo. Havia demorado algo em torno de dez minutos para chegar onde estava; cada fissura e saliência que usara eram difíceis de encontrar, cada pedra onde apoiava os pés tinha de ser testada; precisava ir soltando seu peso pouco a pouco, com um suspiro de alívio para cada vez que o apoio permanecia firme. Ficou pendurado várias vezes como ficara no topo, as botas raspando a pedra nua em busca de apoio. A descida tinha sido tão difícil que subir novamente para evitar ser visto pelo helicóptero seria tão complicado quanto. De qualquer modo, dificilmente conseguiria antes que o helicóptero passasse, então, nem valia a pena tentar; o melhor seria continuar a descer e torcer para que não o vissem.

As rochas lá embaixo se distorciam, atraindo-o como se olhasse para elas por uma lupa de aumento, o que o fez fingir que aquele era um mero exercício na escola de paraquedismo. Mas não era, e, conforme escutava os cães e o helicóptero se aproximando, acelerou a descida, dependurando-se ao limite do seu alcance, importando-se menos em testar os apoios para os pés, com o suor ardendo ao longo do rosto, acumulando-se tremulamente sobre seus lábios e queixo. Antes, quando tinha escutado o helicóptero ao atravessar o gramado para esconder-se debaixo do pinheiro, o som da aproximação da aeronave fora como uma força consistente o empurrando. Mas ali, restringido, lento, apesar da pressa, sentiu o rugido crescente da máquina como algo insidioso se arrastando por suas costas, cada vez mais pesado conforme o volume aumentava. Quando a coisa alcançou a base de seu crânio, ele olhou para o céu atrás de si e agarrou-se imóvel à parede; o helicóptero ficando cada vez maior por sobre as árvores, dando uma guinada para a encosta. Sua camisa de lã vermelha se destacava contra o paredão cinza de pedra; ele rezou para que, por algum motivo, o atirador não o tivesse visto.

Mas sabia que o homem o veria.

Seus dedos estavam sangrando, mergulhados numa saliência da pedra. Os dedões dos pés dentro das botas pressionados poderosamente num ressalto com pouco mais de dois centímetros de largura; sua garganta estremeceu de forma involuntária quando um pé escorregou do apoio. O ruído próximo do ricochete de um tiro perto de seu ombro direito o entorpeceu e o deixou tão perplexo que Rambo quase perdeu o equilíbrio. Balançando a cabeça para sair daquele estado, começou a descer freneticamente.

Encontrou outros três apoios para os pés e, então, não havia mais nenhum. Ca-rang! O segundo tiro ricocheteou na pedra, mais para cima dessa vez, próximo à sua cabeça, assustando-o tanto quanto o primeiro, e ele soube que era o seu fim. A oscilação do helicóptero havia sido a única coisa que o impedira de ser atingido até então; estava atrapalhando a mira do atirador, e o piloto conduzia a aeronave rapidamente, o que tornava o balanço ainda pior, mas o piloto não demoraria a entender seu erro e deixar a aeronave estática. Com os braços e pernas tremendo pelo esforço, agarrou-se a um apoio de mão, descendo um pouco, e depois mais um pouco, e baixou os pés, arriscando-se, pendurando-se novamente, raspando o paredão com os calçados em busca de algo, qualquer coisa, para se apoiar.

Mas não havia nada. Estava pendurado pelos dedos ensanguentados, e o helicóptero pairou ao seu lado como uma maldita libélula, e, bom Deus, mantenha essa coisa desgraçada em movimento, não permita que fique estável ou aquele sujeito poderá dar um tiro decente. Ca-rang! Lascas de pedra e bala derretida entraram queimando na lateral de seu rosto. Olhou para as rochas trinta metros abaixo de si. O suor ardia seus olhos, e ele mal foi capaz de discernir uma árvore exuberante que se erguia em sua direção; os galhos mais altos talvez a dez metros de distância. Ou quinze, ou vinte... ele não tinha como adivinhar.

O helicóptero pairando era enorme, o vento das lâminas soprou em suas costas; ele mirou o corpo sobre a copa da árvore e largou a saliência rochosa, deixando-se cair. Seu estômago regurgitou, a garganta expandindo-se no súbito vácuo, e demorou tanto tempo, segundos infinitos, até que atingisse os primeiros galhos, despencando em meio a eles, até a queda ser interrompida por um tronco grosso.

Torpor absoluto.

Ele não conseguia respirar. Resfolegou e a dor inundou seu corpo; o peito latejava de forma aguda, e tinha certeza de que havia tomado um tiro.

Só que não foi o caso; e o som abafado do helicóptero acima da árvore e o de uma bala cortando as folhagens o puseram em movimento. Estava bem alto na árvore. O rifle ainda estava enfiado entre o cinto e a calça, mas o impacto o pressionara violentamente contra a lateral de seu corpo, deixando-o ligeiramente paralisado. Em agonia, obrigando o braço a se dobrar, segurou a arma e a puxou, mas ela não se movia. O helicóptero descreveu um círculo no alto, retornando para mais um tiro; ele puxou a arma, libertando-a num movimento tão brusco que balançou o galho onde estava apoiado. Perdeu o equilíbrio, ralando a coxa contra o caule afiado, e enganchou desesperadamente o braço no galho que estava sobre sua cabeça. Um estalo; Rambo parou de respirar. Se quebrasse, ele cairia direto para as rochas lá embaixo. O galho estalou mais uma vez antes que se firmasse, e ele tornou a respirar.

Mas o som do helicóptero estava diferente agora. Constante. Firme. O piloto tinha captado a ideia, mantendo-o estável. Rambo não sabia se eles podiam vê-lo na árvore ou não, mas não importava muito; a área no topo da árvore era tão pequena que, se o atirador a crivasse de balas, certamente ele seria atingido. Ele não tinha tempo de ir para um galho mais forte; o próximo tiro poderia ser seu fim. Apressado, desesperado, tirou algumas folhas da frente e viu o helicóptero suspenso no ar.

Muito próximo. Voando poucos metros dele. E, espichando a cabeça para fora do *cockpit*, estava o atirador. Rambo viu com nitidez aquele rosto redondo e de nariz grande ao que o homem se preparava para fazer mais um disparo; uma olhadela era tudo o que Rambo precisava. Num movimento fluido e instintivo, apoiou o cano da arma no galho acima de sua cabeça, firmou-a e mirou bem no meio daquele rosto redondo, na ponta do nariz.

Um leve apertar no gatilho. Na mosca.

Dentro da cabine, o atirador agarrou seu rosto afundado. Estava morto antes de ter a oportunidade de abrir a boca para gritar. Por um instante, o piloto manteve o helicóptero parado, como se nada tivesse acontecido, então, Rambo assistiu através do vidro dianteiro da aeronave enquanto o homem registrava a informação de que havia cabelo e pedaços de cérebro e ossos por todos os lados, e que a parte de cima da cabeça de seu parceiro havia desaparecido. Rambo o viu abrir a boca, horrorizado, ante o sangue espalhado pela sua camisa e calças. Os olhos do homem se arregalaram e a boca convulsionou. A seguir, estava lutando contra o cinto de segurança e puxando o manche como um louco, enquanto mergulhava no chão da cabine.

Rambo estava tentando colocá-lo na mira ali do topo da árvore. Não conseguia ver o piloto, mas tinha uma boa ideia de onde o homem havia se escondido no chão, e mirava justamente lá quando o helicóptero deu uma guinada aguda encosta acima.

A parte de cima chegou a passar pelo cume, mas o ângulo da aeronave estava tão agudo que a parte de trás bateu no rebordo da encosta. Em meio ao rugido do motor, Rambo pensou escutar um estalido metálico quando a traseira bateu, mas não tinha certeza. O helicóptero pareceu ficar ali suspenso interminavelmente, então, com uma abrupta virada para trás, chocou-se contra o desfiladeiro, rangendo e batendo, as hélices se curvando e quebrando quando a explosão veio; uma ensurdecedora bola de fogo e metal galvanizado que passou pela árvore e então cessou. Os galhos externos da árvore pegaram fogo. Um fedor de gasolina e carne queimada se ergueu.

Rambo pôs-se imediatamente em movimento, descendo pela árvore. Os galhos eram grossos demais. Ele teve de circular o tronco para encontrar um ponto em que pudesse passar. Os cães latiam mais altos e ferozes agora, como se tivessem passado pela barricada e chegado até a borda do precipício. Deveriam ter levado mais tempo para tirar aquela pedra do caminho; não conseguia entender como Teasle e seu grupo tinham chegado tão rápido ao cume. Segurou firme o rifle enquanto descia pelos galhos, sentindo as folhas afiadas pinicarem sua face. O peito latejava por conta da queda; doía como se houvesse costelas quebradas, mas ele não podia deixar que aquilo o incomodasse. Os latidos estavam mais próximos; tinha de descer mais rápido, virando-se, deslizando. A camisa de lã prendeu num galho e rasgou, ficando para trás. Malditos cachorros. Ele tinha que ir mais rápido.

Próximo do chão, sentiu uma fumaça preta e densa que sufocou seus pulmões, e através dela, viu de forma indistinta os destroços do helicóptero queimando e estalando. A seis metros do solo, não conseguia mais escalar: não havia mais galhos. Não dava para abraçar o tronco e descer: era largo demais. Saltar. Era a única maneira. Os cães latiam no alto; ele examinou as pedras e rochas abaixo, escolhendo um ponto em que havia terra, folhas e musgo, num bolsão entre as pedras. Sem perceber, sorriu. Ele fora treinado para aquele tipo de coisa, as semanas de saltos de torres, na escola de paraquedismo. Segurando o rifle, agarrou o último galho com a mão livre, pendurou-se e soltou. Atingiu o chão com perfeição. Os joelhos dobraram da forma correta, ele se projetou para a lateral e rolou, ficando de pé imediatamente, como fizera centenas de vezes. Foi só quando se afastou da fumaça sufocante ao redor da árvore, cruzando por cima das rochas, que a dor em seu peito piorou. Bastante. E o sorriso desapareceu. Cristo. Eu vou sucumbir.

Desceu pelas rochas um declive indo em direção à floresta, arfando, o peito doendo terrivelmente. Havia grama à frente; ele saiu das pedras e a alcançou, correndo em direção às árvores, e foi quando ouviu os cães latindo loucamente lá em cima. Eles só podiam estar no ponto em que descera o penhasco; em poucos instantes estariam atirando nele. Não teria qualquer chance em campo aberto; precisava chegar até as árvores, se esconder, abaixar a cabeça e usar todos os truques que conhecia para tornar-se um alvo difícil. Tensionando o corpo ao pensar na primeira bala que atingiria suas costas e peito, enquanto corria para a vegetação para se ocultar, pisando em falso nas raízes e samambaias, até que tropeçou, caiu e ficou estirado no chão úmido e de cheiro adocicado da floresta.

Ninguém tinha atirado. Ele não compreendia. Ficou lá sem fôlego, enchendo os pulmões, inspirando e exalando profundamente, ignorando a dor no peito cada vez que ele inchava. Por que não tinham atirado? Então ele entendeu: porque nunca chegaram ao topo da encosta para começo de conversa. Ainda estavam chegando. Apenas soavam como se estivessem lá. Seu estômago se revirou, mas, desta vez, nada saiu. Virou de barriga para cima e encarou o céu que havia além das folhas das árvores que o outono colorira. Qual era o seu problema? Nunca tinha cometido um erro tão grande de julgamento.

México. A imagem de uma praia quente e das ondas quebrando brilhou dentro de sua mente. Continue em frente. Você precisa começar a se mexer. Ele lutou para pôr-se de pé e já se aprofundava na floresta, quando escutou homens gritando atrás de si, cachorros latindo e o pelotão seguramente chegando ao cume da encosta agora. Parou e escutou, ainda recuperando o fôlego, e voltou pelo caminho que viera.

Não exatamente pelo mesmo caminho. A grama na floresta era alta e sabia ter deixado uma trilha que seria vista facilmente do topo da encosta; seus perseguidores estariam estudando aquela região da floresta por onde ele havia entrado e, ao voltar, poderia dar algum sinal que lhes mostrasse onde estava. Assim, dobrou à esquerda e fez a sua aproximação pelos limites da mata, onde eles não teriam motivos para esperá-lo. Quando as árvores começaram a minguar, se abaixou e rastejou, encontrando uma coisa linda ao chegar atrás de um arbusto: a cem metros de distância, completamente discerníveis no topo da encosta, estavam os homens e cães. Eles estavam todos correndo até o ponto onde ele havia escalado, os cães latindo, um homem atrás deles segurando uma coleira, enquanto os demais vinham na sequência; todos parados e olhando para a fumaça e o fogo do helicóptero lá embaixo. Era o mais próximo que Rambo os vira desde que a caçada começara; o sol batendo forte em todos eles, fazendo com que parecessem estar bizarramente mais perto. Ele contou seis cães e dez homens, nove vestindo o uniforme cinza da unidade de Teasle e um de jaqueta e calças verdes, o que segurava os cachorros. Os animais farejavam onde ele havia descido, circulavam para ver se o cheiro seguia em alguma outra direção, e latiam, frustrados. O homem de verde era mais velho que os demais, e mais alto; ele afagava os animais, dava tapinhas em suas cabeças e dizia palavras gentis que chegavam até ele como murmúrios abafados. Alguns policiais se sentaram, outros, de pé, olhavam para o helicóptero em chamas ou apontavam para a floresta onde ele havia entrado.

Mas Rambo não estava interessado nesses homens, somente em um que andava para frente e para trás, batendo as mãos contra as coxas. Teasle. Não havia como confundir aquele corpo atarracado, o peito arfando, a testa baixa que virava de um lado para outro como um galo de briga. Claro. Como um pintinho. Isso é o que você é, Teasle, um pintinho.

A piada o fez sorrir. O local onde estava era coberto por sombras; descansar era tentador. Ele alinhou Teasle na mira de seu rifle, bem quando este conversava com o homem de verde. Será que o chefe de polícia não ficaria surpreso ao ver que, no meio de uma frase, uma bala teria atravessado seu pescoço? Que engraçado seria. Ficou tão fascinado com isso que quase puxou o gatilho.

Teria sido um erro. Ele queria matá-lo; depois do medo de ser pego pelo helicóptero ou pelos homens, não se importava mais com o que teria de fazer para escapar e, agora, quando pensava nos dois homens que havia matado naquele helicóptero, percebeu que não estava tão incomodado quanto quando matara Galt. Estava se acostumando com a morte de novo.

Mas era uma questão de prioridades. A encosta não deteria Teasle; apenas o atrasaria em uma hora. E matar Teasle não necessariamente deteria os outros; eles ainda teriam os cães de caça para encontrar seu rastro. Aqueles cachorros. Não eram terríveis como os pastores-alemães que tinha visto na guerra, mas eram caçadores natos da mesma maneira; se o alcançassem, era possível que atacassem, em vez de apenas encurralá-lo, como os cães de caça são treinados para fazer. Então ele tinha de atirar primeiro. Depois disso, atiraria em Teasle. Ou no homem de verde, se ele mostrasse a cara antes do chefe de polícia. Pela maneira como cuidava dos cães, Rambo teve certeza de que ele entendia muito sobre como rastrear uma presa; com ele e Teasle mortos, provavelmente os outros não saberiam o que fazer e voltariam para casa.

Decerto não pareciam entender muito sobre aquele tipo de luta. Estavam de pé ou sentados à plena vista, e ele fungou de desgosto. Era evidente que nem ao menos haviam considerado que ele ainda poderia estar por perto. O homem de verde estava tendo dificuldade em acalmar os cachorros; eles estavam amontoados e emaranhados uns nos outros. O sujeito separou a coleira e entregou três cães a um policial. Rambo ficou deitado sob o abrigo do arbusto e mirou nos três que haviam ficado com o homem de verde, disparando sem dó em dois deles. Ele teria atingido o terceiro animal com o tiro seguinte, se o homem de verde não o tivesse puxado para longe da beirada. Os policiais começaram a gritar e saltar para fora da linha de visão. O outro conjunto de cães começou a agir loucamente, uivando e lutando para se soltarem do policial que os segurava. Rambo atingiu um com rapidez. Outro se assustou e despencou da encosta, e o policial que segurava a coleira tentou puxá-lo de volta, em vez de deixá--lo cair e, perdendo o equilíbrio, também despencou pela borda, arrastando consigo os demais animais. Deu apenas um gemido antes de chocar-se contra as rochas lá embaixo.

8

Houve um instante em que eles ficaram deitados, paralisados, com o sol brilhando sobre suas costas, sem vento, nada. O instante se estendeu interminavelmente. Então, Shingleton mirou da beirada e disparou contra a floresta. Já havia dado três tiros quando outro homem juntou-se a ele, e depois mais um, e então, à exceção de Teasle e Orval, todos formaram uma pesada linha de fogo, os sons ruidosos ecoando juntos, como se a munição de um bandoleiro tivesse sido jogada dentro de uma fornalha e os cartuchos aquecidos explodissem em sequência uniforme.

— Já chega — ordenou Teasle.

Mas ninguém obedeceu. Estavam deitados ao longo do rebordo, espalhados, ocultos atrás de montículos de areia e pedras, atirando tão rápido quanto os rifles permitiam. Crack, crack, crack, as mãos em constante movimento, ejetando cartuchos vazios, carregando novos, sem efetivamente mirar, conforme eram sacudidos pelos coices ao disparar novas balas. Crack, crack, crack, e Teasle estava abaixado atrás de uma pedra, berrando:

— Já chega. Eu mandei parar! Parem!

Mas eles continuaram, arrasando a linha de árvores e arbustos, mirando onde as balas do outro tinham agitado as folhas, o que fazia parecer que havia alguém se movendo. Alguns recarregaram e estavam começando de novo. A maioria já o tinha feito. Diferentes rifles: Winchester, Springfield, Remington, Marlin, Savage. Diferentes calibres: .270, .300, .30-06, .30-30. Ferrolhos, alavancas e diferentes carregadores, de seis, sete ou nove rodadas, cartuchos vazios voando e mais vindo a cada segundo. Orval segurava firme seu último cachorro e gritava:

— Parem!

Teasle saiu de trás de seu esconderijo, rastejando como um predador, e berrou, com as veias em seu pescoço pulsando:

— Maldição, eu mandei parar! O próximo homem que puxar o gatilho vai perder dois dias de pagamento!

Aquilo teve efeito. Alguns não tinham ainda recarregado pela segunda vez. Os demais, de algum modo, se contiveram, tensos; os rifles encaixados nos ombros, dedos sobre os gatilhos, ávidos para voltar a atirar. Então, uma nuvem encobriu o sol, e eles estavam bem. Respiraram fundo, engoliram em seco e baixaram os rifles. Uma brisa soprou, varrendo gentilmente as folhas secas na floresta atrás deles.

— Meu Deus — disse Shingleton. Seu rosto estava pálido e teso, como a pele de um tambor.

Ward relaxou os cotovelos sobre o estômago e lambeu os cantos da boca, falando:

— Meu Deus, com certeza.

— Nunca fiquei tão apavorado — murmurava alguém sem parar. Teasle olhou e era o jovem policial.

— Que cheiro é esse?

— Nunca fiquei tão apavorado.

— Ele. Tá vindo dele.

— Minhas calças. Eu...

— Deixem ele em paz — ralhou Teasle. A nuvem que encobrira o sol passou suavemente e o brilho tornou a cair sobre eles. Olhando para onde o sol estava baixo, além do vale, Teasle observou outra nuvem se aproximando, uma maior. Atrás dela, não muito distante, o céu estava lotado delas, escuras e cheias.

Descolou a camisa suada do peito, mas deixou-a em paz ao ver que ela tornou a grudar imediatamente. Desejou que chovesse. Ao menos isso acalmaria as coisas. Próximo a ele, Lester comentou sobre o jovem policial:

— Sei que ele não conseguiu evitar, mas, meu Deus, que fedor.

— Nunca fiquei tão apavorado.

— Deixem ele em paz — repetiu Teasle, ainda olhando para as nuvens.

— Alguém aposta que atingimos aquele garoto agora há pouco? — indagou Mitch.

— Tem alguém ferido? Estão todos bem? — perguntou Ward.

— Sim, claro — afirmou Lester. — Estão todos bem.

Teasle olhou feio para ele:

— Pense melhor. Só há nove de nós agora. Jeremy despencou daqui.

— E três dos meus cachorros foram com ele. E dois foram baleados — completou Orval. Sua voz soou monotônica, como a de uma máquina, e a estranheza fez com que todos se virassem para ele. — Cinco. Cinco cachorros se foram. — Seu rosto estava cinza, da cor de cimento em pó.

— Orval... sinto muito — disse Teasle.

— É bom que sinta. Esta ideia idiota foi sua, pra começo de conversa. Você não podia ter esperado e deixar a polícia estadual assumir. — O cachorro restante estava tremendo e ganindo. — Pronto, calma — Orval disse, afagando com gentileza suas costas, enquanto olhava por detrás dos óculos os dois animais mortos, caídos à beira da encosta. — Nós vamos nos vingar, não se preocupe. Se ele ainda estiver vivo, vamos nos vingar. — Voltou o olhar para Teasle e sua voz soou mais alta. — Você não podia esperar pela porra da polícia estadual, não é?

Os homens olharam para Teasle em busca de uma resposta. Ele moveu a boca, mas as palavras não saíram.

— O que foi? — inquiriu Orval. — Deus, se tem algo a dizer, então diga... que nem homem!

— Disse que ninguém o forçou a vir. Você se divertiu bastante nos mostrando o velho durão que é, correndo à frente de todo mundo, escalando aquela fissura rapidamente para remover a pedra e provar o quanto é esperto. É culpa sua que os cães foram atingidos. Se sabe tanto, devia tê-los mantido longe da beirada!

Orval tremeu de raiva e Teasle desejou não ter dito aquilo. Olhou para o chão. Não foi certo da parte dele zombar da necessidade de Orval de superar os outros. Ele havia ficado grato quando Orval percebeu como tirar a pedra do caminho, escalando para amarrar uma extremidade de uma corda ao redor dela, mandando que os demais puxassem a outra, enquanto usava um tronco grosso como alavanca para erguê-la. A pedra desceu rolando num estrondo, do qual todos se esquivaram, e se espatifou lá embaixo.

— Certo, escute, Orval — disse ele, mais calmo. — Me desculpe. Eles eram bons cães. Acredite, eu sinto muito mesmo.

Houve um movimento repentino próximo a ele. Shingleton estava mirando o rifle e disparando num arbusto.

— Shingleton! Eu mandei parar!

— Vi algo se mexer.

— Isso vai custar dois dias de pagamento, Shingleton. Sua esposa vai ficar danada da vida.

— Mas estou dizendo que vi algo se mexer.

— Não me diga o que acha que viu. Estava atirando que nem louco, igual na delegacia, quando o garoto fugiu. Escute... e isso vale para todos. Não chegaram nem perto de acertar esse garoto. Com o tempo que levaram pra retribuir fogo, ele poderia ter dado uma cagada, enterrado a bosta e ainda escapado.

— Qual é, Will? Dois dias? — lamentou Shingleton. — Não pode estar falando sério.

— Ainda não acabei. Todos vocês, olhem pro quanto de munição desperdiçaram. Metade já era.

Eles observaram os cartuchos vazios caídos no chão, parecendo surpresos pela quantidade que havia.

— O que faremos quando o encontrarmos de novo? Vamos usar o resto das balas e aí atiraremos pedras nele?

— A polícia estadual pode mandar mais por via aérea — sugeriu Lester.

— E você não vai se sentir ótimo quando aparecerem aqui, rindo de como vocês desperdiçaram toda essa munição?

Ele tornou a apontar para os cartuchos vazios e, pela primeira vez, reparou que em meio a eles havia um tanto deles bastante diferente dos demais. Os homens olharam para o chão, envergonhados, enquanto ele os examinava.

— Estes nem sequer foram disparados. Um de vocês, idiotas, ejetou as balas antes mesmo de puxar o gatilho.

Era óbvio para ele o que havia acontecido. A febre do veado. No primeiro dia de uma temporada de caça, um homem pode ficar tão excitado ao ver o alvo que, de forma estúpida, ejeta os cartuchos antes de apertar o gatilho, totalmente estupefato por não ter atingido aquilo que mirava. Teasle não podia deixar isso passar e tinha que pegar pesado:

— E então? Quem foi? Quem é o bebezão? Me dê sua arma, e eu troco por uma espingardinha de chumbinho.

O número do cartucho era .300. Estava prestes a checar de quem era o rifle com aquele calibre quando viu Orval apontando para a beirada da encosta e, a seguir, escutou um ganido. Nem todos os cães que o garoto atingira haviam morrido. Um desmaiara pela força do tiro, mas agora estava se recobrando, estrebuchando e ganindo.

— Tiro no estômago — Orval falou, nervoso. Deu uma cusparada, afagou o animal que segurava e entregou a coleira para Lester, ao seu lado. — Segure firme — disse. — Está vendo como ela treme. Se sentir o cheiro de sangue do outro cachorro, pode ficar maluca. — Cuspiu novamente e se levantou, as roupas verdes cobertas de suor e poeira.

— Espere um pouco — protestou Lester. — Vai dizer que ela pode ficar brava?

— Talvez. Duvido. O mais provável é que ela tente se soltar e fugir. Só segure firme...

— Não gosto nada disso.

— Ninguém pediu para você gostar.

Ele deixou Lester segurando a coleira e foi até o cachorro. O animal estava deitado de lado, movendo as pernas, tentando rolar e ficar de pé, mas sempre caindo de novo, enquanto gania miseravelmente.

— Isso mesmo — confirmou Orval. — Tiro na barriga. O bastardo acertou em cheio.

Ele limpou a boca com a manga da camisa e olhou para a cadela que estava ilesa. Ela puxava a coleira para se libertar de Lester.

— Vê se segura firme — alertou. — Vou precisar fazer uma coisa que a fará dar um pulo.

Ele se curvou para examinar o ferimento no estômago do cão, meneou a cabeça em desgosto ante os intestinos expostos e, sem pestanejar, deu um tiro bem atrás da orelha do animal.

— Uma tristeza dos diabos — sussurrou, assistindo ao corpo contorcer-se em espasmos e aquietar. Seu rosto mudara de pálido para ruborizado, mais vincado do que nunca. — E então, o que estamos esperando? — murmurou para Teasle. — Vamos acabar com esse moleque.

Afastou-se um passo do cachorro e perdeu violentamente o equilíbrio, deixando o rifle cair e tentando alcançar as costas; o ruído de um disparo ecoava nas matas abaixo ao que Orval projetou-se para frente e foi ao chão, batendo o rosto e o peito. O choque quebrou seus óculos ao meio. Desta vez, ninguém atirou de volta.

— Pro chão! — berrou Teasle. — Todo mundo pro chão! — Eles mergulharam de barriga. O cachorro restante se libertou de Lester e correu até Orval, imediatamente caindo de lado ao também ser baleado. Escondido atrás da pedra, punhos crispados, Teasle jurou perseguir aquele garoto para sempre, apanhá-lo e mutilá-lo. Ele nunca desistiria. Não mais por causa de Galt, por ele não poder deixar alguém que havia matado um dos seus homens fugir. Agora era pessoal. Era por ele próprio. Pai, pai adotivo. Ambos baleados. A raiva insana que sentira quando seu pai foi morto estava de volta, e ele queria estrangular o garoto até que seus olhos saltassem para fora. Seu bastardo. Seu filho da puta. Foi só quando pensou em como desceria por aquela encosta e poria as mãos no garoto, que compreendeu o erro que havia cometido.

Ele não estava caçando o garoto. Era o oposto. Havia deixado que o desgraçado os levasse a uma emboscada.

E, Jesus, que emboscada. Com a cidade mais próxima a cinquenta quilômetros dali, com o helicóptero caído e os cães mortos, o garoto poderia abater qualquer um deles quando quisesse. Pois o terreno por onde tinham vindo não era plano. Pois a dois metros e meio da encosta, a terra subia num aclive. Para recuar, teriam de correr em terreno elevado à plena vista, enquanto o garoto dispararia da floresta lá embaixo. E onde diabos ele havia conseguido aquele rifle? E como diabos o garoto entendia tanto das coisas para armar uma emboscada daquelas?

Naquele momento, com as nuvens avolumando-se no céu, um trovão soou alto.

9

Orval. Teasle não conseguia parar de olhar para ele. O velho estava deitado com a cara no chão, próximo à encosta. Teasle mal conseguia respirar. Foi culpa minha. A única vez na vida dele em que ele se descuidou, e eu não o avisei para ficar abaixado. Começou a se arrastar até o homem para tomá-lo nos braços.

— O garoto vai dar a volta — alertou Lester com a voz falhando.

Brutal demais, Teasle pensou. Virou-se relutante, preocupado com seus homens. Eram só sete agora, os rostos comprimidos, apertando os rifles e parecendo inúteis. Todos, menos Shingleton.

— Tô dizendo, o garoto vai dar a volta — Lester repetiu. O joelho aparecia por entre as calças rasgadas. — Ele virá por trás da gente.

Os homens se viraram para a elevação que havia na retaguarda, como se o garoto já estivesse lá.

— Vai vir mesmo — disse o policial mais jovem. Havia uma mancha marrom em suas calças cinza, e os homens tinham se afastado dele. — Meu Deus do Céu, eu quero sair daqui. Me tirem daqui.

— Pode ir — afirmou Teasle. — Corra por aquele aclive. Veja até onde conseguirá chegar antes de ele te acertar.

O novato engoliu a seco.

— Está esperando o quê? — disse Teasle. — Vai, suba a encosta.

— Não — o jovem respondeu. — Não vou.

— Então pare com isso!

— Mas temos de dar um jeito de chegar lá — Lester contestou. — Antes que ele se adiante a nós. Se demorarmos demais, ele chegará primeiro, e nunca mais sairemos daqui.

As nuvens escuras e volumosas se aproximavam com raios reluzentes. Dessa vez o trovão foi mais alto e durou mais tempo.

— Que foi isso? Escutei alguma coisa — disse Lester. O joelho estava ralado por entre a calça rasgada.

— Um trovão — afirmou Shingleton. — Está nos pregando peças.

— Não, eu também ouvi — falou Mitch. — Ouçam.

— O garoto.

Era como um vômito fraco, como um homem engasgando. Orval. Ele começou a se mover, a se levantar, joelhos e cabeça mantendo a barriga longe do chão, enquanto agarrava o peito. Parecia uma lagarta erguendo as costas em busca de tração, para se impelir adiante. Mas ele não ia a lugar algum. Com as costas arqueadas para cima, ele enrijeceu e desabou. Sangue escorria pelos seus braços, e ele babava e tossia sangue. Teasle estava paralisado e não conseguia acreditar. Ele tinha certeza de que Orval estava morto.

— Orval — berrou, e, antes que se desse por conta, correu na direção dele. — Fique abaixado — teve de lembrar a si próprio; e agachou-se atrás das pedras, tentando não virar um alvo também. Mas Orval estava perto demais da beirada, e o chefe de polícia teve certeza de que seria visto das matas, lá embaixo. Segurou o velho pelos ombros e se esforçou para puxá-lo até a parte mais baixa do terreno. Mas o homem era pesado demais, aquilo estava demorando muito, a qualquer segundo o garoto atiraria. Ele segurou, puxou, arrastou e, lentamente, Orval se moveu. Mas não rápido o bastante. As pedras eram afiadas e as roupas ficavam enganchando, conforme ele era arrastado.

— Me ajudem — gritou Teasle para os homens mais atrás.

Orval tossiu mais sangue.

— Alguém me ajude! Me deem uma mão!

De repente, alguém estava ao lado dele, ajudando; ambos arrastando Orval para longe da beirada e, num piscar de olhos, eles estavam seguros. Teasle suspirou. Limpou o suor dos olhos e nem precisou olhar para saber quem o havia auxiliado: Shingleton.

E Shingleton sorria, rindo, não em voz alta, mas rindo mesmo assim. Era algo dentro dele, o peito inflava, e ele ria.

— Conseguimos. Ele não atirou, conseguimos.

Era de fato engraçado, e Teasle também começou a rir. Mas então Orval tornou a tossir sangue; Teasle viu a dor no rosto do homem e nada mais pareceu engraçado.

Começou a desabotoar a camisa do velho.

— Calma, Orval. Vamos dar uma olhada nisso e cuidar de você.

Tentou abrir a camisa gentilmente, mas o sangue tinha grudado a roupa ao ferimento, e ele teve de puxar o tecido para soltá-lo. Orval grunhiu de dor.

O ferimento não era algo para o qual Teasle gostaria de ficar olhando por muito tempo. Havia um gás fétido saindo de dentro do peito.

— É muito... ruim? — perguntou Orval.

— Não se preocupe — respondeu Teasle. — Vamos cuidar de você. — Ele estava desabotoando a própria camisa conforme falava, deslizando-a pelos ombros.

— Perguntei se é... muito ruim. — Cada palavra era um sussurro de dor distinto.

— Já viu muitos ferimentos na vida, Orval. Sabe tão bem quanto eu o quanto está ruim. — Ele enrolou sua camiseta suada e enfiou dentro do buraco no peito de Orval. A camisa imediatamente empapou de sangue.

— Quero ouvir você dizer. Eu perguntei...

— Certo, Orval. Poupe as forças. Não fale. — Suas mãos estavam pegajosas de sangue enquanto abotoava de volta a camisa,
fechando o curativo que fizera. — Não vou mentir e sei que você
não gostaria disso. Tem muito sangue e é difícil ter certeza, mas
meu palpite é que ele acertou um pulmão.

— Meu bom Jesus.

— Agora quero que pare de falar e poupe as forças.

— Por favor... não pode me deixar. Não me deixe.

— É a última coisa com que deve se preocupar. Vamos te levar
de volta e faremos tudo que for possível por você. Mas também
vai ter que fazer uma coisa por mim. Está ouvindo? Precisa se
concentrar em manter isso no seu peito. Pus minha camiseta no
ferimento e quero que a segure firme. Temos de parar o sangramento, entendeu?

Orval lambeu os lábios e assentiu fracamente. A boca de Teasle
estava seca, cheia de pó. Não havia esperança de que uma camisa
enrolada pudesse parar o sangramento de um ferimento daqueles.
A boca continuou empoeirada, e ele sentiu suor escorrer pelas
costas. O sol já havia desaparecido há tempos atrás das nuvens,
mas o calor continuava forte; ele pensou em água e no quanto
Orval devia estar com sede.

Sabia que não deveria dar água alguma ao velho, lembrava
isso da Coreia. Um homem atingido no peito ou no estômago
vomitaria a água que bebesse, e o ferimento se alargaria pelo
esforço, piorando a dor. Mas Orval não parava de lamber os lábios
e Teasle não suportava assistir àquilo. Vou dar um pouco. Um
pouco não fará mal.

Havia um cantil preso ao cinto de Orval. Ele o soltou, abriu
a tampa e derramou um pouco na boca do velho. Orval tossiu
e a água borbulhou, misturando-se ao sangue.

— Meu Deus — Teasle murmurou. Por um momento, sua mente
ficou vazia; ele não sabia o que fazer a seguir. Então pensou no
rádio e foi até ele. — Teasle chamando a polícia estadual. Polícia
estadual. É uma emergência. — Ele ergueu a voz. — Uma emergência.

Ouviu-se somente o estalo da estática causada pelas nuvens.

— Teasle chamando a polícia estadual. Emergência!

Estava determinado a não pedir ajuda pelo rádio, independentemente do que acontecesse. Mesmo quando viu o helicóptero caído e em chamas, não havia chamado. Mas Orval... Orval ia morrer.

— Polícia estadual, responda.

O rádio emitiu um som agudo e uma voz surgiu, indistinta e arranhada.

— Estadual... aqui... enda...

Teasle não podia perder tempo pedindo que ele repetisse.

— Não consigo te escutar — disse apressadamente. — Nosso helicóptero foi derrubado. Tenho um homem ferido. Preciso de outro helicóptero para movê-lo daqui.

— ...feito.

— Não consigo escutar. Preciso de outro helicóptero.

— ...impossível. Tem uma tempestade elétrica chegando. Todos... no chão.

— Ele vai morrer, droga!

A voz respondeu algo que Teasle não conseguiu discernir, então se dissolveu em estática e, ao voltar, estava no meio de uma sentença.

— Não consigo te escutar! — berrou Teasle.

— ...escolheram bem... sujeito para caçar... boina-verde... Medalha de Honra.

— Como é? Repita isso!

— Boina-verde? — bradou Lester.

A voz começou a repetir, foi interrompida e não retornou. A chuva chegou, as gotas salpicaram o chão empoeirado, ensopando as calças de Teasle e refrescando suas costas. As nuvens negras estavam sobre eles. Um relâmpago estalou e iluminou a encosta como um holofote, mas, tão rápido quanto viera, a luz desapareceu e as sombras retornaram, trazendo consigo as ondas de choque de um trovão explodindo.

— Medalha de Honra? — Lester perguntou para Teasle. — Foi atrás disso que você nos trouxe? De um herói de guerra? Uma porra de um boina-verde?

— Ele não atirou! — falou Mitch.

Teasle olhou para ele com firmeza, temendo que estivesse descontrolado, mas Mitch não estava. Estava agitado, tentando dizer-lhe algo, e o chefe de polícia sabia o que era: já havia pensado a respeito e concluído que não era bom.

— Quando você arrastou o Orval — prosseguiu Mitch —, ele não atirou. Não está mais lá embaixo. Está dando a volta pra pegar a gente por trás e, agora, é nossa chance de sairmos daqui!

— Não — disse Teasle, a chuva escorrendo em seu rosto.

— Mas agora temos chance de...

— Não. Ele pode estar dando a volta, mas e se não estiver? E se não quiser só um alvo e estiver lá embaixo, esperando que todos nos descuidemos e mostremos a cara? — O rosto deles ficou pálido. E chuva começou a desabar das nuvens.

10

Ela não parava de cair, açoitando-os com firmeza. Teasle jamais estivera em algo como aquilo. O vento lançava a chuva contra seus olhos e dentro de sua boca.

— Tempestade o cacete. É um maldito furacão.

Ele estava deitado em água. Não achou que poderia ficar pior, mas então o temporal piorou, e ele quase acabou submerso. O brilho dos relâmpagos ofuscava como o sol, seguido por trevas imediatas por todos os lados, trevas que ficavam cada vez mais densas, até parecer noite, exceto que era o meio da tarde, e a chuva continuava a cegá-los. Teasle não conseguia ver nem mesmo a beirada da encosta. Um trovão o fez estremecer.

— O que é isto?

Ele protegeu a vista. Orval estava deitado com a barriga para cima, a boca aberta na chuva. Ele vai se afogar, Teasle pensou. Sua boca vai se encher de água, ele vai inspirá-la e se afogar.

Estreitou os olhos para enxergar seus homens deitados no sulco inundado, e percebeu que Orval talvez não fosse o único. O local onde estavam era agora o leito de uma furiosa corredeira. A água descia pelo aclive logo atrás, ondulando por cima deles, seguindo na direção da beirada e, embora não conseguisse vê-la, sabia que devia estar igual ao topo de uma cascata. Se a tempestade piorasse, eles poderiam ser atirados lá embaixo pela correnteza.

E Orval seria o primeiro.

Segurou as pernas do velho.

— Shingleton! Me ajude aqui! — gritou com a boca cheia de água. Um trovão soou acima de suas palavras. — Pegue os braços, Shingleton. Vamos tirá-lo daqui!

A temperatura havia caído rapidamente. Agora, a chuva em suas costas nuas era um choque frio, e ele recordava-se de histórias sobre homens pegos em trombas d'água nas montanhas, arrastados pelos vales, atirados por sobre encostas, e esmagados nas pedras abaixo.

— Temos de sair daqui!

— Mas e o garoto? — alguém gritou.

— Ele não conseguirá nos ver agora! Não conseguirá ver coisa alguma!

— Mas pode estar esperando a gente lá em cima!

— Não temos tempo pra nos preocuparmos com ele agora. Temos de sair desta saliência antes que a tempestade piore ou seremos varridos daqui por ela!

Um relâmpago brilhou. Ele balançou a cabeça mediante o que viu. Os homens... seus rostos... à luz do relâmpago e sob a chuva, seus rostos pareciam caveiras brancas. Tão rapidamente quanto vieram, as caveiras desapareceram, e ele tornou a piscar nas trevas, golpeado por um trovão que mais parecia a explosão de um morteiro.

— Estou aqui! — Shingleton gritou, segurando Orval pelos braços. — Peguei... vamos!

Eles o ergueram da água e carregaram em direção ao aclive. A chuva dobrou de intensidade, caindo ainda mais pesada. Ela os atingia quase lateralmente, sufocando, derramando-se num fluxo constante. Teasle escorregou e caiu, batendo o ombro no chão e derrubando Orval na correnteza. Debateu-se, espirrando água por todos os lados para segurar o velho e mantê-lo acima do fluxo, mas escorregou novamente. Sua própria cabeça mergulhou na água, e ele inspirou.

Ele inspirou, e a água entrou pelo nariz e sufocou as vias nasais, atravessando os dois buracos na parte de trás do céu da boca. Ele pôs a cabeça para fora, frenético e selvagem, tossindo. Alguém o segurou. Era Shingleton que o puxava.

— Não! Orval! Segure o Orval!

Eles não conseguiam encontrá-lo.

— Ele vai cair da encosta!

— Aqui! — alguém gritou. Teasle piscou, tentando ver quem era. — Orval! Eu o peguei!

A água estava no nível dos joelhos de Teasle. Ele patinhou, as pernas lutando contra a enxurrada até chegar ao homem que segurava a cabeça de Orval para fora da água.

— A correnteza ia levá-lo! — disse o homem. Era Ward, que puxava Orval, tentando arrastá-lo para o aclive. — Ele estava flutuando para a beirada. Trombou comigo ao passar.

Então Shingleton chegou, e todos ergueram Orval e cambalearam juntos, levando-o até o aclive. Quando o alcançaram, Teasle compreendeu por que a água tinha subido tão rápido. A encosta se tornara uma calha, e as correntezas vindas do alto escoavam até ela, inundando o sulco onde estavam.

— Temos que continuar — afirmou Teasle. — Temos de encontrar uma forma mais fácil de subir!

O vento mudou de direção e a chuva açoitou o rosto deles pelo lado esquerdo. Como se fossem um só, caminharam tropeçando para a direita, ajudados pelo vento. Mas Teasle queria saber onde estavam os outros. Será que já tinham escalado a encosta? Será que ainda estavam próximos à borda? Por que diabos não ajudaram a carregar Orval?

A água subiu acima dos joelhos. Ele ergueu Orval ainda mais alto e eles seguiram em frente aos tropeços, mas o vento tornou a mudar de direção; não estava mais empurrando-os para onde queriam ir, mas para trás, o que os obrigou a empreender toda a força para seguirem adiante. Shingleton segurava Orval pelos ombros, Teasle pelas pernas, Ward segurava as costas, e eles escorregaram e caíram em meio à chuva até chegarem, enfim, a um ponto em que a subida pareceu ficar mais fácil. Também havia uma correnteza descendo por aquela parte da encosta, mas não tão forte quanto antes, e pedras grandes se projetavam do chão, servindo de apoio para as mãos. Se ao menos conseguisse ver o topo, Teasle pensou. Se ao menos as pedras fossem assim até lá.

Começaram a escalar. Shingleton foi o primeiro; ele subiu de costas, encurvado para conseguir segurar Orval pelos ombros. Encravou um pé atrás de uma pedra e a usou para dar impulso para trás, então premeu a vista para localizar outra pedra atrás de si e também prendeu o pé naquela. Teasle e Ward o seguiram, curvados, carregando a maior parte do peso de Orval, deixando que Shingleton se preocupasse onde pôr o pé para que pudessem subir um pouco mais. A correnteza ficou mais forte e balançava as suas pernas.

Mas onde estavam os outros, Teasle queria saber. Por que em nome de Deus não estavam ajudando? A chuva gelada fustigava suas costas. Ele erguia Orval às cegas e sentia Shingleton à frente, subindo de costas e puxando o velho. Os braços de Teasle doíam, os músculos tendo espasmos por carregarem o peso de Orval. Estava demorando demais. Não conseguiriam carregá-lo por muito mais tempo, ele sabia disso. Tinham que chegar ao topo. Ward escorregou e caiu, e Teasle quase soltou Orval. Ambos tombaram e deslizaram alguns metros pela encosta, arrastados pela correnteza, enquanto lutavam para segurar o velho.

Conseguiram e tornaram a subir o aclive.

E foi só até ali que conseguiram chegar com ele. De repente, Shingleton gritou, despencou e passou por Orval, trombando contra o peito de Teasle. Rolaram morro abaixo. Teasle soltou Orval e, quando deu por si, estava estirado de costas, sendo coberto pela água e atingido dolorosamente pelas pedras que rolavam pela encosta.

— Não consegui evitar — gritou Shingleton. — A pedra debaixo de mim se soltou!

— Orval! Ele foi levado pela correnteza!

Teasle correu na direção da borda da encosta. Limpou os olhos com o braço, piscando para tentar enxergar em meio à chuva. Não podia chegar perto demais da beira, onde a correnteza era mais forte. Mas, Deus... ele tinha que segurar Orval.

Tateou e limpou a vista. Um relâmpago brilhou. Ali, distinto, iluminado, estava o corpo de Orval, caindo pela beirada. Tudo voltou a ficar preto, e o estômago de Teasle se revirou. Lágrimas quentes se misturaram à chuva fria em seu rosto, e ele gritou até a voz faltar-lhe na garganta.

— Malditos sejam aqueles desgraçados. Vou matá-los por não terem ajudado!

Shingleton estava ao seu lado:

— Orval! Consegue vê-lo?

Teasle passou esbarrando pelo policial e seguiu para o aclive.

— Eu vou matá-los!

Segurou uma pedra e forçou seu corpo para o alto. Empurrando com o pé, ergueu-se, buscando apoios de mão, enquanto o fluxo o empurrava para trás. Em pouco tempo, chegou ao topo e entrou depressa na floresta. O barulho lá era ensurdecedor. O vento curvava as árvores, a chuva cortava pelos galhos, e um relâmpago brilhou, partindo um tronco próximo ao meio com o som afiado de um machado cortando um pedaço sólido de lenha.

A árvore caiu diante dele, que passou por cima dela.

— Chefe! — alguém gritou. — Aqui, chefe!

Ele não conseguia ver o rosto, apenas o corpo agachado atrás de uma árvore.

— Aqui, chefe! — O homem estava acenando. Teasle arremeteu até ele e segurou-o pela camisa. Era Mitch.

— O que está fazendo? — Mitch perguntou. — Qual é o seu problema?

— Ele caiu da beirada! — Teasle berrou. Recuando o punho, acertou com firmeza Mitch na boca, o que atirou o homem contra uma árvore e depois na lama.

— Jesus — gritou Mitch. Ele balançou a cabeça duas vezes e murmurou, enquanto segurava a boca ensanguentada. — Jesus, qual é o seu problema? Lester e os outros correram. Eu fiquei para trás pra te ajudar!

11

Rambo estava certo de que, àquela altura, Teasle já deveria ter conseguido chegar até a floresta. A tempestade já caía forte há muito tempo; Teasle e seus homens não teriam ficado esperando naquele platô desprotegido. Com a chuva como cobertura, ele não poderia vê-los e atirar, e eles deviam ter aproveitado a oportunidade para subir o morro e chegar às árvores. Sem problema. Eles não estariam longe. Ele já havia atuado bastante na chuva e sabia exatamente como caçar homens sob ela.

Saiu dos arbustos e árvores, e seguiu até a base da encosta. Na confusão da tempestade, sabia que, se quisesse, poderia mergulhar na floresta e fugir na direção oposta. A julgar pelas nuvens densas e escuras, estaria a horas e quilômetros dali antes que a tempestade amainasse o suficiente para Teasle persegui-lo; tão distante que o chefe de polícia nunca mais seria capaz de rastreá-lo. Era possível que, após a emboscada e a chuva, o policial até desistisse de caçá-lo, mas não importava; por ora, estava determinado a não fugir mais, quer estivesse sendo perseguido ou não. Ele ficara deitado sob os arbustos, observando o topo da encosta em busca de outro alvo, pensando em como Teasle o havia transformado novamente em um assassino e o tornara procurado por aquilo; ficando mais furioso conforme refletia sobre os meses, pelo menos dois meses, em que teria de fugir e se esconder até chegar ao México. Então, por ora, meu Deus, ele iria virar o jogo e fazer Teasle fugir dele, mostrar a ele como era o inferno pra valer. O desgraçado pagaria por aquilo.

Mas você pediu também. Não foi só Teasle. Você podia ter cedido.

Pelo amor de Deus, pela décima sexta vez? Nem a pau.

Mesmo que fosse pela centésima vez, e daí? Ceder teria sido melhor do que aquilo. Era só deixar pra lá. Dar um basta. Fugir.

E deixá-lo fazer a mesma coisa com outro? Dane-se. Ele tem que ser detido.

Que foi? Não é por isso que está agindo assim? Admita que você queria que tudo isso acontecesse. Você pediu por isso, para que pudesse mostrar a ele o que sabia, surpreendê-lo quando descobrisse que estava mexendo com o cara errado. Você gosta disso.

Não pedi nada disso. Mas pode apostar que estou gostando. O filho da mãe vai pagar.

A paisagem estava escura; as roupas se agarravam geladas à pele. À frente, a grama alta se dobrava sob a chuva, e ele a atravessou, sentindo-a deslizar sobre suas calças molhadas. Chegou até as pedras que levavam à base da encosta e pisou com cautela. Havia cursos de água entre e por sobre elas; com aquele vento, seria fácil escorregar, cair e machucar outras costelas. Elas continuavam latejando do choque contra a árvore quando saltara do penhasco, e sempre que respirava sentia algo afiado pressionar o lado direito do peito. Era como se houvesse um anzol ali, ou um caco de vidro de uma garrafa quebrada. Ele teria que cuidar daquilo. Rápido.

Bem rápido.

Houve um rugido. Ele o tinha escutado lá atrás, nas árvores, e supôs que fosse o som do vento e da chuva. Mas estava ficando mais alto conforme escalava as pedras na direção da encosta, e percebeu que não podia ser a tempestade. A encosta entrou em seu campo de visão e ele viu. Uma cascata. O penhasco havia se tornado uma cascata, as águas descendo trovejantes pelas rochas, e a névoa que formavam se erguendo em meio à chuva. Não era seguro aproximar-se mais, e ele começou a ladear pela direita. Cem metros adiante, sabia estar a árvore sobre a qual saltara. E, bem próximo a ela, o corpo do policial que caíra da encosta com os cachorros.

Não encontrou o corpo em nenhum lugar próximo da árvore. Estava prestes a olhar nos destroços do helicóptero, quando percebeu que a água deveria ver varrido o cadáver pelas rochas, até a grama alta. Desceu até lá, e o corpo do sujeito estava à vista, com a cabeça voltada para baixo, dentro da água. Sua moleira fora esmagada; os braços e pernas abertos em ângulos estranhos. Rambo pensou nos cães, mas não encontrou nenhum. As carcaças deviam ter sido levadas para mais longe. Ajoelhou-se para revistar o corpo.

Precisava do equipamento no cinto tático. Segurou firme seu rifle para que o aguaceiro não o levasse e, com uma mão, ergueu o corpo do policial. O rosto não estava tão machucado; ele vira coisa pior na guerra. Parou de encará-lo e se concentrou em desafivelar o cinto e soltá-lo. O esforço o fez estremecer; as costelas rasgavam por dentro do peito. Enfim conseguiu tirar o cinto tático que guardava a arma e checou o que havia nele.

Um cantil amassado, mas não quebrado. Abriu a tampa e bebeu, deixando o cantil pela metade. A água tinha sabor metálico e estagnado.

Um revólver dentro do coldre. Havia uma aba de couro sobre o cabo; tinha entrado pouca água. Ele apanhou a arma, impressionado de ver como Teasle equipava bem seus homens. Era um Colt Python; tambor grosso de dez centímetros, com uma grande mira na extremidade. O cabo de plástico com a qual comumente era vendido tinha sido substituído por um de madeira robusta, projetado para não escorregar, caso molhado. A alça de mira próxima do cão também tinha sido modificada. Elas costumavam ser estáticas, mas aquela era ajustável para distâncias curtas e longas.

Ele não esperava uma arma tão boa. O cartucho era o mesmo de uma .357 Magnum, a segunda pistola mais poderosa que existia. Dava para matar um cervo com ela. O tiro seria capaz de atravessar o animal. Ele puxou a alavanca na lateral e liberou o tambor. Havia cinco balas dentro; a câmara sob o pino de disparo estava vazia. Rapidamente pôs a arma de volta no coldre, tirando-a da chuva, checou a cartucheira e contou mais quinze balas. Prendeu o cinto ao redor da própria cintura e se curvou para examinar os bolsos do sujeito, sentindo as costelas doerem. Não havia nada a ser levado. Muito menos comida. Imaginava que o rapaz teria no mínimo uma barra de chocolate.

Curvado, o peito ardia mais do que nunca. Tinha que cuidar daquilo. Agora. Desafivelou o cinto da calça do homem e se endireitou dolorosamente, desabotoando sua camisa de lã e a camisa branca que usava por baixo dela. A chuva golpeava seu peito. Envolveu as costelas com o cinto e o apertou como se estivesse dando uma volta de fita para mantê-lo preso. A dor parou de cortá-lo, e se transformou em uma pressão de inchaço. Era difícil respirar. Apertado.

Mas, pelo menos, a dor parara de lancinar.

Abotoou a camisa e sentiu o tecido encharcado e frio contra a pele. Teasle. Era hora de ir atrás do homem. Por um segundo, hesitou e quase desapareceu na floresta; perseguir Teasle levaria tempo que poderia ser usado para escapar, e, se houvesse outro grupo de busca nas colinas, poderia topar com ele. Mas duas horas não era muito. Seria o tanto que levaria para alcançá-lo e, depois disso, usando a noite como cobertura, ainda teria uma janela para fugir. Perder aquelas duas horas valeria a pena para dar uma lição naquele bastardo.

Certo, então, qual caminho seguir? Optou pela fenda na encosta. Se Teasle quisesse descer a ribanceira rapidamente, provavelmente voltaria por lá. Com um pouco de sorte, conseguiria chegar antes e esperá-lo. Seguiu a linha da grama para a direita. Não demorou em topar com o segundo corpo.

Era o velho de verde. Mas como foi que caíra da encosta, tendo ido parar ali, tão longe? O seu cinto de equipamentos não tinha arma. Tinha uma faca de caça e uma bolsinha. Rambo tateou seu interior e encontrou algo: comida. Palitinhos de carne. Um punhado. Ele mordeu, mal mastigando, engoliu e mordeu novamente. Salsichas defumadas, molhadas e um pouco amassadas por conta da queda contra as rochas, mas era comida, e ele mordia, mastigava e engolia rapidamente, logo forçando-se a comer mais devagar, deixando a polpa cobrir todas as partes de sua boca; logo a comida já havia quase acabado, e ele meteu os últimos pedaços na boca e lambeu os dedos. Só o que restara foi o gosto defumado na língua, levemente ardendo por causa da pimenta que a carne trazia.

Um súbito relâmpago seguido de um trovão fez parecer com que a terra tivesse estremecido. Era melhor ter cuidado; estava tendo sorte demais. Primeiro a arma, as balas, o cantil e, agora, a faca e as salsichas. Tinha sido tão fácil de conseguir, que era melhor se cuidar. Ele sabia como as coisas eram e como se nivelavam. Num minuto você tem sorte e, no seguinte... bem, ele iria ter cuidado para que a sorte não o abandonasse.

12

Teasle massageou o punho, abrindo-o e fechando-o. As juntas haviam se machucado nos dentes de Mitch e agora inchavam, mas os lábios do policial estavam com um inchaço duas vezes pior. Mitch tentava ficar de pé; um joelho cedeu e ele caiu choramingando, apoiado numa árvore.

— Não devia ter batido tão forte — disse Shingleton.

— E eu não sei? — respondeu Teasle.

— Você é um boxeador treinado. Não precisava ter batido tão forte.

— Já disse que sei disso. Nem devia ter batido nele. Vamos deixar isso pra lá.

— Olha pra ele. Não consegue nem ficar de pé. Como vai seguir em frente?

— Isso não importa — falou Ward. — Temos problemas piores. A água arrastou os rifles e o rádio pelo penhasco.

— Ainda temos as pistolas.

— Mas elas não têm alcance — Teasle comentou. — Não contra um rifle. Assim que a luz voltar, o garoto vai poder nos acertar a um quilômetro de distância.

— A não ser que ele aproveite a tempestade pra dar no pé — afirmou Ward.

— Não. É melhor supor que ele virá atrás de nós. Já fomos descuidados demais... é hora de começarmos a agir como se o pior fosse ocorrer. E, mesmo que ele não venha, ainda assim vamos estar acabados. Sem comida ou equipamento... sem organização. Cansados. Vamos ter sorte se formos capazes de rastejar quando voltarmos à cidade.

Ele olhou para onde Mitch estava sentado, na chuva e na lama, segurando a boca e gemendo.

— Ajudem-me com ele — disse, auxiliando Mitch a se levantar.

Mitch o empurrou e murmurou por trás dos dentes quebrados:

— Eu tô bem. Você já fez o bastante. Não chegue perto de mim.

— Me deixe tentar — Ward disse, mas Mitch o empurrou também.

— Tô dizendo que eu tô bem. — Seus lábios estavam roxos e inchados. Sua cabeça pendeu e ele cobriu o rosto com as mãos. — Maldição. Eu tô bem.

— Claro que tá — comentou Ward, apoiando-o quando tentou ficar de joelhos.

— Eu... Jesus, meus dentes.

— Eu sei — Teasle disse e, juntos, ele e Ward o ajudaram a ficar de pé. Shingleton olhou para Teasle e balançou a cabeça.

— Que zona. Veja como os olhos dele estão abobados. E olhe só pra você. Como vai conseguir suportar a noite sem camisa? Você vai congelar.

— Não se preocupe. Só tenha atenção com Lester e os outros.

— A esta altura eles já se foram faz tempo.

— Não nesta tempestade. Não vão conseguir andar em linha reta. Eles estarão vagando em algum ponto ao redor da ribanceira e, se toparmos com eles, cuidado. Lester e aquele jovem policial estão tão amedrontados com o garoto, que é capaz de pensarem que somos ele e começarem a atirar. Já vi coisa parecida acontecer.

Lembrava-se de uma tempestade de neve na Coreia, quando uma sentinela atirou no próprio companheiro por engano, mas não tinha tempo para explicar. Uma noite chuvosa em Louisville, quando dois policiais se confundiram e acabaram atirando um no outro. Seu pai. Algo similar ocorreu também com seu pai... mas não podia permitir-se pensar a respeito, lembrar daquilo.

— Vamos — ordenou de modo abrupto. — Temos muitos quilômetros a percorrer e não estamos ficando mais fortes.

Com a chuva apertando às suas costas, guiaram Mitch pelas árvores. De início, arrastando as pernas na lama, mas aos poucos, de maneira desajeitada, ele conseguiu caminhar.

Um herói de guerra, Teasle pensou, sentindo as costas dormentes por causa da chuva gelada que caía. O garoto disse que estivera na guerra, mas quem poderia ter acreditado nele? Por que não me explicou melhor?

Isso teria feito diferença? Você o teria tratado de modo diferente dos outros?

Não. Eu não poderia.

Certo, então preocupe-se com o que ele pode fazer com você quando vier.

Se vier. Talvez você esteja errado. Talvez ele não venha.

Ele voltou para a cidade todas aquelas vezes, não? E voltará agora também. Ah, com certeza voltará.

— Ei, você está tremendo — disse Shingleton.

— Só fique atento ao Lester e aos outros.

Ele não conseguia deixar de pensar naquilo. Com as pernas rígidas e difíceis de mover, segurando Mitch enquanto ele e os outros cruzavam a mata com cautela sob a chuva, ele não conseguia deixar de pensar no que havia acontecido com seu pai, naquele sábado, em que ele e seis outros homens saíram para caçar veados. Seu pai queria que ele fosse junto, mas três disseram que ele era jovem demais, e o pai não gostou da maneira como tinham dito aquilo, mas, mesmo assim, concordou, pois uma discussão estragaria tudo: aquele sábado era o primeiro dia da temporada.

E a história havia retornado. A forma como eles se posicionaram ao longo do leito seco, que apresentava rastros recentes de veados. Como seu pai circulou por cima, onde afugentaria o animal para que ele descesse correndo pelo rio até onde os homens poderiam vê-lo e atirar. A regra: todos tinham de permanecer em posição para que ninguém se confundisse em relação ao local dos outros. Mas um deles, em sua primeira caçada, cansado de esperar o dia inteiro por um veado, decidiu sair de onde estava para encontrar o animal, escutou um barulho, viu movimento num arbusto, disparou e praticamente partiu o crânio do pai de Teasle ao meio. Quase foi preciso um caixão fechado; a cabeça estava ainda mais danificada do que parecia. Mas o maquiador usou uma peruca e todos disseram que ele parecia perfeitamente vivo. Orval era outro que estava naquela caçada e, agora, também havia sido baleado. Enquanto conduzia Mitch ao longo da ribanceira, Teasle sentia-se cada vez mais temeroso de que o mesmo ocorreria consigo. Ele forçou a vista para ver se Lester e os outros estavam nas árvores escuras mais à frente. Se tivessem perdido a direção e atirassem por medo, sabia que não seria culpa de ninguém... somente sua própria. Afinal, o que eram os seus homens? Um guarda de trânsito que recebia cinco mil e setecentos dólares anuais, policiais de cidade pequena, treinados para lidarem com crimes de cidades pequenas, sempre na esperança de que nada sério acontecesse, sempre com ajuda por perto, caso fosse necessária. Agora, estavam nas montanhas selvagens do Kentucky, sem reforço, enfrentando um assassino experiente, e sabe-se lá Deus como tinham conseguido suportar tudo até ali. Ele jamais os deveria ter trazido; deveria ter esperado a polícia estadual. Por cinco anos estivera apenas se enganando de que aquele departamento era tão durão e disciplinado quanto o de Louisville, e agora compreendia que, ao longo dos anos, pouco a pouco, seus homens se acostumaram com a rotina e perderam o ímpeto. Assim como ele. Pensando na forma como discutira com Orval, em vez de se concentrar no garoto, em como havia permitido que todos fossem emboscados, em como o equipamento fora perdido, em como seus homens se dividiram e na morte de Orval, ele percebeu... a ideia germinando e ele a afastando, e ela germinando novamente ainda mais forte... o quanto havia ficado descuidado e mole.

A forma como bateu em Mitch.

Não ter alertado Orval para ficar abaixado.

O primeiro barulho confundiu-se com um trovão, e ele não teve certeza se o escutara de fato. Parou e olhou para os outros.

— Ouviram isso?

— Não sei ao certo — Shingleton respondeu. — Pareceu ter vindo lá da frente, à direita.

Então, vieram três outros, e eram inequivocamente disparos de um rifle.

— É o Lester — disse Ward. — Mas ele não está atirando nesta direção.

— Acho que ele não conseguiu salvar seu rifle, assim como nós — conjecturou Teasle. — É o garoto atirando.

Houve mais um disparo de rifle, e ele ficou na expectativa de outro, que nunca ocorreu.

— Ele deu a volta e os apanhou na beira da encosta — supôs Teasle. — Quatro tiros. Quatro homens. O quinto foi para acabar de vez com alguém ainda vivo. Agora, virá atrás da gente. — Ele apressou-se para conduzir Mitch na direção oposta aos disparos. Ward se recusou:

— Espere. Não vamos tentar ajudar? Não podemos apenas deixá-los para trás.

— Confia em mim. Eles estão mortos.

— Agora ele virá atrás da gente — afirmou Shingleton.

— Pode apostar nisso — disse Teasle.

Ward olhou ansioso na direção dos tiros. Fechou os olhos, nauseado.

— Aqueles pobres idiotas. — Ainda relutante, apoiou Mitch e o grupo seguiu para a esquerda, um pouco mais rápido agora. A chuva tinha diminuído, mas tornou a cair mais pesada.

— O garoto provavelmente nos esperará na encosta, para o caso de não termos escutado — Teasle falou. — Isso nos dará vantagem. Assim que tiver certeza de que não vamos aparecer, vai procurar nossa trilha ao longo da ribanceira, mas com esta chuva, não encontrará nada.

— Então estamos bem? — perguntou Ward.

— Estamos bem — Mitch repetiu estupidamente.

— Não. Quando não encontrar nossa trilha, o que ele fará é correr para a extremidade da encosta e tentará chegar antes de nós. Vai achar um local por onde seja mais provável que desçamos e ficará esperando.

— Então temos que chegar lá antes, não é verdade? — resmungou Ward.

— Antes, não é verdade — repetiu Mitch, gaguejando; e Ward havia feito parecer tão fácil. O eco de Mitch soou tão engraçado que Teasle deu uma risada nervosa.

— Diabos, pode apostar nisso. Só temos que chegar lá antes — disse, olhando para Shingleton e Ward, impressionado pelo controle deles. Súbito, imaginou que, afinal, as coisas poderiam dar certo.

13

Às seis, a chuva se transformou em enormes pedras de granizo, e Shingleton foi atingido com tanta força no rosto por uma, que eles tiveram de se abrigar sob uma árvore. As folhas já tinham caído dela, mas havia troncos nus suficientes para desviar a maior parte das pedras; o restante atingia as costas, peito e braços nus de Teasle, os quais ele erguera para proteger a cabeça. Estava desesperado para voltar a se mover, mas sabia que seria loucura tentar; poucas pancadas de granizo daquele tamanho bastariam para nocautear um homem. Mas, quanto mais ficassem aninhados sob a árvore, mais tempo o garoto teria para alcançá-los, e sua única esperança era que ele também tivesse sido forçado a se abrigar por causa da tempestade.

Ele aguardou olhando ao redor, pronto para ser atacado, mas então o último granizo caiu e a chuva também parou. Com a luz clareando e o vento parando, eles conseguiram voltar a seguir pela ribanceira com velocidade. Porém, sem a distração do vento e da chuva, os barulhos que faziam pela vegetação rasteira soavam altos e alertariam o garoto. Tentaram ir mais devagar, mas como o barulho era quase tão alto quanto, voltaram a acelerar o passo.

— Este cume não acaba nunca? — perguntou Shingleton. — Estamos andando há quilômetros.

— Há quilômetros — Mitch repetiu. — Seis quilômetros. Sete. Oito. — Ele estava arrastando os pés de novo.

A seguir, caiu. Ward o levantou, mas a seguir o próprio Ward foi erguido, sendo arremessado para trás. O barulho do tiro ecoou em meio às árvores, e Ward jazia estirado agora, com os braços e pernas distendidos e tremendo num frenesi mortal. De onde estava, deitado no chão, Teasle viu que Ward fora baleado diretamente no peito. Estava surpreso por encontrar-se no chão. Não se lembrava de ter mergulhado. E surpreso por ter sacado a pistola.

Deus, agora Ward também estava morto. Ele queria arrastar-se até o parceiro, mas não havia motivo para tanto. E quanto a Mitch? Ele também não. Estava caído na lama, inerte, como se tivesse sido baleado, mas não. Estava bem, os olhos se abrindo e piscando.

— Você viu o garoto? — Teasle perguntou rapidamente para Shingleton. — Viu de onde ele está atirando?

Nenhuma resposta. Shingleton estava no chão, um olhar vazio para frente, o rosto retesado. Teasle o sacudiu.

— Perguntei se você o viu. Sai dessa!

Sacudi-lo foi como apertar uma válvula de liberação de vapor. Os movimentos de Shingleton voltaram na hora, e ele cerrou o punho próximo ao rosto de Teasle.

— Tire a porra da sua mão de mim!

— Perguntei se o viu.

— Eu disse que não!

— Você não disse nada!

— Nada — Mitch ecoou de forma idiota. Os dois olharam para ele.

— Rápido, me dê uma ajuda — Teasle falou, e eles o arrastaram para uma leve depressão cercada por arbustos, protegida por uma árvore podre caída. A depressão estava cheia de água da chuva, e o chefe de polícia sentiu o peito e o estômago gelarem.

Suas mãos tremiam quando checou a pistola para ter certeza de que não havia entrado água no tambor. Sabia o que teria de ser feito agora, e isso o apavorava, mas não via alternativa, e, caso pensasse demais naquilo, talvez não fosse capaz de se obrigar a fazê-lo.

— Fique aqui com o Mitch — disse a Shingleton, sentindo a boca seca. Sua língua não era molhada há horas. — Se alguém voltar por estes arbustos e não disser antes que sou eu, atire.

— Como assim ficar aqui? Aonde você...

— Vou seguir em frente. Se tentarmos voltar pelo caminho que viemos, ele vai nos seguir. É melhor poupar o trabalho de fugir e terminar isso aqui e agora.

— Mas ele é treinado pra lutar assim.

— E eu fui treinado para patrulhas noturnas na Coreia. Faz vinte anos, mas não me esqueci de tudo. Posso estar mais lento e destreinado, mas não estou escutando ideias melhores.

— Fique aqui e espere por ele. Deixe que venha até nós. Sabemos que virá e vamos estar prontos para ele.

— E o que vai acontecer quando anoitecer e ele se esgueirar até nós antes que a gente consiga escutá-lo?

— Quando anoitecer a gente sai daqui.

— Claro... e faremos tanto barulho que nem vai precisar nos ver para atirar. Bastará mirar na direção do som. Você mesmo acabou de falar, ele é treinado para isso e aposto que esta será a nossa vantagem. Com um pouco de sorte, não vai esperar que eu vá até ele e faça o seu jogo. Ele espera que eu fuja, não que ataque.

— Então vou junto.

— Não! O Mitch precisa que fique com ele. Dois de nós rastejando podem fazer barulho suficiente para alertá-lo.

Ele tinha outro motivo para fazer aquilo sozinho, mas não queria ter de explicar. Já tinha esperado tempo demais. Imediatamente, saiu da depressão pelo lado esquerdo, circundando a árvore caída. A lama estava tão gelada contra sua barriga que teve de se forçar a ficar abaixado. Examinava vários metros adiante, pausava para escutar, examinava novamente e, a cada vez, metia os pés na lama para se impulsionar, produzindo um ruído pegajoso que o deixava tenso. O barulho ficou cada vez mais alto até que finalmente parou de usar os pés como propulsão, erguendo-se sobre os cotovelos e joelhos, sempre tomando o cuidado de deixar a pistola fora da lama. Gotas de água caíam geladas sobre suas costas enquanto passava sob os arbustos molhados. Ele parava, escutava e continuava rastejando para frente.

De qualquer modo, Shingleton não entenderia seu outro motivo, pensou. Não era ele quem estava no comando e quem cometera os erros que levaram à morte de Orval, Lester, o jovem policial, Ward, Galt, os dois homens no helicóptero e todos os demais. Então como Shingleton entenderia por que ele não permitiria que mais ninguém morresse por sua causa? Agora, seriam só ele e o garoto, e mais ninguém, igual quando tudo tinha começado e, se houvesse novos erros, desta vez ele pagaria sozinho por eles.

O relógio marcava seis e meia quando saíra na caçada, mas estivera tão concentrado nos sons e movimentos ao redor, que já eram sete quando tornou a ver as horas. Um esquilo escalando uma árvore o assustou, fazendo-o pensar que poderia ser o garoto, e ele quase atirou. A luz estava diminuindo mais uma vez, agora não por causa das nuvens, mas pela chegada da noite; o ar havia ficado mais frio, e ele tremia enquanto rastejava. Mesmo assim, havia rios de suor correndo pelo rosto, costas e sob seus braços.

Era medo. A pressão que sentia no ânus. A adrenalina comprimindo seu estômago. Ele queria desesperadamente dar a volta e, por causa disso, obrigava-se a prosseguir. Deus do Céu, se perdesse essa chance com o garoto, não seria porque estava com medo de morrer. Devia isso a Orval. Devia aos demais.

Sete e quinze. Tinha coberto uma grande distância rastejando, ido e voltado pela floresta, espiando nos bosques e matagais para ver se o garoto se escondia em algum deles. Pequenos ruídos lhe davam sobressaltos, ruídos os quais não podia decifrar; o estalar de um galho que poderia ser o garoto ajustando a posição para mirar, o farfalhar de folhas que poderia ser o garoto circulando por trás dele. Rastejou lentamente, combatendo o pânico que o impelia a se apressar e acabar logo com aquilo, lutando para manter a concentração em tudo o que o cercava. Só o que o garoto precisava era de uma pequena área para se esconder. Se ele se descuidasse uma única vez e não checasse um arbusto, um tronco ou alguma depressão no chão, poderia ser seu fim. Seria tão abrupto que nem ao menos escutaria o barulho do tiro que acabaria com sua vida.

Eram sete e meia, e as trevas já estavam tão profundas que pregavam peças no chefe de polícia. O que se parecia com o garoto era apenas o tronco de uma árvore destacado ao longe pela luz tênue. Um pedaço de madeira caído sobre um arbusto o enganou da mesma forma, e assim ele percebeu que tinha feito o melhor que podia. Era hora de voltar. Aquela era a pior parte. Seus olhos estavam cansados, as sombras o tocavam e ele só queria chegar rapidamente até Shingleton e relaxar um pouco, deixando que seu companheiro vigiasse o garoto. Mas não ousaria desistir da busca para voltar rápido até lá. Mesmo que o fizesse, ainda assim teria de ser devagar, examinando cada arbusto e árvore antes de se mover. Teria de olhar constantemente para trás, com medo do garoto se esgueirar para apanhá-lo. Sentia as costas tão nuas, tão brancas na escuridão, que ficava na expectativa de olhar ao redor e ver o garoto mirando com um sorriso no rosto, antes de disparar entre suas omoplatas. A bala partiria sua coluna ao meio, romperia as entranhas, e ele estaria morto num instante. Apesar de tudo, apressou seu retorno.

Quase se esqueceu de alertar Shingleton de que estava vindo. Não seria engraçado? Arriscar a vida em busca do garoto e acabar sendo morto por seu próprio homem.

— Sou eu — sussurrou. — Teasle.

Ninguém respondeu. Teasle pensou que havia sussurrado baixo demais e que não tinha sido ouvido.

— Sou eu — repetiu mais alto. — Teasle. — Porém, novamente não houve resposta, e Teasle sabia que alguma coisa estava errada.

Ele circulou a depressão e rastejou por trás, e algo estava mais do que errado. Não viu Shingleton, e Mitch estava deitado de costas na água, a garganta rasgada de orelha a orelha, o sangue soltando vapor no frio. Shingleton. Onde estaria Shingleton? Preocupado e cansado de esperar, ele também devia ter ido atrás do garoto e deixado Mitch, que tivera o pescoço cortado em silêncio. Teasle percebeu que o garoto deveria estar próximo, bem próximo. Ele se acocorou e girou, e a visão de Mitch, o frenesi de tentar se proteger de todos os ângulos, o fizeram ter vontade de gritar por Shingleton. Volte aqui, Shingleton! Dois homens procurando em direções opostas tinham melhor chance de ver o garoto antes que ele os surpreendesse. Shingleton, ele queria gritar. Em vez disso, de algum lugar à direita, foi Shingleton quem gritou por ele.

— Cuidado, Will. Ele me pegou!

Seu grito foi pontuado pelo disparo de um rifle e Teasle não foi mais capaz de suportar. Ele finalmente alcançara seu ponto de ruptura e, antes que percebesse, estava correndo, gritando, arremetendo através das sombras, em meio às árvores e arbustos. Aaaeeiii, ele gritou. Só conseguia pensar na fenda naquele barranco. A fenda no barranco!

14

Ele atirou em Teasle, mas a luz estava ruim, as árvores espessas demais e, de qualquer maneira, Shingleton havia segurado o rifle, de modo que a bala fora desviada. O policial devia estar morto. Tinha sido baleado na cabeça. Não devia ter sido capaz de se levantar do chão, segurar o rifle e atrapalhar sua mira. Rambo realmente o admirou ao disparar novamente, agora direto em um dos olhos. Desta vez, o homem havia morrido para valer.

Sem pausa, saiu na perseguição de Teasle. Era óbvio que o homem seguia na direção da fissura no barranco, e ele planejava chegar antes. Não foi exatamente pelo mesmo caminho que Teasle; quem sabe o policial pudesse recobrar os nervos e deitar-se em algum lugar para esperá-lo, portanto correu numa linha paralela, acelerando para chegar antes ao local.

Não o alcançou por pouco. Saiu de dentro das matas em tempo de ver a beirada da encosta e o cume do nicho, e caiu de joelhos para se ocultar. Logo a seguir, começou a escutar o ruído de lascas de pedra deslizando pela encosta e uma respiração ofegante lá embaixo. Foi até a beirada a tempo de ver Teasle saltar os últimos metros e se abaixar junto à lateral do paredão. Viu também que os corpos dos quatro policiais continuavam onde os havia baleado no pé da encosta, e não gostou da posição em que se colocara. Agora a vantagem era do policial. Se escalasse a fissura atrás dele, seria um alvo tão fácil para Teasle quanto os quatro policiais tinham sido para ele.

Também sabia que Teasle não ficaria a noite toda ali esperando por ele. Em breve aproveitaria a chance para escapar, enquanto ele teria de permanecer lá em cima, suspeitando que Teasle tinha ido embora, mas não disposto a arriscar a possibilidade de ele ainda estar por lá. Para ficar em segurança, precisava encontrar outra saída daquela ribanceira, e essa saída tinha de ser na direção que Teasle tomaria para voltar para casa.

Voltou correndo até onde havia matado Shingleton, passou pelo corpo e continuou seguindo até o que esperava ser um ponto em que a ribanceira descia e se encontrasse com a ravina, o que de fato ocorreu. Em meia hora a alcançou e estava cruzando a floresta na direção de um gramado que vislumbrara do alto. A luz diminuíra sensivelmente e ele lutava para chegar à grama antes que a escuridão total ocultasse o rastro de Teasle. Alcançou o gramado por entre um arvoredo que o margeava, não disposto a se tornar um alvo enquanto procurasse rastros naquele espaço aberto. Ele observou, correu um pouco mais além e tornou a observar, mas ainda não via rastros no chão molhado, e chegou a pensar que talvez Teasle tivesse se demorado mais e estivesse atrás dele, vindo em sua direção, vigiando-o. E foi bem quando a chuva voltou a cair, deixando tudo mais escuro, que ele encontrou um ponto em que a grama estava pisada.

Ali.

Contudo, precisava dar uma vantagem para Teasle porque, apesar da tentação de persegui-lo em campo aberto, tinha de esperar a noite cair por completo; Teasle poderia não ir em frente e estar deitado atrás de algum arbusto, mirando. Então, aguardou até estar escuro o suficiente para correr pelo campo sem que fosse um alvo, mas, ao chegar do outro lado, viu que a precaução não teria sido necessária, uma vez que Teasle não estava por perto. A chuva caía levemente pelas árvores e camuflava os sons um pouco, mas, mais adiante, algo labutava para atravessar uma densa vegetação rasteira.

Ele pôs-se atrás do som, parou e escutou, corrigiu sua direção e retomou a perseguição. Esperava que muito em breve Teasle desistisse de fugir e tentasse emboscá-lo, mas, enquanto conseguisse escutá-lo correndo, era seguro manter a perseguição, mesmo fazendo toda aquela barulheira. Então, quando tornou a parar e escutar, os ruídos à frente também tinham cessado, o que o fez se abaixar e começar a se arrastar sorrateiramente. Num minuto, a correria adiante recomeçou, e Rambo tornou a se levantar e perseguir seu alvo. Esse foi o padrão durante uma hora; correr, parar, escutar, rastejar, correr. Continuava a cair um chuvisco gelado e o cinto que atava suas costelas se afrouxou e ele teve de apertá-lo novamente para aliviar a dor. Tinha certeza de que suas costelas estavam quebradas e que ossos afiados o cortavam por dentro. Ele teria desistido, mas sabia que alcançaria Teasle em breve; se dobrava de agonia, mas o policial ainda corria adiante, então, se endireitava e forçava a seguir em frente.

A perseguição chegou até uma colina repleta de árvores, passou por um paredão de rocha e desceu por uma trilha de argila até um córrego, então, ao longo de sua margem até mais mata cerrada e uma ravina. A dor em seu peito cortava agudamente conforme ele saltava e corria, e Rambo quase escorregou na ravina, mas pôs-se de pé, escutou os barulhos de Teasle e continuou a caçada. Cada vez que seu pé direito tocava o chão, o solavanco subia por toda a lateral do corpo, raspando em suas costelas. Sentiu-se nauseado por duas vezes.

15

Para cima e para baixo, o padrão continuava a se repetir. Subindo aos tropeços uma colina de rochas e arbustos, Teasle sentiu que estava de volta à elevação, tentando escalar o aclive para chegar até a floresta. Não conseguia ver o cume na escuridão; gostaria de saber a que distância estava, pois não continuaria a escalar por muito mais tempo. A chuva estava deixando as pedras escorregadias, e ele perdia o equilíbrio, caindo com força. Começou a subir engatinhando; as pedras afiadas rasgavam suas calças e cortavam seus joelhos, enquanto lá atrás, nas árvores abaixo escutava o garoto atravessar o matagal.

Acelerou. Se ao menos conseguisse ver o cume e saber a distância que ainda teria que percorrer. O garoto já devia estar fora do matagal agora, começando a subir a colina, e Teasle cogitou atirar às cegas para baixo, a fim de atrasá-lo. Não o fez; os clarões de sua pistola dariam ao garoto um alvo claro, mas, Deus, ele tinha de fazer alguma coisa.

Numa desesperada investida chegou ao cume, mas não soube disso até tropeçar e mal segurar a tempo numa pedra, o que o impediu de despencar pelo outro lado do aclive. Agora, sim. Agora podia atirar. Ele se alongou e escutou a direção em que o garoto subia a colina, disparando seis vezes na linha de onde os ruídos vinham. A seguir, se esparramou no chão para o caso de ter errado, bem quando um tiro veio de baixo, passando rente por ele. Escutou o garoto escalando pela esquerda e tornou a atirar, antes de começar a descer pelo lado oposto. Tropeçou mais uma vez, bateu forte o ombro contra uma rocha e, ao comprimir o mesmo ombro por conta da dor, não conseguiu evitar cair e sair rolando até lá embaixo.

Ficou deitado, entorpecido, ao pé da colina. Não havia ar em seus pulmões e não conseguia inspirar por mais que tentasse. Resfolegou e apertou os músculos do abdômen, mas eles faziam força para fora. Enfim, inalou um pouco de ar, depois mais um pouco, e estava quase tornando a respirar normalmente quando escutou o garoto no alto, descendo pelas pedras. Ficou de joelhos, de pé... e descobriu que, na queda, havia perdido a pistola. Ela estava em algum lugar lá em cima. Não havia tempo para voltar agora, nem qualquer luz para encontrá-la.

Cambaleou pela floresta, provavelmente andando em círculos, indo a lugar nenhum, vagando a esmo até que acabasse encurralado. Seus joelhos se dobravam. Sem noção alguma de direção, ele trombava com as árvores, e uma visão insana dominava sua mente; ele dentro de seu escritório, pés descalços apoiados na mesa, a cabeça baixa, tomando sopa. Sopa de tomate. Não, de feijão com bacon. Aquele tipo bem caro em que a embalagem dizia, não acrescente água.

16

Era questão de minutos até que o apanhasse. Os ruídos à frente estavam diminuindo, ficando mais erráticos e desajeitados. Podia escutar Teasle respirando pesado, tão próximo já estava. Com certeza a caçada fora boa. Rambo julgara que apanharia Teasle muitos quilômetros atrás, e ali estavam eles, ainda naquilo. Mas por pouco tempo. Era questão de minutos agora, apenas isso.

A dor em suas costelas o obrigara a seguir mais lentamente, mas, mesmo assim, era um ritmo bom e, uma vez que Teasle também havia desacelerado, não importava muito. Mantinha a mão junto ao corpo, ajudando o cinto a fazer pressão. Sua lateral direita estava toda inchada. Na chuva, o cinto estava ainda mais frouxo do que antes, e ele precisava manter a mão pressionando.

Então, tropeçou e caiu. Não tinha feito aquilo antes. Não, estava errado quanto a isso. Ele tinha tropeçado na ravina. Tornou a tropeçar e, ao ficar de pé, concluiu que levaria mais do que alguns poucos minutos até que alcançasse Teasle. Mas seria em breve, sem dúvida. Apenas um pouco mais do que minutos. E pronto.

Ele tinha dito aquilo em voz alta?

Espinheiros atingiram em cheio sua face naquela escuridão. Os espinhos rasgaram seu rosto, o que o fez recuar, apertando as bochechas machucadas. Sabia que não era a chuva que havia molhado seu rosto e mãos. Mas não importava, pois havia escutado o barulho de Teasle se arrastando logo à frente, sob os espinheiros. Era isso. Ele o apanhara. Circulou pela esquerda, esperando que os arbustos tivessem alguma abertura ao longo da trilha, um local onde pudesse descansar e esperar Teasle vir em sua direção, rastejando. No escuro, não conseguiria ver a expressão de surpresa no rosto do chefe de polícia quando atirasse.

Contudo, quanto mais contornava os espinheiros, mais eles se alongavam, e começou a se perguntar se tomavam toda aquela parte da colina. Acelerou o passo, mas, mesmo assim, os espinheiros não davam uma brecha, até que teve certeza de que eles se estendiam por todo o platô. Quis parar e retornar, mas racionalizou que, se seguisse adiante só mais um pouquinho, os espinheiros finalmente terminariam. Cinco minutos se tornaram o que ele julgou ser quinze, depois vinte, e ele estava perdendo tempo; devia ter ido diretamente atrás de Teasle, mas agora não podia mais. Naquele escuro, não fazia ideia de onde o policial havia se metido.

Volte. Quem sabe os espinheiros não se estendam tão longe na direção oposta; quem sabe acabem logo ali. Ele voltou correndo, segurando firme a lateral do corpo, gemendo de dor. Andou um bom bocado até que deixou de acreditar que aqueles arbustos pudessem terminar e, quando tropeçou e caiu, ficou com a cara na grama lamacenta.

Ele o tinha perdido. Tinha despendido tanto tempo e energia para chegar tão perto, e o perdera. O rosto ardia por causa dos cortes feitos pelos espinhos. As costelas pareciam em chamas; as mãos estavam inchadas; as roupas, rasgadas; seu corpo, lacerado. E ele o tinha perdido; aquele chuvisco gentil ainda caindo sobre seu corpo esparramado, respirando fundo, segurando e soltando devagar, respirando fundo novamente, permitindo que o peso morto de seus braços e pernas relaxassem a cada exalação... chorando, suavemente chorando, pela primeira vez desde que conseguia se recordar.

17

O garoto surgiria a qualquer momento por entre os espinheiros para pegá-lo. Ele se arrastou histericamente e os espinheiros foram ficando mais baixos e densos, até ele ter de se apertar e contorcer. Ainda assim, os galhos mais baixos rasgavam suas costas e enganchavam no cós de suas calças e, quando ele se virava para soltá-los, outros espinhos cortavam seus braços e ombros. Ele está vindo, Teasle pensou, e rastejou desesperadamente para frente, enquanto as pontas penetravam sua pele. A fivela do cinto escavava a lama, que entrava em suas calças.

Mas para onde estava indo? Como sabia se não estava apenas descrevendo um círculo, voltando diretamente para o garoto? Ele parou, assustado. O terreno se inclinava para baixo. Devia estar na lateral da colina. Se continuasse se arrastando para baixo, iria diretamente para a base dela. Será? Era difícil pensar, sufocado por aquele denso emaranhado negro e pela chuva constante. Garoto maldito... vou sair desta e acabar com você.

Vou matá-lo por causa disto.

Ele ergueu a cabeça da lama e, por um tempo, não conseguiu recordar-se de ter se movido. Aos poucos compreendeu que havia desmaiado. Retesou o corpo e olhou ao redor. Em seu estupor, o garoto poderia ter chegado até ele e cortado a sua garganta igual fizera com Mitch. Deus, disse em voz alta, e sua voz soou como um coaxo, o que o assustou. Deus, ele tornou a dizer, para liberar a voz, mas a palavra quebrou-se como uma camada de gelo.

Não, estou errado, pensou; o cérebro lentamente desanuviando. O garoto não teria me matado dormindo, de surpresa. Ele teria me acordado. Gostaria que eu soubesse o que estava acontecendo.

Então onde está ele? Encontrando meu rastro? Está chegando? Tentou escutar barulhos no espinheiro, mas não havia nada, e teve que continuar em movimento, abrindo distância.

Mas, quando tentava rastejar rápido, o máximo que conseguia era um esforço vagaroso, que o impulsionava adiante. Ele devia ter ficado inconsciente por um bom tempo. Agora não estava mais escuro, estava cinza, e ele conseguia ver os espinhos por todos os lados, grossos e terríveis, com mais de dois centímetros de comprimento. Passou a mão nas costas e se sentiu um porco-espinho; dúzias deles enfiados na carne. Encarou a mão ensanguentada e continuou em frente. Talvez o garoto estivesse próximo, observando-o, apreciando seu sofrimento.

Então, tudo ficou confuso, e o sol estava alto no céu, permitindo que ele visse além do topo dos espinheiros o azul forte e brilhante. Ele riu. De que estava rindo?

Rindo de quê? Nem me recordo de a chuva parar, e agora o céu está claro e, pelo amor de Deus, é dia. Ele tornou a rir e percebeu que estava tonto. O que era engraçado, e ele riu novamente. Havia rastejado três metros para fora dos espinheiros, até um campo outonal arado, antes que compreendesse que havia saído. Era uma piada e tanto. Apertou os olhos e tentou ver a outra ponta do campo, mas não pôde. Tentou ficar de pé, mas não pôde, e sua cabeça estava girando tanto por dentro que teve de rir novamente. Então, de repente, desistiu. O garoto devia estar por lá, em algum lugar, mirando. Ele ia gostar de me ver sair aos pedaços antes de atirar. Aquele filho da puta, eu vou...

Sopa de feijão com bacon.

Seu estômago regurgitou.

Isso também era uma piada. Porque o que diabos tinha dentro do estômago para ele regurgitar? Nada. Isso mesmo, nada. Então o que era aquele negócio no chão, na sua frente? Torta de framboesa, ele brincou. E isso o fez sentir-se nauseado de novo.

Rastejou por mais alguns sulcos de terra arada, desabou e rastejou mais um pouco. Havia uma poça de água escura entre dois sulcos. Ele passara a noite inteira virando o rosto na direção do céu para beber a chuva, mas ainda sentia a língua sufocando-o, a garganta seca e inchada, e bebeu a água lamacenta, mergulhando o rosto dentro da poça, quase desmaiando com a cara metida na água. Sujeira adocicada preencheu sua boca. Mais alguns metros. Tente cobrir só mais alguns metros. Se escapar, mato aquele garoto bastardo... acabo com ele.

Porque sou um... mas, a seguir, a ideia desmoronou dentro dele.

Eu sou um... mas ele não conseguia lembrar o que, então teve de parar e descansar, apoiando o queixo sobre um sulco forrado de folhas, sentindo o sol aquecer suas costas. Não posso parar. Morrer. Ande.

Mas não conseguia se mover.

Não conseguia forçar-se a ficar de joelhos e engatinhar. Tentou arrastar-se, agarrando a terra e puxando o corpo, mas não conseguiu mover-se daquela maneira também. Preciso. Não posso desmaiar. Morrer. Apertou os pés contra um sulco e empurrou firme, desta vez, movendo-se um pouco. O coração batendo forte, empurrou ainda mais forte o sulco, avançando alguns centímetros sobre a lama, mas não ousou parar; sabia que, se o fizesse, jamais conseguiria reunir forças para prosseguir. Pés contra o sulco. Empurre. Como uma minhoca. O garoto. Isso mesmo. Ele se lembrava agora. Ele daria um jeito naquele garoto.

Não sou um combatente tão bom.

Sim, o garoto luta melhor.

Sim, mas eu sou... então, a ideia tornou a desmoronar e ele engatou um ritmo mecânico de pés empurrando os sulcos; empurre... mais uma vez... empurre... mais uma vez. Não sabia em que momento seus braços tinham voltado a trabalhar, as mãos arrastando-se na lama, puxando-o pelo caminho. Organizado. Essa era a palavra que estava procurando. Então puxou o corpo e tocou algo.

Demorou um pouco para que entendesse o que era.

Um arame.

Olhou para cima e havia outros. Uma cerca. Bom Deus, além da cerca, havia algo tão lindo que ele não acreditava que a estava vendo. Uma vala. Uma estrada de cascalho. Sentindo o coração pulsar selvagemente, começou a gargalhar, metendo a cabeça entre os arames, trepidando ao passar, sentindo a cerca de arame farpado rasgar um pouco mais suas costas, mas não se importava, continuava rindo, rolando para dentro da vala. Ela estava cheia de água, e ele se virou de barriga para cima, sentindo o líquido entrando em suas orelhas. Lutou para vencer a elevação e chegar à estrada, escorregando, tateando, escorregando, arrastando-se até o topo, um braço tocando a estrada de cascalho. Ele não conseguia sentir o cascalho. Ele via, estava olhando diretamente para ele. Mas não conseguia senti-lo.

Organizado. Isso mesmo. Agora lembrava-se de tudo.

Eu sei como organizar.

O garoto luta melhor. Mas eu sei como... organizar. Por Orval.

Por Shingleton e Ward e Mitch e Lester e o jovem policial e todos os outros.

Por mim.

Vou dar cabo daquele desgraçado filho da puta.

Ficou deitado no acostamento, repetindo aquilo sem parar para si próprio, fechando os olhos sob o brilho do sol, rindo em silêncio de como suas calças estavam esfarrapadas, do quanto estava ensanguentado, o sangue escorrendo na lama sob ele enquanto sorria, repetindo aquela ideia, dizendo-a para o policial estadual que murmurou, "Meu Deus", desistiu de tentar colocá-lo dentro da viatura e correu para pedir ajuda pelo rádio.

PARTE TRÊS

1

Era noite, e a caçamba do caminhão cheirava a óleo e graxa. Uma lona havia sido puxada por cima para formar um teto e, debaixo dele, Teasle estava sentado num banco, olhando para um grande mapa preso à parede do veículo. A única luz vinha de uma lâmpada pendurada sobre o mapa. Ao lado dele havia um radiocomunicador em cima da mesa.

O homem do rádio usava fones de ouvido.

— Caminhão vinte e oito da Guarda Nacional em posição — disse ele a um policial. — A cinco quilômetros da curva do riacho.

O policial assentiu e espetou mais um alfinete vermelho no mapa, ao lado de outros postos na área sul. A leste, alfinetes amarelos retratavam o posicionamento da polícia estadual. Alfinetes pretos a oeste eram das polícias de cidades e condados próximos; alfinetes brancos ao norte representavam Louisville, Frankfort, Lexington, Bowling Green e Covington.

— Você não vai ficar aqui a noite inteira, vai? — alguém disse a Teasle do lado de fora da caçamba do caminhão. O chefe de polícia olhou e era Kern, capitão da polícia estadual. Estava longe o bastante para que a luz da lâmpada iluminasse apenas parte de seu rosto, mantendo sua testa e olhos nas sombras. — Por que não vai pra casa e dorme um pouco? O médico pediu que descansasse, e nada sério acontecerá aqui por algum tempo.

— Não posso.

— Hã?

— Há repórteres me procurando na minha casa e no escritório. A melhor forma de descansar é não passar por tudo aquilo de novo com eles.

— Eles logo estarão por aqui te procurando.

— Não. Pedi que seus homens não deixassem ninguém passar nos bloqueios de estrada.

Kern fez um muxoxo e deu um passo para mais perto do caminhão, sendo iluminado totalmente por um holofote. A luz forte acentuou as rugas em sua testa, a pele comprimida ao redor dos olhos, fazendo-o parecer mais velho do que era de fato. Não refletiu em seus cabelos ruivos, fazendo até aquilo parecer tolo e sem brilho.

Ele tem a mesma idade que eu, Teasle pensou. Se tem essa aparência, como será que eu estou depois destes últimos dias?

— Aquele médico teve um trabalho danado pra te remendar — disse Kern. — O que é essa mancha escura na sua camisa? Não diga que voltou a sangrar.

— Foi algum tipo de pomada que ele passou. Tem bandagens sob a roupa também. As que ele pôs nos braços e pernas estão tão apertadas que mal consigo andar. — Ele obrigou-se a sorrir, como se as ataduras apertadas fossem uma piada do médico. Não queria que Kern percebesse o quanto se sentia mal, ferido e atordoado.

— Sentindo dor? — Kern perguntou.

— Doía menos antes que ele pusesse bandagens tão apertadas. Me deu uns analgésicos pra tomar a cada hora.

— Ajudam?

— O suficiente. — Aquilo pareceu o certo a dizer. Tinha de ter cuidado com a forma como falava com Kern, minimizar sua dor, mas não a ponto de Kern parar de acreditar nele e insistir que voltasse ao hospital. Antes, lá no hospital, Kern tinha aparecido enlouquecido por ele ter entrado na floresta atrás do garoto, sem esperar pela polícia estadual. "É minha jurisdição e você se aproveitou da ocasião. Agora vai ficar fora disto!", ele disse. Teasle ficou quieto, deixando que Kern colocasse a raiva para fora e, a seguir, aos poucos, deu seu melhor para convencê-lo de que precisava de mais uma pessoa para organizar a caçada. Havia outro argumento que ele não havia utilizado, mas estava certo de que Kern pensara a respeito: a mesma quantidade de homens podia morrer novamente, como já ocorrera, e era bom ter alguém por perto para dividir a responsabilidade. Kern era esse tipo de líder fraco. Com frequência Teasle o vira depender dos outros, portanto, agora, estava ajudando, mas não necessariamente por muito tempo. Apesar dos seus defeitos, Kern se preocupava com seus homens e o tanto de trabalho que podiam aguentar. Caso concluísse que Teasle estava sentindo dor demais, poderia facilmente decidir dispensá-lo.

Lá fora, caminhões rugiam pela noite, grandes caminhões de carga que Teasle sabia estarem trazendo soldados. Uma sirene soou, vindo rápido pela estrada, e ele sentiu-se aliviado de poder falar sobre outra coisa além de como se sentia.

— Pra que a ambulância?

— Outro civil que acabou tomando um tiro.

Teasle meneou a cabeça.

— Eles estão morrendo de vontade de ajudar.

— "Morrendo" é o termo certo.

— O que aconteceu?

— Estupidez. Um grupo acampou na floresta, achando que estariam conosco quando começássemos pela manhã. Ouviram um barulho no escuro e acharam que poderia ser o garoto espreitando, então apanharam os rifles e foram ver o que era. Imediatamente se perderam no escuro. Um cara escutou outro sujeito, pensou que era o garoto e começou a atirar. O sujeito revidou e logo todos estavam atirando. Deus seja louvado que ninguém morreu, mas eles se feriram feio. Nunca vi nada assim.

— Eu já. — Antes, enquanto olhava para o mapa, sua cabeça parecia estar estufada com cetim e, agora, sem aviso, a sensação havia retornado. Os ouvidos também pareciam estufados, e as palavras "Eu já" pareceram ter vindo de um eco de fora dele. Desequilibrado, nauseado, ele queria deitar-se no banco, mas não podia permitir que Kern soubesse como se sentia. — Quando trabalhei em Louisville — começou a dizer, quase incapaz de prosseguir — uns oito anos atrás... havia uma cidadezinha próxima onde uma garotinha de seis anos foi raptada. A polícia local pensou que ela poderia ter sido apenas atacada e deixada em algum lugar, então organizou uma busca, e alguns de nós que estavam de folga naquele final de semana foram ajudar. O problema foi que as pessoas organizando a busca emitiram um pedido de auxílio por estações de rádio e jornais, e todo sujeito que queria uma refeição grátis e um pouco de agito decidiu aparecer.

Ele estava determinado a não se deitar. Mas a luz parecia estar apagando e o banco onde se sentava parecia se inclinar. Finalmente teve de ceder e recostou as costas contra a parede do caminhão, esperando parecer à vontade.

— Quatro mil — disse, concentrando-se para se manter coerente. — Não havia lugar onde todos pudessem dormir ou comer. Nenhuma maneira de coordenar tanta gente. A cidade cresceu da noite pro dia e desmoronou. A maioria ficava enchendo a cara boa parte do tempo e aparecia de ressaca nos ônibus que levavam até a área de busca. Um sujeito quase se afogou no pântano. Um grupo se perdeu e a busca teve de ser interrompida para que todos os encontrassem. Picadas de cobra. Pernas quebradas. Queimaduras de sol. Enfim, tudo ficou tão confuso que os civis receberam ordens de voltar pra casa e só a polícia continuou na busca.

Ele acendeu um cigarro e deu uma tragada funda, tentando apagar sua tontura. Viu que o operador de rádio e o policial o estavam encarando, ouvindo. Por quanto tempo estivera falando? Parecia uns dez minutos, ainda que isso fosse improvável. Sua mente movia-se para cima e para baixo, num suave padrão ondulatório.

— Bom, não pare agora — disse Kern. — E quanto à garota? Vocês a encontraram?

Teasle assentiu lentamente.

— Seis meses depois. Numa cova rasa ao lado da estrada, mais ou menos a um quilômetro e meio de onde as buscas originalmente terminaram. Um velho bebendo num bar em Louisville fez algumas piadinhas sobre tocar garotinhas e nós ficamos sabendo. Havia pouca chance de haver ligação, mas seguimos a pista mesmo assim. Já que eu tinha estado na busca e conhecia o caso, pediram que o interrogasse e, quarenta minutos depois, ele contou toda a história. De como estava dirigindo para a sua fazenda e viu aquela menina nadando numa piscina de plástico no quintal da frente de casa. Disse que foi o maiô amarelo que o atraiu. Ele a apanhou bem na frente do quintal e a jogou dentro do carro sem ser visto. Nos levou diretamente à cova. Era uma segunda cova. A primeira ficava bem no meio da área de busca e, enquanto os civis zanzavam durante a noite, bagunçando tudo, ele havia retornado na calada da noite para tirar o corpo de lá. — Ele deu mais um trago no cigarro, sentindo a fumaça preencher a garganta; os dedos enfaixados segurando o cigarro. — Aqueles civis vão bagunçar as coisas aqui também. As notícias disto aqui nunca deveriam ter sido espalhadas.

— É culpa minha. tem um repórter que zanza pelo meu escritório e me ouviu falando com os homens, antes que os fizessem calar a boca. Pedi que alguns deles reunissem todos os forasteiros para levar de volta à cidade agora.

— Certo... e aqueles palermas nas matas podem se assustar de novo e atirar nos seus homens. De qualquer modo, nunca conseguirá juntar todo mundo. Amanhã pela manhã estas colinas estarão abarrotadas de civis. Viu a forma como eles inundaram a cidade. Tem gente demais pra controlar. O pior ainda está por vir. Espere só até os profissionais aparecerem.

— Não sei o que diabos quer dizer com "profissionais".

— Na verdade, são amadores que se dizem profissionais. Caras sem nada melhor pra fazer que rodam o país, indo a qualquer lugar onde tenha uma busca. Encontrei alguns quando procurávamos a garota. Um sujeito tinha vindo dos Everglades, onde procuravam alguns campistas perdidos. Antes disso, ele estivera na Califórnia, ajudando a procurar uma família que estava acampando e foi pega num incêndio florestal. Naquele inverno ele havia ido ao Wyoming atrás de esquiadores atingidos por uma avalanche. Também falou de quando esteve no Mississippi durante uma inundação ou de quando mineradores foram soterrados. O problema é que tipos assim nunca cooperam com as pessoas que estão no comando. Querem o poder de organizar seus próprios grupos e fazer a própria caçada. Em pouco tempo, confundem os padrões de busca, interferem nos grupos oficiais e se adiantam aos lugares que parecem mais excitantes como antigas fazendas, deixando alguns locais sem serem vasculhados...

De repente, o coração de Teasle teve um sobressalto, uma arritmia e se acelerou, o que o fez pressionar o peito e resfolegar.

— Que foi? — perguntou Kern. — Você...

— Eu estou bem. Só preciso de outro analgésico. O médico avisou que isso aconteceria. — Não era verdade. O médico não o avisara de nada, mas era a segunda vez que seu coração fazia aquilo e, na primeira, um comprimido o devolvera ao normal, portanto, rapidamente engoliu outro. Com certeza não podia deixar Kern saber que havia algo errado com seu coração.

Kern não pareceu satisfeito com a resposta. Mas então o operador de rádio ajustou os fones de ouvido, como se estivesse escutando um relatório, e disse ao policial:

— Caminhão trinta e dois da Guarda Nacional em posição. — Ele passou o dedo por uma lista em uma página. — Isso fica no começo da Branch Road — E o policial enfiou mais um alfinete vermelho no mapa.

O gosto de talco do comprimido permaneceu na boca de Teasle. Ele respirou fundo e a tensão em volta de seu coração começou a relaxar.

— Nunca entendi por que o velho moveu o corpo da garotinha para uma cova diferente — falou para Kern, sentindo o coração relaxar um pouco mais. — Recordo-me de quando a desenterramos e de como ela estava após seis meses debaixo da terra, e o que o homem tinha feito com ela. Lembro de pensar, "Deus, essa deve ter sido uma forma solitária de morrer".

— O que acabou de acontecer com você?

— Nada. O médico disse que era fadiga.

— Sua cara ficou mais cinza que sua camisa.

Mais caminhões passaram do lado de fora e, com o barulho que fizeram, Teasle não teve de responder. Um carro de patrulha encostou atrás de Kern, iluminando-o com suas luzes, e Teasle soube que não precisaria responder de fato.

— Acho que preciso ir — disse Kern, relutante. — Chegaram os *walkie-talkies* para distribuir. — Ele virou-se na direção da viatura, hesitante, então retornou. — Por que você pelo menos não deita nesse banco e dorme um pouco, enquanto eu estiver fora? Não vai descobrir onde o garoto está olhando pra esse mapa, e é melhor que esteja descansado quando começarmos amanhã.

— Só se eu me sentir cansado. Quero ter certeza de que todo mundo estará onde deveria. Não estou em forma para entrar com você naquelas colinas, então vou ter que servir pra alguma coisa por aqui.

— Escute... aquilo que disse no hospital sobre você ter ido atrás dele...

— Já passou. Esqueça.

— Mas escute. Sei o que está tentando fazer. Fica pensando em todos os homens mortos e está punindo seu corpo por isso. Talvez até seja verdade o que eu disse, que Orval poderia estar vivo se tivesse trabalhado comigo desde o início. Mas quem puxou o gatilho contra ele e os outros foi aquele garoto. Não você. Lembre-se disso.

Teasle não precisava ser lembrado. O operador de rádio falou:

— Unidade dezenove da polícia estadual em posição — Teasle continuou a fumar, observando com atenção, enquanto o policial enfiava outro alfinete amarelo na área leste do mapa.

2

O mapa quase não trazia detalhes no interior.

— Ninguém nunca quis desbravar estas colinas — explicou o topógrafo do condado que o trouxe. — Quem sabe se um dia passar uma estrada por elas, poderemos mapeá-las direito. Mas topografia é algo caro, ainda mais neste tipo de terreno selvagem, e nunca pareceu prático utilizar nosso orçamento em algo que ninguém supostamente tem necessidade.

Pelo menos as estradas ao redor eram precisas. Ao norte elas formavam a parte superior de um quadrado, mas a estrada a sul se curvava como a parte de baixo de um círculo, juntando-se às que seguiam retas de ambos os lados. O caminhão de comunicação onde Teasle se encontrava tinha estacionado na parte mais baixa do arco da estrada sul. Foi lá que ele fora encontrado por um membro da tropa estadual e, sendo o último lugar onde o garoto fora visto, era o ponto de onde as buscas partiam. O operador de rádio olhou para Teasle.

— Um helicóptero está chegando. Estão falando algo, mas não dá pra entender com clareza.

— Os nossos dois acabaram de sair. Nenhum deveria voltar tão rápido.

— Talvez seja um problema no motor.

— Ou vai ver não é um dos nossos. Pode ser outra equipe de jornalismo tentando tirar fotos. Se for, não quero que pouse.

O operador pediu que a aeronave se identificasse. Sem resposta. Então Teasle escutou o som das hélices se aproximando, levantou-se rigidamente do banco e andou com dificuldade até a parte de trás aberta da caçamba. Ao lado do caminhão ficava o campo arado por onde havia se arrastado naquela manhã. Estava escuro, e ele vislumbrou os sulcos, que assumiram um branco acre quando as luzes sob o helicóptero passaram, atravessando o campo. Era o tipo de holofote que as equipes de tevê tinham usado mais cedo para fazer filmagens.

— Eles estão pairando — disse ao operador de rádio. — Tente chamá-los novamente. Garanta que não pousem.

Mas o helicóptero já estava baixando, o motor ficando mais silencioso, as hélices chicoteando o ar num sibilo recorrente que ficava menos e menos frequente. Havia uma luz na cabine, e Teasle viu um homem descer e, pela aparência dele ao cruzar o campo em direção ao caminhão, firme e hirto, soube, mesmo sem ter conseguido discernir as roupas, que não se tratava de nenhum repórter ou policial estadual que retornava com problemas no motor. Aquele era o homem que ele mandara buscar.

O chefe de polícia desceu da caçamba lentamente, sentindo dor, e mancou até a beira da estrada. O homem tinha acabado de chegar à cerca de arame farpado, onde o campo terminava.

— Com licença. Vim até aqui para encontrar alguém — disse o homem. — Pergunto-me se ele está aqui. Disseram que poderia estar. Wilfred Teasle.

— Eu sou Teasle.

— Bem, eu sou o coronel Sam Trautman — afirmou ele. — Vim por causa do meu garoto.

Outros três caminhões de carga passaram, com homens da Guarda Nacional segurando rifles, os rostos pálidos na escuridão. Quando os faróis incidiram sobre os dois, Teasle viu o uniforme de Trautman, a insígnia de coronel e sua boina verde dobrada sob o cinto.

— Seu garoto?

— Bem, não exatamente, creio. Não o treinei pessoalmente, foram os meus homens. Mas treinei os homens que o treinaram, então, de certo modo, é meu garoto. Ele fez mais alguma coisa? A última notícia que escutei foi que havia matado treze homens. — Ele falou aquilo de forma clara e direta, sem ênfase, mas Teasle reconheceu as sutilezas implícitas em sua voz; ele as tinha escutado com frequência antes, muitos pais na delegacia à noite, chocados, desapontados, envergonhados pelo que os filhos tinham feito.

Mas aquilo não era a mesma coisa, não era assim tão simples. Havia algo mais oculto na voz de Trautman, algo tão estranho àquele tipo de situação, que Teasle teve dificuldades para identificar o que era e, quando o fez, ficou espantado.

— Você quase parece ter orgulho dele — disse.

— Pareço? Sinto muito, não era a intenção. É só que ele é o melhor aprendiz que já produzimos, e as coisas com certeza estariam erradas com a escola, caso ele não tivesse oferecido uma boa luta.

Ele apontou para a cerca e começou a escalá-la com a mesma economia suave de movimentos demonstrada ao descer do helicóptero e atravessar o campo. Parando ao lado de Teasle, na vala próxima à cerca, ficou perto o bastante para que o policial conseguisse ver como o uniforme se moldava perfeitamente ao seu corpo, sem nenhuma dobra ou vinco. Na escuridão, sua pele parecia cor de chumbo. Ele tinha cabelos pretos penteados para trás, rosto magro e um queixo pontudo e anguloso, que se pronunciava ligeiramente para frente. Teasle lembrou-se de como Orval às vezes pensava nas pessoas em termos de animais. Mas Orval teria dito que Trautman não era um animal selvagem, e sim um pequeno cão. Ou um furão. Ou uma doninha. Algum tipo de carnívoro astuto. Pensou nos oficiais que conhecera na Coreia, assassinos profissionais, homens completamente à vontade com a morte, e eles sempre lhe fizeram ter vontade de recuar. No fim das contas, não sei se o quero aqui, pensou.

Talvez tenha sido um erro ter pedido que viesse.

Mas Orval também o ensinara a julgar um homem pelo aperto de mão e, quando Trautman chegou a três passos de distância, seu cumprimento não foi o que Teasle esperava. Em vez de duro e arrogante, foi estranhamente gentil e firme ao mesmo tempo, deixando-o bastante confortável.

Quem sabe Trautman fosse bacana.

— Veio antes do que eu esperava — Teasle disse a ele. — Obrigado. Precisamos de toda a ajuda que pudermos ter.

Por ter acabado de pensar em Orval, ficou aturdido ao dar-se conta de que estava passando por aquilo uma segunda vez; duas noites atrás, ele agradecera Orval por ter vindo, usando quase as mesmas palavras que acabara de dizer a Trautman.

Contudo, agora Orval estava morto.

— Vocês precisam mesmo de toda a ajuda — concordou Trautman. — Para ser sincero, estava pensando em vir mesmo antes de me chamar. Ele não está mais de serviço e isso aqui é um assunto civil, mas, ao mesmo tempo, não consigo não me sentir parcialmente responsável. Mas tem uma coisa... não vim aqui para me envolver numa carnificina. Só vou ajudar se vir que isto está sendo tratado da maneira apropriada, que é capturá-lo, em vez de matá-lo sem chance de rendição. Ele pode até ser morto, mas não quero imaginar que este seja o objetivo. Estamos entendidos?

— Sim. — E ele disse a verdade. De forma alguma queria que o garoto fosse crivado de balas fora da sua vista, nas colinas. Queria que fosse trazido de volta, queria ver tudo que fosse acontecer com ele.

— Tudo bem, então. Embora não saiba se minha ajuda vai fazer algum bem. Acredito que nenhum de vocês conseguirá chegar perto o bastante para sequer vê-lo, quanto mais apanhá-lo. Ele é bem mais inteligente e durão do que imaginam. Como foi que não matou você? Não consigo entender como pode ter escapado dele.

Ali estava novamente, aquele tom amalgamado de orgulho e desapontamento.

— Agora parece que você sente muito por ele não tê-lo feito.

— De certo modo, sinto, mas não precisa levar isso para o lado pessoal. Sendo direto, ele não devia ter dado essa escorregada. Não com sua habilidade e treinamento. Se você foi um inimigo que ele deixou escapar, a razão pode ter sido bastante séria, e gostaria de saber por que isso aconteceu, no caso de haver alguma lição que eu possa transmitir aos meus homens. Diga-me como planejou tudo até aqui. Como mobilizou a Guarda Nacional tão rápido?

— Eles tinham treinamento de guerra marcado para este final de semana. O equipamento estava pronto, então só precisaram acionar os homens alguns dias antes.

— Mas este é um posto de comando civil. Onde estão as bases para os militares?

— Estrada abaixo, em outro caminhão. Mas os oficiais estão deixando a gente dar as ordens. Querem descobrir como seus homens se viram sozinhos, então, só estão monitorando, como fariam num treinamento de guerra.

— Treinamento — disse Trautman. — Meu Deus, todo mundo adora uma brincadeira, não? O que o faz pensar que ele ainda está por perto?

— Cada estrada que cerca estas colinas está sendo vigiada desde que subimos aqui. Ele não poderia ter descido sem ser avistado. E, mesmo que conseguisse, eu teria sentido.

— Como é?

— Não é algo que eu possa explicar. Um tipo de sentido extra que toca aqui dentro desde o que ele me fez passar. Não interessa. Ele ainda está lá em cima. E, amanhã de manhã, vou mandar tantos homens atrás dele que vai ter um para cada árvore.

— Algo que não é possível, claro, o que ainda lhe dá a vantagem. Ele é especialista em guerrilha, sabe como viver da terra, então não tem o mesmo problema de seus homens, que precisam de comida e suprimentos. Ele é paciente, então pode se esconder em algum lugar e prolongar esta luta pelo ano inteiro, se for preciso. Como é apenas um homem, é difícil vê-lo. Ele está sozinho, não tem que seguir ordens, não precisa se sincronizar com outras unidades, então pode se mover rápido, atirar, fugir e se esconder em outro lugar, e a seguir retornar e repetir tudo. Exatamente como meus homens ensinaram.

— Tudo bem — concordou Teasle. — Então agora você me ensine.

3

Rambo acordou sobre uma pedra fria, plana e escura. Acordou por causa do peito. Estava doendo tanto que teve de afrouxar o cinto e, sempre que respirava, suas costelas o lancetavam, fazendo-o estremecer.

Não sabia onde estava. Achou que devia ser noite, mas não compreendia por que a escuridão era tão plena, por que não havia tons de cinza misturados ao preto, nenhuma estrela brilhando, nenhuma mínima irradiação das nuvens que cobriam o céu. Piscou e o escuro permaneceu igual. Temendo que seus olhos tivessem sofrido algum dano, espalmou as mãos sobre a pedra, tateando freneticamente, até tocar paredes de rocha úmida. Uma caverna, pensou, intrigado. Estou numa caverna. Mas como? Ainda intrigado, começou a cambalear para fora.

Teve de parar e retornar até onde havia despertado, porque não estava com seu rifle. Seu estupor clareou um pouco e percebeu que a arma estivera junto de si todo o tempo, presa entre seu cinto de equipamento e as calças, então recomeçou a andar. O chão da caverna sofria um leve declive, o que o fez perceber que a entrada dela tinha de estar em algum lugar para cima. Isso o obrigou mais uma vez a voltar e recomeçar. A direção da brisa que descia pelo túnel vinda de fora deveria ter-lhe dito em qual direção seguir, mas não se deu conta disso até ter dobrado uma curva e alcançar a boca da caverna.

Lá fora era noite, estrelas brilhando, uma lua crescente tornando distintos os contornos das árvores e rochas abaixo. Não sabia quanto tempo permanecera desmaiado nem como chegara à caverna. A última coisa da qual se lembrava era de lutar para se levantar ao nascer do sol, próximo dos espinheiros, vagar pela floresta e colapsar ao lado de uma corredeira para tomar água. Ele se recordava de ter rolado deliberadamente para dentro dela, permitindo que o fluxo gelado o cobrisse e reavivasse, mas agora estava na boca daquela caverna, já era noite, e ele não se lembrava de um dia inteiro e de todo um território que tinha cruzado. Ou pelo menos achava que tinha se passado apenas um dia. Pensou num rompante se poderia ser mais.

Para baixo, ao longe, havia luzes, o que pareciam ser centenas de manchas brilhantes, exceto que essas iam e vinham, em sua maioria amarelas e vermelhas. Tráfego numa estrada, ele pensou, talvez uma autoestrada. Mas era intenso demais para ser algo ordinário. E algo mais... elas não pareciam estar indo em direção alguma. As luzes estavam desacelerando até pararem, um cordão delas vindo da esquerda para a direita, a uns três quilômetros dali. Ele podia estar calculando a distância errado, mas estava certo de que as luzes tinham a ver com caçá-lo. Toda aquela atividade lá embaixo, pensou. Teasle deve querer me pegar mais do que tudo na vida.

A noite estava muito gelada e não havia insetos zunindo ou animais movendo-se na mata, apenas um leve vento que fazia as folhas das árvores farfalharem e chacoalhava os galhos vazios. Abraçou a si próprio e estremeceu. Foi quando escutou o helicóptero vindo da sua esquerda com um rugido crescente, apenas para minguar ao passar por trás dele, ao longe. Outro veio na sequência, e mais um à direita, de onde também escutava o latido abafado de cães. Então, o vento mudou, vindo em sua direção de onde as luzes brilhavam lá embaixo, trazendo consigo os ganidos de mais animais e o murmúrio acumulado de pesados motores de caminhões. Já que as luzes estavam ligadas, os motores precisavam continuar funcionando, ele pensou. Tentou contar as luzes, mas de longe elas o confundiam, e ele multiplicou seu número incontável pela quantidade de homens que deveria haver em cada caminhão, vinte e cinco, talvez trinta. Teasle com certeza queria apanhá-lo. E desta vez não se arriscaria a falhar novamente; ele viria com todos os homens e equipamentos que conseguisse reunir.

Mas Rambo não queria mais combatê-lo. Estava cansado, sentindo dor e, em algum momento entre ter perdido Teasle nos espinheiros e despertado naquela caverna, sua fúria havia desaparecido. Ela começara a sumir quando a caçada atrás de Teasle se prolongou, ele exausto, querendo desesperadamente pegar o sujeito, não mais pelo prazer de dar-lhe uma lição, mas apenas para acabar com aquilo e ficar livre. E, após ter matado aqueles homens, após ter sacrificado tanto tempo e esforço necessários para fugir, nem ao menos tinha vencido. Um desperdício estúpido, pensou. Fez com que se sentisse vazio e enjoado. Qual tinha sido o sentido de tudo aquilo? Devia ter aproveitado a chance que teve durante a tempestade e desaparecido.

Bem, desta vez, ele faria isso. Tinha lutado contra Teasle, o combate havia sido justo, e Teasle sobreviveu. Isso punha um fim a tudo.

Que espécie de baboseira é essa que você está vomitando agora?, perguntou a si mesmo. Quem está enganando? Você estava faminto por ação, tinha certeza de que conseguiria vencê-lo, mas perdeu, e agora é hora de pagar. Ele não virá atrás de você, assim no escuro, mas, ao nascer do sol, virá pegá-lo com um pequeno exército, contra o qual você não terá chance. E a verdade é que ele venceu de forma justa e, por isso, acabou. Você só quer dar o fora enquanto ainda pode. Mesmo que ele venha à frente de todos eles, que venha de peito aberto em plena vista, é melhor que você dê o fora e fique vivo.

Mas sabia que não seria fácil. Pois, ao ficar ali parado, tremendo, limpando o suor da testa e das sobrancelhas, sentiu um calor subir da base da espinha até a nuca, seguido de um súbito arrepio. A sequência se repetiu, fazendo-o compreender que não estava tremendo por causa da brisa e do frio. Estava febril. E era uma febre extremamente alta para fazê-lo suar daquela maneira. Se tentasse se movimentar, quem sabe ver se conseguia passar sem ser notado pela linha de luzes lá embaixo, acabaria desabando. Já estava tendo dificuldade de permanecer de pé ali. Calor, era disso que precisava. E abrigo, algum lugar onde pudesse suar toda aquela febre e descansar as costelas. E comida; não comia nada desde que havia encontrado a carne-seca no corpo do velho que fora derrubado do penhasco pela chuva, quando quer que tenha sido aquilo.

Ele estremeceu, oscilou e teve de apoiar a mão na entrada da caverna para se firmar. Então era isso; a caverna teria de bastar, ele não tinha forças para encontrar lugar melhor. Estava enfraquecendo tão rapidamente que nem sequer tinha certeza se teria energia para preparar a caverna. Bem, então não fique aí parado, dizendo a si mesmo o quanto está fraco. Faça alguma coisa.

Ele desceu por uma faixa de pedregulhos até as árvores que avistara. As primeiras que encontrou tinham galhos afiados, sem folhas, o que não era bom, então caminhou até que as folhas no chão fossem agulhas flexíveis, do tipo das que caem dos abetos, os quais examinou para identificar os galhos mais fáceis de serem quebrados, sempre tomando o cuidado para apanhar apenas um de cada árvore, para que não ficasse óbvio que ele havia passado por ali e os reunido.

Quando juntara cinco, o movimento de erguer os braços para quebrar os galhos tornou-se um esforço demasiado grande para suas costelas. Gostaria de ter conseguido mais, mas cinco teriam de bastar. Colocou-os dolorosamente sobre o ombro do lado oposto ao das costelas feridas e voltou para a caverna, cambaleando ainda mais do que antes por causa do peso. Subir pela trilha de pedregulhos foi a pior parte. Ele ficava pendendo para as laterais, em vez de seguir em linha reta, e chegou a perder o equilíbrio e cair uma vez, estremecendo de dor.

Quando alcançou o topo e deixou os galhos diante da caverna, teve de voltar pelo declive para reunir folhas secas e gravetos que estivessem espalhados pelo chão. Meteu o que conseguiu dentro da camisa de lã e encheu os braços com gravetos secos, levando tudo de volta para a caverna, onde fez duas viagens para o interior, a primeira com os gravetos que já estava carregando, a seguinte com os galhos grandes. Sentiu que estava pensando melhor, fazendo o que deveria ter feito quando chegara à caverna da primeira vez. Assim que a adentrou, indo além de onde havia despertado, sentiu o chão com os pés, tomando cuidado para não cair. Quanto mais fundo ia, mais baixo o teto ficava e, quando teve de engatinhar, pressionando as costelas, parou. A dor era demais.

Aquela parte da caverna era úmida. Ele fez um montinho com as folhas secas no chão e espalhou lascas de madeira sobre elas, acendendo com os fósforos que o velho lhe dera, noites atrás. Eles tinham molhado por causa da chuva e do córrego, mas ainda havia alguns secos e, embora os dois primeiros não tivessem acendido, o terceiro o fez e apagou, sendo que foi o quarto que ateou fogo às folhas. As chamas se espalharam e, com paciência, ele foi acrescentando mais folhas, mais lascas de madeira, cuidando de cada labareda até que todas se reuniram num fogo grande o bastante para que ele colocasse pedaços maiores e, depois, os galhos secos.

A madeira era tão velha que quase não fazia fumaça, e a pouca que era criada era dissipada pela brisa que vinha da entrada da caverna, levada túnel adentro. Ele olhou para o fogo, mãos espalmadas sendo aquecidas, tremendo; então mirou diretamente as paredes da caverna. Percebeu que estava errado, que não estava numa caverna. Anos atrás alguém tinha minerado aquele lugar. Isso ficava óbvio pela simetria das paredes, teto e pelo chão aplainado. Não havia ferramentas deixadas por perto, nada de carrinhos de mão enferrujados, picaretas quebradas ou baldes podres. Quem quer que tivesse desistido daquele lugar o tinha respeitado e deixado limpo. Mas ele deveria ter fechado a entrada. Isso fora estranhamente negligente. Àquela altura, as vigas de suporte e pilhas de madeira estavam velhas e podres e, se crianças decidissem explorar o lugar, poderiam trombar com alguma viga ou fazer barulho demais e derrubar parte do teto. Mas o que crianças estariam fazendo ali de qualquer forma? Estava a quilômetros de qualquer moradia. Mesmo assim, ele a encontrara; outros também poderiam tê-lo feito. Com certeza é o que fariam amanhã, então era melhor que ele ficasse de olho na hora e desse o fora antes que chegassem. A lua crescente lá fora estava alta, fazendo-o crer que eram por volta das onze da noite. Algumas horas de descanso eram tudo de que precisava, disse a si mesmo. Claro. Então, poderia partir.

O fogo era cálido e reconfortante. Trouxe os galhos de abeto para perto da fogueira, espalhando-os uns sobre os outros, como se fossem um estrado, e deitou-se sobre as folhas de pinheiro, mantendo a lateral dolorida voltada para o fogo. Aqui e ali as folhas pontudas pinicavam por baixo da roupa, mas ele não podia fazer nada a respeito; precisava delas para manter o corpo longe do chão úmido. Exausto como estava, logo os galhos lhe pareceram macios; ele fechou os olhos e ficou a escutar os estalidos do fogo queimando. Túnel adentro, água pingava, ecoando.

Quando olhou para as paredes da mina, quase esperou ver desenhos, pinturas de animais com chifres, perseguidos por homens segurando lanças. Já tinha visto fotografias de algo parecido, mas não se lembrava onde. Talvez na escola. Fotografias de caçadas sempre o fascinaram. Quando era garoto no Colorado, costumava fazer caminhadas sozinho nas montanhas e, certa vez, adentrara com cuidado uma caverna, dobrou uma curva, ligou a lanterna e viu o desenho de um búfalo, apenas um, amarelo, perfeitamente centralizado na parede. Parecia tão real, como se ao vê-lo o animal fosse virar-se e fugir, e ele passou a tarde inteira observando a imagem, até que a luz da lanterna acabou. Depois disso, voltava à caverna pelo menos uma vez por semana e observava. Era o seu segredo. Certa noite, seu pai o batera várias vezes no rosto por não querer dizer onde estava. As lembranças fizeram Rambo menear a cabeça por não ter contado. Muito tempo se passara desde que estivera naquela caverna, e o lugar onde estava agora o fazia sentir-se tão escondido como aquele. Um búfalo de corcova alta e chifres pontudos, encarando-o. No alto das montanhas, longe de suas planícies nativas, e há quanto tempo ele estava lá e quem o havia desenhado? E quem havia trabalhado naquela mina e há quanto tempo? A caverna sempre o fizera lembrar-se de uma igreja, assim como aquele lugar, mas agora a associação o embaraçava. Bem, ele não se sentia embaraçado quando criança. Primeira comunhão. Confissão. Lembrava-se de como tinha sido puxar aquele manto preto pesado, entrar no confessionário e ajoelhar-se no chão almofadado, a voz do padre abafada, oferecendo absolvição ou penitência, vinda do outro lado da caixa. Então a placa de madeira deslizava e ele se confessava. Confessar o quê? Os homens que tinha matado? Foi autodefesa, padre.

Mas você gostou daquilo, meu filho? Foi uma oportunidade para pecar?

Aquilo o envergonhava ainda mais. Ele não acreditava em pecado e não gostava de pensar a respeito. Mas a questão continuava a se repetir: foi uma oportunidade para pecar? E, com a mente cochilando diante do fogo, perguntou-se o que teria dito quando criança. Provavelmente que sim. A sequência de mortes era bem complicada. Podia justificar ao padre que fora autodefesa matar os cães e o velho de verde. Mas, depois, quando teve chance de escapar e, em vez disso, foi atrás de Teasle e atirou nos policiais que fugiam, aquilo foi um pecado. Agora, Teasle vinha em busca da desforra, e a hora da sua penitência tinha chegado. Túnel adentro, a água pingava.

Túnel adentro. Ele deveria tê-lo examinado primeiro. Uma mina é um abrigo natural para um urso. Ou cobras. O que tinha de errado com ele? Por que já não tinha checado isso? Apanhou um galho em chamas da fogueira e o utilizou como tocha para descer o túnel. O teto ficava cada vez mais baixo e ele odiou se agachar, isso torturava a lateral de seu corpo, mas era necessário.

Dobrou a curva de onde escutava a água pingar do teto e viu que ela se acumulava numa poça e acabava drenada por uma rachadura no chão, e era isso. Com a tocha quase apagando, chegou a uma parede, um vão de sessenta centímetros fazia um ângulo descendente, e ele concluiu que estava seguro. Quando sua tocha de fato se apagou, estava quase de volta à fogueira; tão perto dela que já podia avistar os reflexos bruxuleantes das chamas.

Lembrou-se que havia outras coisas a serem feitas. Checar pelo lado de fora para ter certeza de que a luz do fogo não podia ser vista. Conseguir comida. O que mais? Descansar dentro da mina pareceu ser uma ideia bem simples de início, mas ficava cada vez mais incômoda, e ele sentiu-se tentado a esquecer a coisa toda e tentar cruzar as linhas de luzes lá embaixo. Chegou até a boca da entrada, mas logo ficou tão tonto que teve de se sentar. Não tinha escolha, era o que tinha que ser. Seria obrigado a ficar um tempo.

Só por um tempo.

O primeiro tiro de rifle ecoou de algum lugar à direita, seguido imediatamente por outros três. Estava escuro demais e tinham vindo de muito longe para que ele tivesse sido o alvo. Outros três tiros ecoaram, e então veio o som abafado de uma sirene. Que diabo estava acontecendo?

Comida. Era sua única preocupação no momento. Comida. E sabia exatamente de qual tipo: uma grande coruja que vira alçar voo de uma árvore, quando saiu da caverna pela primeira vez. Ela tinha partido por alguns minutos e voltou logo depois. Ele tinha visto aquilo acontecer duas vezes. O pássaro já estava retornando agora, e ele aguardava que completasse sua volta.

Escutou novos tiros à direita; por quê? Ficou de pé, tremendo e esperando, intrigado. Pelo menos seu tiro se misturaria com os demais lá embaixo, sem entregar a sua posição. Mirar de noite é sempre difícil, mas com a tinta luminosa que o velho do alambique pusera na mira do rifle, ele tinha alguma chance. Aguardou e aguardou; quando o suor em seu rosto e os calafrios na espinha pareciam insuportáveis, escutou o bater de asas e viu a silhueta veloz planar e se acomodar no galho da árvore. Um, dois, e o rifle estava apoiado em seu ombro, mirando os contornos escuros da coruja. Três, quatro, e ele tremia, retesando os músculos na tentativa de controlá-los. Ca-rack! O recuo sacudiu as suas costelas, e ele cambaleou de dor na entrada da caverna. Achou ter errado, temendo que a coruja tivesse voado e que não voltaria mais, quando a viu mover-se um pouco. Então, ela mergulhou graciosamente da árvore, bateu num galho, deu um rodopio e desapareceu no escuro. Escutou-a se debatendo sobre folhas caídas e desceu rapidamente os pedregulhos até a base da árvore, sem ousar desviar os olhos de onde achava que o pássaro havia caído. Desorientou-se e não conseguia encontrar o animal; somente após uma exaustiva busca, topou com ele.

Enfim de volta ao fogo na caverna, colapsou na cama improvisada com a cabeça girando e tremendo violentamente. Lutou para ignorar a dor ao concentrar-se nas garras fechadas da coruja, tirando suas penas macias. Era um pássaro velho e gostou da sabedoria que havia em seu rosto, mas não conseguia manter as mãos firmes o bastante para depená-lo direito.

Também não conseguia entender o que tinha sido todo aquele tiroteio.

4

A ambulância passou pelo caminhão de comunicação, acelerando de volta para a cidade, seguida de caminhonetes cheias de civis, alguns reclamando em voz alta e gritando coisas incompreensíveis para a Guarda Nacional à beira da estrada. Atrás das caminhonetes vinham duas viaturas da polícia estadual, vigiando a todos. Teasle permaneceu na lateral da estrada, os faróis passando por ele na escuridão, meneou a cabeça e voltou lentamente para o caminhão.

— Alguma notícia de quantos outros foram baleados? — perguntou ao operador de rádio. O homem, iluminado pelo brilho da lâmpada pendurada lá dentro, respondeu baixinho:

— Acabei de receber. Um deles. Um nosso. O civil foi atingido na rótula, mas nosso homem tomou uma bala na cabeça.

— Ah. — Ele fechou os olhos por um momento.

— Os paramédicos acham que não chegará vivo ao hospital.

Acham, nada, ele pensou. Da forma como as coisas vêm acontecendo nos três últimos dias, com certeza ele não vai escapar dessa. Não há dúvida, ele simplesmente não vai conseguir.

— Eu o conheço? Não, espere. É melhor não me dizer. Já morreram homens demais meus. Pelos menos esses bêbados já foram todos reunidos, de modo que ninguém mais atire em ninguém? Aqueles nas caminhonetes eram os últimos?

— Kern acha que sim, mas não tem certeza.

— O que significa que pode ter mais uma centena acampada por aí.

Deus, você não gostaria que houvesse outra forma de fazer isto, que fosse só você e o garoto de novo? Quantos mais vão ter que morrer antes que isto acabe?

Ele ficara tempo demais andando por aí e estava voltando a sentir tonturas. Inclinou-se contra a caçamba do caminhão para se sustentar, sentindo as pernas bambearem. Os olhos pareciam que iam se revirar dentro das órbitas. Que nem olhos de boneca, pensou.

— Talvez seja melhor subir e descansar mais um pouco — sugeriu o operador de rádio. — Mesmo quando você está mal iluminado, dá pra te ver suando no rosto, por baixo das bandagens.

Ele assentiu debilmente.

— Só não diga isso quando o Kern estiver por aqui. Pode me dar um café, por favor?

Suas mãos tremiam quando ele apanhou o café e o engoliu junto a dois comprimidos, a língua e a garganta se contraindo por causa do amargor. Naquele momento, Trautman retornou de onde conversava com representantes da Guarda Nacional, estrada abaixo. Deu uma boa olhada em Teasle e disse:

— Você devia estar na cama.

— Só depois que tudo estiver acabado.

— Bem, é provável que leve um pouco mais de tempo do que você pensava. Isto aqui não é a Coreia e a Batalha do Reservatório de Chosin. Um grupo grande assim seria ótimo... se você estivesse enfrentando outro; se um flanco fica confuso, seu inimigo é tão grande que dá tempo de vê-lo aproximar-se e reforçar aquele setor. Mas não dá pra fazer isso aqui, não contra um único homem, ainda mais ele. Basta a menor das confusões ao longo de uma fileira e será tão difícil de vê-lo, que é capaz que passe bem debaixo do nariz de seus homens.

— Já apontou falhas demais. Pode oferecer alguma coisa positiva?

Ele disse isso num tom mais forte do que pretendia, então, quando Trautman respondeu "Sim", havia algo novo escondido naquela voz constante... ressentimento.

— Ainda tenho alguns detalhes para resolver. Não sei como conduz o seu departamento de polícia, mas gosto de ter certeza antes de seguir adiante com alguma coisa.

Teasle precisava da cooperação dele e imediatamente atenuou.

— Me desculpe. Acho que fui eu que errei de tom agora. Não ligue pra isso. Nunca fico feliz a não ser que me sinta miserável de tempos em tempos.

Mais uma vez ele sentiu aquela estranha sobreposição de passado e presente de duas noites atrás, quando Orval disse, "Vai estar escuro em uma hora", e ele respondeu, "Acha que não sei disso?", e então se desculpou com Orval praticamente nos mesmos termos que fizera com Trautman agora.

Talvez fossem os comprimidos. Não sabia o que havia neles, mas certamente estavam funcionando; sentia a tontura se dissipando, seu cérebro lentamente girando até parar. Incomodava-o que as tonturas iam e vinham com mais frequência e estavam durando mais, mas ao menos seu coração não estava mais com arritmia.

Segurou a caçamba para subir, mas não teve forças para se erguer.

— Aqui. Deixa eu te dar uma mão — disse o operador de rádio.

Com a ajuda, ele conseguiu subir, mas rápido demais, e teve de esperar um momento antes de se firmar no lugar e sentar-se no banco, finalmente relaxando os ombros contra a parede do caminhão. Pronto. Nada a fazer, senão sentar e descansar. O prazer da fadiga e alívio que ocasionalmente tinha após vomitar.

Trautman subiu com uma facilidade inconsciente e ficou a observá-lo, e havia algo que o coronel dissera há pouco que intrigava Teasle. Não sabia direito o quê. Algo sobre...

Então lhe ocorreu.

— Como sabia que estive no Reservatório de Chosin?

Trautman o encarou com uma expressão interrogativa.

— Há pouco — Teasle disse — você mencionou...

— Sim. Antes de ir para Fort Bragg, telefonei para Washington e pedi que me enviassem o seu arquivo.

Teasle não gostou daquilo. Nem um pouco.

— Tive que fazer isso — justificou-se Trautman. — Não precisa levar pro lado pessoal, como se eu estivesse interferindo na sua privacidade. Tinha que entender o tipo de homem que você é, caso este problema com Rambo fosse culpa sua, caso estivesse atrás de sangue agora. Precisava antecipar qualquer problema que me desse. Esse foi um dos seus erros com ele. Foi atrás de um homem sobre quem não sabia nada a respeito, nem mesmo o nome. Existe uma norma que ensinamos... nunca enfrente um oponente até conhecê-lo tão bem quanto conhece a si próprio.

— Certo. E o que o Reservatório de Chosin diz sobre mim?

— Agora que me contou parte do que aconteceu lá em cima, explica um pouco sobre como conseguiu escapar dele.

— Não há mistério. Corri mais rápido. — A lembrança de como havia disparado em pânico, deixando Shingleton para trás, fez com que se sentisse amargo, enojado.

— Este é o ponto! — disse Trautman. — Você não deveria ter sido capaz de correr mais rápido. Ele é mais jovem do que você, em melhor forma e mais bem-treinado.

O operador de rádio ficara o tempo todo sentado ao lado da mesa, escutando-os. Agora, virou-se de um para outro e disse:

— Queria saber do que estão falando. O que é esse reservatório?

— Não esteve em serviço? — Trautman quis saber.

— Claro que estive. Marinha. Dois anos.

— Por isso nunca ouviu falar. Se tivesse sido um fuzileiro, saberia de cor os detalhes e se gabaria deles. O Reservatório de Chosin é uma das batalhas mais famosas dos fuzileiros durante a guerra da Coreia. Na verdade, foi uma retirada, contudo, tão feroz quanto qualquer ataque, e custou trinta e sete mil homens ao inimigo. Teasle esteve bem no meio dela. O suficiente para receber uma Medalha de Serviço Distinto.

A maneira como Trautman o chamou pelo nome fez Teasle sentir-se estranho, como se não estivesse no mesmo lugar que eles, como se estivesse do lado de fora do caminhão, escutando, enquanto Trautman, sem saber que alguém ouvia, falava.

— O que quero saber — Trautman perguntou a Teasle — é se Rambo sabia que você fez parte dessa retirada.

Ele deu de ombros.

— A citação e minha medalha estão penduradas na parede do meu escritório. Ele viu. Se significou algo pra ele...

— Ah, significou algo, sim. Foi o que salvou a sua vida.

— Não vejo como. Eu apenas perdi a cabeça quando Shingleton foi baleado e corri que nem um maldito ratinho apavorado.

— Dizer aquilo fez com que se sentisse melhor, confessando em público, de peito aberto, sem que ninguém o criticasse pelas costas.

— Claro que você perdeu a cabeça e correu — afirmou Trautman. — Está longe deste tipo de ação há anos. Quem não teria fugido no seu lugar? Mas, entenda, ele não esperava que fizesse isso. É um profissional e naturalmente pensava que alguém que recebeu essa medalha, também fosse... um pouco sem prática e sem dúvida não tão bom quanto ele, mas ainda o veria como um profissional, e calculo que tenha ido atrás de você com isso em mente. Já viu uma partida de xadrez entre um amador e um profissional? O amador come mais peças. O profissional está habituado a jogar com pessoas que racionalizam e padronizam seus movimentos, e lá está o amador movendo peças por todo o tabuleiro, sem saber de fato o que está fazendo, apenas tentando ser o melhor possível com o pouco que compreende. Bem, o profissional fica tão confuso tentando ver um padrão que não existe, que acaba vacilando e ficando para trás.

No seu caso, estava numa luta cega, e Rambo ficou para trás, tentando antecipar o que alguém como você faria para se proteger. Ele esperava que você o tocaiasse, tentasse emboscá-lo, e isso o atrasou até que compreendesse o que estava ocorrendo, mas aí já era tarde demais.

O operador de rádio tinha posto os fones de ouvido para escutar um relatório que chegava. Agora Teasle percebeu que ele estava encarando o chão com olhos vazios.

— O que foi? O que aconteceu? — perguntou.

— Nosso homem baleado na cabeça... acabou de morrer.

Claro, Teasle pensou. Droga.

Por que está deixando que isso o incomode, como se fosse algo que não soubesse que ia acontecer? Já tinha certeza de que ele morreria.

Esse é o problema. Eu tinha certeza. Ele morreu, e quantos mais vão cair antes que isto acabe?

— Deus o ajude — disse. — Não consigo pensar em outra forma de ir atrás desse garoto, a não ser com todos esses homens, mas, se pudesse escolher qualquer outra maneira, gostaria que fosse só eu contra ele de novo.

O operador de rádio tirou os fones e ficou taciturno ao lado da mesa.

— Estávamos em turnos diferentes, contudo, às vezes conversava com o sujeito. Se não se importa, queria dar uma volta. — Ele desceu de forma distraída pela caçamba para a estrada e fez uma pausa por um instante, antes de tornar a falar — Quem sabe aquela van de suprimentos ainda esteja parada mais lá para baixo. Quem sabe eu consiga um café com uns bolinhos. Ou algo assim. — Fez uma pausa ainda maior, então partiu, desaparecendo na noite.

— Se fosse apenas você e o garoto de novo — afirmou Trautman —, ele saberia como ir atrás de você desta vez. Numa corrida direta. E o mataria com certeza.

— Não. Porque eu não fugiria. Lá em cima, fiquei com medo dele, mas não estou mais.

— Pois deveria.

— Não. Porque estou aprendendo com você. Não vá atrás de um homem que não entenda. Foi o que disse. Agora sei o bastante sobre ele, o suficiente para pegá-lo.

— Isso é estupidez. Não falei quase nada sobre ele. Quem sabe algum desses psiquiatras de plantão pudesse criar uma teoria sobre a mãe dele ter morrido de câncer quando ele era jovem, sobre o pai ser um alcoólatra, sobre quando o pai tentou matá-lo com uma faca, e sobre como fugiu de casa naquela noite com o arco e flecha que disparou contra o velho, quase assassinando-o. Alguma teoria sobre frustração, repressão e tudo isso. Sobre como não tinha dinheiro para comer e teve que sair da escola para trabalhar numa garagem. Soaria lógico, mas não significaria nada. Porque não aceitamos loucos. Nós o submetemos a testes, e ele é tão equilibrado quanto eu ou você.

— Não mato para viver.

— Claro que não. Você tolera um sistema que permite que outros façam isso por você. E, quando eles retornam da guerra, não suporta o cheiro de morte que trazem consigo.

— No começo não sabia que ele esteve na guerra.

— Mas viu que ele não estava agindo de forma normal e não tentou descobrir o motivo. Disse que ele era só um vagabundo. Que outra coisa ele poderia ser? Ele abriu mão de três anos da vida para se alistar numa guerra que deveria ter ajudado o seu país, e a única coisa que obteve em troca foi aprender a matar. Onde é que encontraria um trabalho que aproveitasse a experiência que teve?

— Ele não precisava se alistar e poderia ter voltado a trabalhar na garagem.

— Ele se alistou porque concluiu que seria convocado de qualquer maneira, e sabia que os pelotões mais bem-treinados, os que dão alguma chance a um homem de permanecer vivo, não aceitam convocados, apenas homens que se alistam por vontade própria. Diz que ele poderia ter voltado para a garagem. Que conforto, não é mesmo? Três anos na guerra, e tudo que recebe é uma Medalha de Honra, um colapso nervoso e um serviço encerando carros. Agora vem falar de lutar contra ele sozinho, contudo, insinua também que existe algo doentio num homem que ganha a vida matando. Deus, você não me engana, é tão militar quanto ele, e foi assim que essa zona toda começou. Espero de verdade que consiga sua luta *mano a mano*. Será a última surpresa da sua vida, porque ele é uma coisa bem especial hoje em dia. É um especialista na sua área. Nós o forçamos a isso lá atrás e, agora, ele trouxe tudo que aprendeu para o lar. Para superá-lo, mesmo que uma única vez, você teria de estudá-lo por anos. Teria de repassar toda sua trajetória, todos os combates em que esteve.

— Pela maneira como fala, e pra um coronel, você não parece gostar muito dos militares.

— Claro que não. Quem em sã consciência gosta?

— Então por que permanece nessa, ainda mais fazendo esse tipo de serviço, ensinando homens a matar?

— Não é o que faço. Ensino homens a ficarem vivos. Enquanto enviarmos homens para lutar em algum lugar, a coisa mais importante que posso fazer é garantir que ao menos alguns retornem. Meu negócio é salvar vidas, não tirá-las.

— Disse que eu não enganei você, que sou tão militar quanto ele. Acho que está enganado. Faço meu trabalho tão bem quanto posso. Mas vamos deixar isso de lado por um segundo. Porque você não me enganou também. Veio aqui falando que queria ajudar, mas, até agora, a única coisa que fez foi falar. Disse que quer salvar vidas, mas não fez coisa alguma até o momento para evitar que ele mate mais gente.

— Suponha o seguinte — Trautman falou. Acendeu lentamente um cigarro que apanhou de um maço sobre a mesa do rádio. — Você está certo. Eu me contive. Mas suponha que eu ajudasse. Agora pense a respeito. Quer mesmo a minha ajuda? Ele é o melhor aluno que minha escola já produziu. Lutar contra ele seria como lutar contra mim, porque suspeito que ele foi forçado a esta situação...

— Ninguém o forçou a matar um policial com uma navalha, vamos ser honestos.

— Vou dizer de forma diferente. Tenho um conflito de interesses aqui.

— Você tem o quê? Maldição, ele...

— Deixe-me terminar. Rambo se parece muito comigo e não estaria sendo sincero se não admitisse que simpatizo com a posição dele, o bastante para desejar que escape desta. Por outro lado, Deus, ele enlouqueceu. Não precisava ter perseguido você quando já estavam recuando. A maioria daqueles homens não precisava ter morrido, não quando ele tinha uma chance de fugir. Isso é imperdoável. Mas não interessa como me sinto quanto a isso, ainda me solidarizo com ele. E se, sem saber, eu estivesse elaborando um plano que o permitisse fugir?

— Você não faria isso. Mesmo que ele fuja daqui, ainda continuaremos a caçada, e alguma outra pessoa está fadada a ser baleada. Já concordou que a responsabilidade é tão sua quanto minha. Então, se ele é o seu melhor, prove, droga. Coloque todo tipo de obstáculo que consiga pensar contra ele. E, se ele ainda assim escapar, você ao menos terá feito tudo ao seu alcance e terá o dobro de motivos para ter orgulho dele. Não pode se dar ao luxo de não ajudar.

Trautman olhou para o seu cigarro, deu uma tragada profunda e o arremessou para fora do caminhão, as faíscas brilhando na escuridão.

— Nem sei por que acendi aquilo. Parei de fumar meses atrás.

— Não fuja da questão — intimou Teasle. — Vai ajudar ou não?

Trautman olhou para o mapa.

— Suponho que nada do que eu disse importa. Em alguns anos, uma busca como esta não será necessária. Temos instrumentos hoje que podem ser equipados na parte de baixo de uma aeronave. Para encontrar um homem, será necessário simplesmente voar sobre o local onde acredita que ele esteja e a máquina registrará a assinatura de calor. No momento, não existem máquinas suficientes dessas ainda, a maioria está na guerra. Mas, quando voltarmos para casa de lá, bem, um homem em fuga não terá qualquer esperança. E um homem como eu não será necessário. Esta é uma das últimas vezes. Uma pena. Por mais que odeie a guerra, temo o dia em que máquinas tomarão o lugar dos homens. Um homem ainda consegue se dar bem com seus talentos hoje em dia.

— Mas você está evitando a questão.

— Sim, eu vou ajudar. Ele precisa ser detido e prefiro que a pessoa que o faça seja alguém como eu, que o compreende e que possa ficar a seu lado nos momentos de dor.

5

Rambo segurou as costas macias da coruja, agarrou um punhado de penas na barriga e puxou. Ao saírem, elas emitiram um ruído dilacerante. Gostava da sensação das penas na mão. Depenou toda a carcaça, cortou a cabeça, asas e garras, então apertou a extremidade da faca contra o peito, abrindo um talho até a parte inferior. Abriu bem a carcaça, vasculhou o interior para remover as vísceras e puxou com firmeza, retirando a maior parte das entranhas na primeira tentativa, raspando com a faca para remover o restante. Teria ido lavar a carcaça onde a água pingava do teto da mina, mas não sabia dizer se era potável e, de qualquer maneira, limpar a carne da coruja seria só mais uma complicação, quando tudo que ele queria era acabar logo com aquilo, comer e dar o fora dali. Já tinha desperdiçado energia demais. Apanhou um galho longo que não estava no fogo, afiou a ponta e enfiou o pássaro nele, estendendo-o sobre a fogueira. As penas que ainda tinham restado estalaram nas chamas. Sal e pimenta, pensou. Como o pássaro era velho, provavelmente seria meio duro. O cheiro de sangue queimando era acre e a carne provavelmente teria sabor parecido, e ele desejou ter ao menos um pouco de sal e pimenta para disfarçá-lo.

Então é essa porra que me tornei, ele pensou. De acampar em seu saco de dormir na floresta e comer hambúrgueres com Coca-Cola no acostamento da estrada para aquilo, uma cama de folhas de pinheiro numa mina e a carcaça de uma coruja, e nem uma pitada de sal e pimenta, merda. Não era muito diferente de acampar na floresta, mas, no passado, foi algo que ele fizera por vontade própria. Agora, seria forçado a viver daquela maneira por um bom tempo, e aquilo realmente parecia ser tudo que teria. Quem sabe, dali a algum tempo, nem aquilo tivesse, quem sabe olhasse para trás e encarasse esta como uma boa noite, dormindo dentro de uma mina por algumas horas, assando uma velha coruja. O México nem sequer estava mais em sua mente. Apenas a próxima refeição e em qual árvore dormiria. Um dia por vez. Uma noite por vez.

Com o peito latejando, ergueu as duas camisas e examinou as costelas, fascinado pelo quão inchadas e inflamadas estavam. Era como se tivesse um tumor ali ou algo crescendo por dentro. Algumas horas de sono não curariam aquilo. Mas ao menos não estava mais tonto. Era hora de se mexer. Ele tinha reforçado o fogo para que o pássaro cozinhasse mais rápido, e o calor tocava sua testa e a ponta do nariz. Ou, quem sabe, fosse a febre, pensou. Ficou de costas, deitado sobre os galhos, o rosto virado na direção das chamas. O muco em sua boca estava seco e pegajoso, e ele queria beber do cantil, mas já tinha bebido demais e precisava poupar para depois. Mas, sempre que abria os lábios, uma fina teia de muco pegajoso estava grudada neles. Finalmente ele deu um gole e fez um bochecho com a água quente e metálica, coletando o muco e pensando se deveria dar-se ao luxo de cuspir e desperdiçar a água, mas optou por não fazê-lo e engoliu.

A voz o fez ter um sobressalto. Ela ecoou indistinta pelo túnel, soando como se um homem estivesse do lado de fora com um megafone, falando com ele. Como souberam que estava lá dentro? Checou rapidamente se sua pistola, faca e cantil estavam presos ao cinto de equipamentos, apanhou o rifle e o galho com a coruja, e correu na direção da entrada. A brisa que entrava era fresca e gelada. Pouco antes de chegar à boca, desacelerou, tomando cuidado caso houvesse homens do lado de fora, esperando-o.

Definitivamente era um megafone. De um helicóptero. No escuro, o motor rugia acima da elevação e por toda a parte a voz de um homem soava: "Grupos doze a trinta e um. Reúnam-se no lado leste da colina. Grupos trinta e dois a quarenta. Espalhem-se para o lado norte". Lá embaixo, ao longe, a linha de luzes continuava parada, esperando.

Teasle o queria pra valer. Devia ter reunido um pequeno exército. Mas para que o megafone? Não havia comunicadores de campo suficientes para coordenar os grupos? Ou era só ruído para dar-lhe nos nervos? Ou para me assustar, ele pensou, para que eu saiba quantos estão vindo me perseguir. Quem sabe seja um truque e ele não tenha gente para o norte e leste, só tenha efetivo ao sul e oeste. Rambo já escutara um megafone sendo usado daquela maneira pelas Forças Especiais durante a guerra. Costumava confundir o inimigo e fazer com que tentasse adivinhar as intenções do adversário. Há uma contra-estratégia para isso: quando alguém deseja que você tente prever o que ele vai fazer, o melhor a fazer é nem tentar. A melhor reação é fingir que não escutou.

A voz começou a se repetir, ficando mais distante conforme o helicóptero atravessava a elevação. Rambo não se importou com nada do que ela disse. Para ele, Teasle podia trazer homens para todos os cantos daquelas colinas, que não faria diferença. Se conseguisse chegar aonde queria, eles passariam direto por ele.

Olhou para o leste. O céu estava cinza daquele lado. O sol nasceria logo mais. Descansou sobre as pedras geladas na entrada da mina e testou o pássaro com os dedos, para o caso de estar quente demais. Então, arrancou um naco e mastigou, e o sabor era horrível. Pior do que esperava. Duro, seco e amargo. Teve de forçar-se a morder outro pedaço, e mastigou muito até conseguir engoli-lo.

6

Teasle não dormiu nada. Uma hora antes do amanhecer, Trautman deitou-se no chão e fechou os olhos, mas o chefe de polícia continuou sentado no banco, recostado à parede, pediu que o operador de rádio mudasse a transmissão dos fones de ouvidos para os falantes e ficou a escutar os relatórios de posicionamento, seus olhos mal se desviando do mapa. Os relatórios foram logo chegando com menos frequência, e o operador inclinou-se sobre a mesa, a cabeça descansando sobre os braços, e Teasle tornou a ficar só.

Cada unidade estava onde deveria. Em sua mente, via os policiais e a Guarda Nacional dispostos ao longo dos campos e bosques, apagando bitucas de cigarros e carregando os rifles. Estavam em grupos de cinquenta, cada qual com um homem portando um comunicador de campo. Às seis da manhã, a ordem seria dada para que as fileiras seguissem em frente. Ainda espalhados num perímetro amplo, eles varreriam os campos e as matas, movendo-se a partir dos pontos cardeais da bússola. Levaria dias para cobrir todo aquele território e convergir até o centro, mas, em algum momento, eles o pegariam. Se um grupo adentrasse um terreno que o atrasasse, seu operador de rádio transmitiria um aviso aos demais para que retardassem o passo e aguardassem. Isso evitaria que um grupo ficasse muito para trás na linha, mudando a direção de modo quase imperceptível até que estivesse fora de curso, vasculhando uma área que já tivesse sido examinada pelos outros. Não poderia haver falhas na linha, exceto aquelas planejadas para serem armadilhas; um grupo de homens no aguardo para apanhar o garoto, caso ele tentasse tirar vantagem do espaço vazio. O garoto... Mesmo agora que sabia seu nome, Teasle não conseguia acostumar-se a chamá-lo por ele.

O ar pareceu mais úmido perto da alvorada, e ele puxou um cobertor sobre Trautman deitado no chão, então se enrolou em outro. Sempre havia alguma coisa para fazer, alguma falha em qualquer plano; recordava-se disso de seu treinamento na Coreia, e Trautman também o dissera. Examinou todos os ângulos em busca de algo que porventura tivesse esquecido. Trautman também queria que helicópteros desembarcassem tropas nos picos mais altos, de onde poderiam avistar o garoto se ele driblasse a linha de busca. Foi perigoso baixar as patrulhas no escuro naquelas polias, mas eles deram sorte e não houve acidentes. Trautman também queria que os helicópteros ficassem voando de um lado para outro, transmitindo direcionamentos falsos para confundir o garoto, e aquilo também foi providenciado. Trautman suspeitava que o garoto fugiria para o sul; esta foi a direção que utilizou ao fugir durante a guerra, e havia uma boa chance de que a tentasse novamente; assim, a linha ao sul fora reforçada, à exceção dos pontos propositadamente enfraquecidos, as tais armadilhas. Os olhos de Teasle ardiam pela falta de sono, mas ele não conseguia dormir e, quando não pôde encontrar nenhuma parte do plano que fora negligenciada, começou a pensar sobre outras coisas que queria negligenciar. Ele as tinha tirado da mente, mas agora, sua cabeça começava a doer, e os fantasmas ressurgiam.

Orval e Shingleton. Os jantares na sexta à noite, semana após semana, na casa de Orval. "Uma boa maneira de começar o fim de semana", a sra. Kellerman dizia, sempre telefonando para ele na delegacia de polícia na quinta para saber o que gostaria de comer no dia seguinte. Nos bons tempos, ela telefonaria hoje e, amanhã, eles estariam comendo... Comendo o quê? Não, a ideia de comida na sua boca era intolerável. Nunca "Beatrice". Sempre "sra. Kellerman". Foi isso que decidiram quando seu pai havia sido morto e ele fora viver com eles. Ele não conseguia chamá-la de "mãe", e "tia Beatrice" não soava bem, então sempre foi "sra. Kellerman". Orval gostava daquilo, tendo sido criado para chamar os próprios pais de "senhor" e "senhora". Já com o nome de Orval era diferente. Ele estivera na casa de seu pai com tanta frequência, que Teasle acostumou-se a chamá-lo de Orval, um hábito difícil de ser quebrado. Jantares nas sextas. Ela cozinhava, e ele e Orval ficavam lá fora com os cachorros, depois entravam para tomar um drinque antes do jantar, se bem que, àquela altura, Orval já tinha parado de beber, então seria só ele e a sra. Kellerman, e Orval tomaria suco de tomate com sal e tabasco. Ao lembrar daquilo, a boca de Teasle salivou, e ele tentou não pensar em comida, refletindo sobre como as discussões tinham começado e como os jantares às sextas cessaram. Por que não cedeu para Orval? Era mesmo tão importante a forma de guardar uma arma ou de treinar um cão? Será que Orval tinha medo de envelhecer e queria mostrar que continuava tão hábil quanto sempre fora? Talvez eles fossem tão próximos que qualquer discordância era uma traição e eles se vissem obrigados a discutir. Ou quem sabe eu seja tão orgulhoso que tinha de mostrar a ele que não sou mais criança, Teasle pensou, ou Orval não suportasse um filho adotivo falar com ele de uma forma que ele jamais ousara falar com o próprio pai. A sra. Kellerman estava com sessenta e oito anos. Estivera casada com Orval por quarenta. O que ela deveria fazer sem ele agora? Fora a vida inteira ligada ao marido. Para quem cozinharia? Para quem faria a limpeza e lavaria as roupas agora?

Acho que pra mim, Teasle pensou.

E quanto a Shingleton e os torneios de tiro ao alvo de que participavam, representando o departamento? Shingleton também era casado, tinha três filhos, e o que sua esposa deveria fazer agora? Conseguir um emprego, vender a casa, pagar uma babá enquanto trabalhava? E como vou explicar para as duas a forma como seus maridos morreram? Eu deveria ter telefonado a elas horas atrás, mas não consegui.

Seu copo de papel tinha guimbas de cigarro dentro do café. Ele acendeu o último, esmagou o maço, a garganta seca, pensando no pânico que sentiu na floresta quando Shingleton gritou, "Cuidado, Will! Ele me pegou!". Então, o disparo e a fuga. Quem sabe se tivesse ficado, conseguiria ter dado um tiro no garoto, talvez, se tivesse de algum modo chegado até Shingleton, o teria encontrado ainda vivo e poderia tê-lo salvado. Ao reviver sua fuga histérica ao longo da floresta, estremeceu de nojo. Você é um cara durão, disse a si mesmo. Ah, sim, falar é fácil. E, se tivesse de repetir tudo, acabaria fazendo igual.

Não, pensou. Não, eu morreria antes de fugir novamente.

Os corpos na ribanceira. A polícia estadual tentou recuperá-los com um helicóptero, mas de cima, todas as ribanceiras parecem iguais, e eles não conseguiram encontrar a certa. Finalmente, acabaram sendo chamados de volta para ajudar na busca. Será que a chuva tinha coberto os corpos com terra e folhas? Será que os animais estavam xeretando e os insetos rastejando sobre seus rostos? Como Orval estaria após a queda da encosta? O funeral de Galt tinha sido ontem, pela manhã, enquanto ele próprio estava lutando para se arrastar por aquele campo. Ficou feliz por não ter precisado ir. Desejava não ter de participar do funeral dos demais também, quando fossem encontrados e trazidos de volta; o que tivesse sobrado deles após vários dias na floresta. Um funeral coletivo. Todos os caixões enfileirados diante de um altar, tampas fechadas, a cidade inteira olhando para ele, para os caixões, e então para ele novamente. Como explicaria àquela gente por que aquilo teve de acontecer, por que ele tinha achado melhor manter o garoto longe da cidade, e por que o garoto, em seu amargor, sentiu a necessidade de desafiá-lo, ambos incapazes de dar um passo atrás quando tudo começou?

Olhou para Trautman adormecido sob o cobertor do exército no chão e percebeu que estava começando a ver o garoto do ponto de vista do coronel. Não totalmente, mas o bastante para compreender por que ele fizera aquilo tudo, e até para sentir um pouco de empatia.

Claro, mas você não matou ninguém quando voltou da Coreia, e passou por quase tanta coisa quanto ele.

Contudo, pensar que o garoto devia ter sido capaz de se controlar não reviveria Orval, Shingleton e os outros, e sua raiva dele por ter atirado em Orval era grande demais. Nas últimas horas, a fadiga começara a levar a melhor. Ele não tinha mais a força emocional para imaginar as detalhadas imagens brutais do que gostaria de fazer com o garoto.

Pensou naquilo e, no torpor causado pela falta de sono, pareceu-lhe de uma forma bem maluca que tudo já estava fora de controle mesmo antes de encontrar o garoto; ele e Anna, o garoto e a guerra. Anna. Ficou surpreso por não ter pensado nela durante dois dias, não desde que a carnificina começara. Agora, ela parecia mais distante em sua mente do que a Califórnia, e a dor de perdê-la era minimizada após tudo que transcorrera desde segunda-feira. Mesmo assim, por menor que fosse, ainda era dor, e ele não a queria mais.

Seu estômago se revirou. Teve de engolir mais dois comprimidos, sentindo o gosto de giz amargo ainda pior, agora que já o antecipava. Pela traseira aberta do caminhão, viu o sol começar a apontar no horizonte, pálido e gelado, as tropas prontas para se mover, vapor saindo de suas bocas. O operador de rádio estava chamando grupo por grupo para ter certeza de que todos estavam prontos.

Teasle se inclinou e sacudiu Trautman no chão para acordá-lo:

— Está começando.

Mas Trautman já havia despertado:

— Eu sei.

Kern apareceu e subiu apressadamente na caçamba:

— Estava checando as fileiras, e tudo parece em ordem. E quanto à base da Guarda Nacional?

— Estão prontos para monitorar. Aguardam a gente — respondeu o operador.

— Então é isso.

— Por que está olhando pra mim? — Teasle perguntou.

— Já que você começou tudo, achei que gostaria de dar a ordem para iniciar.

7

Deitado no topo de um cume alto, Rambo olhava para baixo, vendo-os vir, primeiro em pequenos grupos, atravessando a floresta ao longe, depois numa varredura metódica e bem-organizada, formada por mais homens do que conseguia contar. Estavam a uns três quilômetros dele, pontinhos pequenos que aumentavam de tamanho rápido. Havia helicópteros sobrevoando, transmitindo ordens que ele ignorou, incapaz de decidir se eram reais ou falsas.

Supôs que Teasle esperava que ele se afastasse da linha, indo ainda mais para o interior. Em vez disso, precipitou-se pela encosta na direção dos homens, ficando abaixado e utilizando cada arvoredo para se proteger. Lá embaixo, correu para o lado esquerdo, pressionando a lateral do corpo com a mão. Ia poder parar de correr em breve, mas não podia permitir que a dor o atrasasse. Os homens estavam a apenas cinquenta minutos de distância, talvez menos, mas, se conseguisse chegar ao seu objetivo antes deles, teria toda a oportunidade que precisava para relaxar. Subiu por uma encosta cheia de árvores, desacelerando contra a vontade, sem fôlego, mas, ao alcançar o topo, lá estava: o córrego. Vinha procurando-o desde que saíra da mina. O córrego onde havia repousado, após Teasle ter fugido nos espinheiros. Achava que ele estaria perto da mina e, assim que havia se estabelecido, foi até o ponto mais alto para tentar avistá-lo. Sem sorte. O córrego era baixo demais e encoberto pelas árvores, de modo que era difícil discernir um pequeno fluxo de água ziguezagueando pelo terreno. Tinha quase desistido, quando percebeu que o sinal que procurava estivera o tempo todo ali. Neblina. Neblina matinal oriunda da água. Acelerou até ela, cambaleando por entre as árvores.

Alcançou-a no ponto em que a água era um fio por sobre as rochas, com uma orla gramada macia de ambos os lados. Seguiu o fluxo, chegando até um córrego mais profundo. Ali, enfim, as margens eram escarpadas, mas ainda cobertas de grama. Seguiu adiante até chegar a outro córrego de margens íngremes, estas cheias de lama. Uma árvore do lado em que estava tinha as raízes nuas, o solo erodido pela passagem da água. Ele não tinha como pisar na lama sem deixar rastros. Teve de saltar da grama para a raiz da árvore e, a seguir, baixar com cuidado o corpo até a água, sem deslocar lodo do fundo do córrego, o que também poderia entregá-lo. Deslizou pelas raízes e pedras até onde havia uma cavidade coberta por terra úmida. Então, lenta e meticulosamente, começou a se enterrar, espalhando lama sobre os pés e pernas, derramando-a sobre o peito, puxando as raízes para perto de si, contorcendo-se e mergulhando na lama como um siri, cobrindo o rosto com ela até sentir o peso úmido em toda parte, respirando com dificuldade; apenas um pequeno buraquinho para que o ar entrasse. Era o melhor que podia fazer. Não havia mais nada a tentar. Uma antiga expressão lhe ocorreu como uma piada: você fez sua cama, agora deite nela. Foi o que ele fez... e esperou.

Eles estavam vindo. Pelo que pôde dizer, estavam a duas encostas dali quando chegou ao córrego, e Rambo estimou que demoraria uns quinze minutos, talvez um pouco mais, até o alcançarem. Mas quinze minutos pareceram se passar e ainda não havia sinal deles. Ele concluiu que havia perdido sua noção de tempo e que, enterrado no lodo sem nada a fazer senão esperar, enganara-se e pensara que uns poucos minutos eram bem mais do que pareciam. Oprimido pela lama, estava com muita dificuldade de respirar. O buraco para a passagem de ar não era o suficiente, mas não podia se dar ao luxo de ampliá-lo; alguém do lado de fora poderia vê-lo e ficar curioso. Umidade começava a se condensar em seu nariz, entupindo-o como muco. Seus olhos estavam fechados, a lama firmemente assentada sobre as pálpebras.

Ainda nenhum som dos perseguidores. Ele precisava de algo para fazer, algo que o ajudasse a ficar quieto e inerte; a pressão da lama o enervava, então começou a contar os segundos, na expectativa de escutar os homens ao final de cada minuto, mas ainda nada. Quando chegou a sessenta pela décima quinta vez, teve a certeza de que as coisas tinham dado errado. A lama. Quem sabe fosse isso, quem sabe ela tivesse isolado o som das pessoas e o grupo de caça já tivesse passado há muito tempo.

Claro, e talvez não. Se ele não os tinha escutado, talvez ainda estivessem a caminho. Não podia se arriscar a sair do seu esconderijo para olhar; eles poderiam estar se aproximando do córrego naquele momento, atrasados pelo denso matagal que havia em uma das colinas. Ele aguardou, a umidade enchendo seu nariz quase como se fosse afogá-lo, deixando-o desesperado para respirar. A lama pressionava seu rosto e peito, e ele queria tirá-la de cima. Lembrou-se de brincar na areia quando era garoto, cavando para construir uma caverna, rastejando para seu interior, mas tendo a urgência súbita de sair quando tudo veio abaixo, soterrando sua cabeça; ele louco de medo, cavando freneticamente como uma minhoca, enquanto mais areia caía sobre seu corpo. Enfim conseguiu e, naquela noite, ao dormir, teve certeza de que, na caverna de areia, tivera uma premonição da morte, uma premonição que o fizera abrir caminho bem a tempo. Agora, enterrado na lama, refletiu que se alguém viesse e se posicionasse na margem acima dele, uma parte da beirada poderia colapsar e tampar o buraco que havia deixado para respirar. Teve a mesma premonição imediata que tivera na caverna de areia: ele seria enterrado vivo e morreria ali. A umidade em seu nariz já estava atrapalhando completamente sua respiração.

Ele tinha de sair, Deus, não conseguia suportar o sufocamento e começou a empurrar a lama.

E ficou petrificado ao escutá-los. O som fraco de passos; muitos deles. Todos juntos, acima. E vozes abafadas, água respingando na correnteza, pessoas caminhando dentro do córrego. Os passos ficaram mais próximos, uma das pessoas parou, então chegou mais perto, diretamente sobre ele, pesando sobre a lama, em seu peito, nas costelas quebradas, a dor. Ele não podia se mover, nem ao menos estava respirando. Quanto tempo aguentava sem ar? Três minutos. Só se tivesse respirado fundo várias vezes antes. Dois minutos então. Tente prender o fôlego por dois minutos. Mas o tempo estava tão distorcido para ele, um minuto parecia dois, e talvez ele precisasse tanto respirar que se contorceria e empurraria a lama antes do necessário. Quatro, cinco, seis, sete, ele contava. Até vinte, até quarenta, e, ao que a sequência se arrastava, os números dentro da sua mente se ligavam aos batimentos cardíacos que pareciam mais altos e rápidos, e seu peito se contraía, esmagado. Pronto. A lama acima dele se deslocou, a pressão diminuiu, e o homem que estava sobre ele se moveu. Mas não rápido o suficiente. As vozes, a agitação na água, aos poucos diminuíram. Mas devagar demais; ele não podia sair ainda. Poderia haver retardatários. Poderia haver alguém que, por acaso, olhasse para trás. Ah, Deus, rápido. Chegando à metade do segundo minuto, trinta e cinco, trinta e seis, trinta e sete, a garganta se contorcendo, quarenta e oito, quarenta e nove. Ele não chegou ao sessenta, não podia mais suportar. Súbito, julgou estar tão fraco pela falta de ar, que não teria forças para se desenterrar. Empurre. Empurre, droga. Mas a lama não cedia, e ele lutou para se erguer, para sair de dentro da lama; então, depois de um esforço supremo, bom Jesus, o ar fresco o inundou, a luz, e ele estava arfando, com metade do corpo dentro do córrego. O cinza virou branco em sua cabeça, o peito inflou num êxtase de ar, então mordeu firme suas costelas ao inalar com dificuldade e exalar violentamente. Barulho demais. Eles vão ouvir. Olhou rapidamente na direção de onde estariam.

Ninguém por perto. Vozes e farfalhares na grama. Mas eles estavam fora de vista agora, tinham passado. Ele finalmente estava seguro, e só tinha mais uma parte difícil, cruzar as estradas próximas. Caminhou com dificuldade pela margem. Sozinho. Livre.

Não, ainda não. Tem muita coisa a ser feita antes que eu chegue perto daquelas estradas.

Maldição. Acha que não sei disso?, disse a si mesmo. Sempre tem algo mais a ser feito. Sempre. Essa porra nunca acaba.

Então mãos à obra.

Num segundo.

Não. Agora. Vai ter todo o tempo do mundo pra descansar se te apanharem.

Ele respirou fundo, assentiu e, resmungando, pôs-se de pé ao lado do córrego, percorrendo a água até as raízes expostas. Jogou lama sobre o buraco onde estivera, arrumando tudo para que, caso outro grupo passasse, não percebesse que o primeiro não tinha visto o esconderijo. Eles precisavam pensar que ele se encontrava nas profundezas das colinas e não próximo das estradas.

A seguir, deixando o rifle na margem, mergulhou na parte mais funda do córrego e limpou a lama do corpo. Não importava mais se estava agitando o fundo; os homens que acabaram de passar por ali tinham deixado a água completamente turva e, se voltassem ou se outro grupo chegasse, não teriam motivos para pensar nele. Mergulhou a cabeça para tirar a lama dos cabelos e lavar o rosto, encheu a boca e bochechou para limpar a sujeira, cuspindo a seguir, e assoou o nariz debaixo da água para tirar o muco que havia se acumulado. Só porque estava vivendo como um animal, ele refletiu, não precisava sentir-se como um. Aprendera aquilo na escola de treinamento. Fique limpo sempre que possível. Isso o fará ir mais longe e lutar melhor.

Saiu gotejando do córrego, encontrou um galho fino no chão e o utilizou para limpar a lama do tambor de seu rifle, removendo a sujeira do mecanismo de tiro. Então moveu várias vezes a alavanca para garantir que estivesse macia, recarregou os cartuchos que tinha ejetado e finalmente partiu, movendo-se com cautela pelas moitas e árvores em direção à estrada. Ficou feliz por ter se lavado; sentia-se melhor, mais energizado, capaz de escapar.

A sensação desapareceu quando escutou os cães; dois grupos, um diretamente à frente, o outro à esquerda, movendo-se rápido. Aquele à sua frente devia estar seguindo o rastro de onde ele havia perdido Teasle, nos espinheiros, vagado até o córrego e seguido quase inconsciente para as terras mais altas, acabando dentro da mina. O da esquerda estava seguindo a rota pela qual ele perseguira Teasle até os espinheiros. Aquela caçada fora um dia atrás e, a não ser que o homem com os cachorros fosse um rastreador experiente, eles não teriam ideia de qual cheiro era dele indo para os espinheiros e qual era dele saindo dali. Deste modo, para não se arriscarem, eles haviam disposto grupos de cães em ambos os rastros.

Perceber aquilo não era de grande valia. Tinha que escapar dos animais que iam em direção ao córrego, mas seguramente não conseguiria correr mais do que eles, não com as costelas explodindo de dor. Poderia armar uma emboscada e atirar em todos, tal qual fizera com o grupo de Teasle, mas o som dos disparos revelaria a sua posição e, com tanta gente procurando nas matas, não teriam problemas em apanhá-lo.

Então... precisava de algum truque para enganar os cachorros. Pelo menos tinha um tempinho para tanto. Não viriam diretamente para aquela parte do córrego. Primeiro seguiriam seu cheiro para longe da água, colina acima até a mina, e depois para baixo. Ele poderia tentar ir direto para a estrada, mas os cães acabariam sentindo seu cheiro, e os homens se comunicariam pelos rádios, preparando uma armadilha para ele.

Teve uma ideia. Não era muito boa, mas foi a melhor que pôde pensar. Voltou às árvores onde havia se enterrado, ao lado do córrego; entrou rapidamente na água e caminhou com ela pela cintura na direção da estrada, imaginando o que os cães fariam. Eles seguiriam seu rastro vindo da mina, encontrariam o caminho que havia tomado pela floresta, viriam em seu encalço e ficariam confusos quando o rastro desaparecesse abruptamente na grama. Todos levariam um bom tempo para perceber que ele tinha voltado pela própria trilha até o córrego e mergulhado nele, e, quando finalmente tivessem adivinhado isso, ele já estaria longe dali. Talvez dirigindo um carro ou um caminhão roubado.

Mas a polícia informaria as viaturas para tomar cuidado com um veículo roubado.

Então ele desovaria o carro após ter percorrido alguns quilômetros.

E aí? Roubaria outro carro e o desovaria também? Deixaria o veículo e voltaria para as matas, somente para ter mais cães seguindo seu rastro mais uma vez?

Conforme descia pelo córrego, pensando desesperadamente em uma maneira de escapar, foi aos poucos compreendendo o quanto seria difícil, quase impossível. Teasle continuaria atrás dele. Ele jamais permitiria que saísse livre, jamais o deixaria descansar.

Preocupado com os cães uivando nas redondezas, a cabeça olhando para baixo para evitar pedras e troncos submersos nos quais poderia tropeçar, pressionando com força as costelas, não viu o homem até estar diretamente à sua frente. Contornou uma curva no córrego e lá estava ele, sem sapatos e meias, sentado na margem, os pés dentro da água. O homem tinha olhos azuis. Segurava o rifle, com olhar desconfiado. Devia ter escutado Rambo vir e se aprontara só por desencargo de consciência, mas evidentemente não acreditava que fosse de fato Rambo, porque, quando viu que era, sua boca se abriu e ele ficou sentado, paralisado, enquanto Rambo arremetia em sua direção. Nenhum ruído. Não podia haver nenhum ruído. Nenhum tiro. Rambo sacou a faca e arrancou o rifle do homem, que lutava para se levantar na margem. O esfaqueou firme no estômago e torceu a lâmina até a caixa torácica.

— Jesus — disse o homem atônito, a última sílaba tornando-se um sibilo agudo, e então estava morto.

— Que foi? — perguntou alguém.

Rambo estremeceu involuntariamente. Não tinha chance de se esconder.

— Não mandei parar de reclamar dos seu pés? — prosseguiu a voz. Não. Não. — Vista logo as botas antes que a gente...

— Era um homem saindo de um declive, abotoando as calças, e que, ao ver Rambo, foi mais rápido do que o amigo. Saltou para apanhar um rifle encostado numa árvore, e Rambo tentou pegá-lo antes, mas o sujeito chegou até a arma e não, não, sua mão estava no gatilho, pressionando, fazendo um disparo que deu fim às esperanças do fugitivo. O homem já apertava o gatilho para mais uma tentativa, quando Rambo explodiu a cabeça dele. Você tinha que atirar e avisá-los, não tinha, seu desgraçado? Você tinha que me ferrar.

Santo Deus, o que vou fazer?

Homens se comunicavam ao longo da floresta agora. A vegetação rasteira estava viva com o som de galhos partindo e pessoas correndo. O grupo de cães próximo começou a latir na direção dele. Não havia para onde ir, nada a fazer. Logo vão haver homens por todos os lados. Estou acabado.

Ele quase ficou grato por ter perdido. Chega de correr, chega da dor no peito, eles o levariam a um médico, dariam comida e uma cama. Roupas limpas. Dormir.

Se não o matassem ali mesmo, achando que ele ainda queria lutar.

Então ele iria soltar o rifle, erguer as mãos e dizer que se rendia.

A ideia o revoltou. Não podia permitir-se ficar ali e meramente aguardar a chegada deles. Jamais fizera algo assim; era nojento. Tinha de haver alguma coisa a ser feita, e então tornou a pensar na mina e na regra definitiva: se fosse perder, se eles fossem capturá-lo, ao menos poderia escolher o lugar onde isso aconteceria, e o lugar que lhe dava mais vantagem era a mina. Quem sabe o que poderia mudar? Quem sabe, ao seguir para a mina, pensasse em outra forma de fugir?

Os homens se aproximavam. Ainda não estavam à vista, mas logo estariam. Tudo bem, para a mina, então. Não dava tempo de pensar melhor naquilo e, súbito, a euforia por entrar em ação atravessou seu corpo e ele não sentiu mais cansaço ao sair de dentro do córrego e ganhar as matas. Escutou os homens à frente, passando pelos arbustos densos. Virou para a esquerda, ficando abaixado. Ao longe, à direita, os viu correndo ruidosamente, rumo ao córrego. Viu que eram da Guarda Nacional. Uniformizados. Com capacetes. À noite, observando a corrente de luzes a quilômetros de distância, tinha feito uma piada de mau gosto sobre Teasle ter reunido um pequeno exército para apanhá-lo, mas, Jesus Cristo, realmente era um exército.

8

A Guarda Nacional relatava descrições sobre o terreno conforme progredia para o interior; colinas, pântanos e depressões, as quais o policial rabiscava no enfadonho mapa. Teasle estava largado no banco, observando-o marcar um X onde os corpos de dois civis haviam sido encontrados ao lado de um córrego. Sentia como se estivesse vendo tudo de longe, finalmente superado pelo efeito de todos os comprimidos que engolira. Não deixara transparecer para Trautman ou Kern, mas, pouco depois do relatório sobre os corpos esfaqueados e baleados chegar, sentiu uma forte constrição no coração, tão severa que chegou a assustá-lo. Duas outras mortes. Quantos já eram agora? Quinze? Dezoito? Ele misturou os números em sua mente, querendo evitar um novo total.

— Ele devia estar indo para a estrada quando foi descoberto por aqueles dois civis — disse Trautman. — Sabe que o estamos esperando próximo das rodovias, então terá de voltar para as colinas. Quando achar que estiver seguro, tentará uma rota diferente para outra parte da estrada. Quem sabe para leste desta vez.

— Então é isso — afirmou Kern. — Ele está preso. A linha está entre ele e o terreno alto, então não vai conseguir escapar. A única direção aberta para ele é a estrada, e lá temos outra fileira esperando-o.

Teasle continuava olhando para o mapa. Então virou-se para eles e disse a Kern:

— Não. Você não ouviu? O garoto provavelmente já está em terreno alto. A história inteira está aí, no mapa.

— Mas isso não faz sentido. Como ele passou pela linha?

— Facilmente — replicou Trautman. — Quando a Guarda Nacional escutou os tiros, um grupo se destacou da fileira principal e voltou para investigar. Ao fazer isso, deixou um buraco grande o bastante para que ele passasse, rumo às colinas. Como você, todos esperam que ele continue se movendo para longe da linha, então não esperam que se aproxime e se esgueire por debaixo do seu nariz. É melhor dizer a eles para prosseguirem nas colinas, antes que ele ganhe mais vantagem.

Teasle já esperava aquilo de Kern há algum tempo, e eis que veio.

— Não sei — Kern falou. — Está ficando complicado demais. Não sei o que é melhor fazer. Suponha que ele não pense assim. Suponha que não perceba que há uma ruptura na linha e fique onde está, entre ela e a estrada. Se ordenar que os homens sigam mata adentro, vou arruinar a armadilha.

Trautman ergueu as mãos.

— Suponha o que diabo quiser. Não me interessa. Em primeiro lugar, não gosto de ajudar, mas até aí, tudo bem. Só que isso não significa que tenho que ficar explicando tudo o que acho que tem de ser feito e então implorar que você o faça.

— Espere, não me entenda mal. Não questiono seu julgamento. É só que, na posição dele, talvez não faça o que é lógico. Ele pode se sentir acossado e correr em círculos, como um coelho assustado.

Pela primeira vez, o orgulho na voz de Trautman soou completamente claro:

— Não é o que ele fará.

— Mas, se fizer, se por um acaso fizer, não será você a responder por ter mandado os homens na direção errada. Sou eu. Tenho de examinar isto aqui de todos os ângulos. Afinal, tudo aqui é teoria. Não temos evidências para seguir em frente.

— Então pode *me* deixar dar a ordem — disse Teasle, e o caminhão pareceu cair um metro, sacudindo, quando uma constrição ainda mais séria abalou seu peito. Ele lutou para continuar falando, pressionando o próprio peito. — Se a ordem estiver errada, vou responder por ela de bom grado. — Ele enrijeceu, prendendo a respiração.

— Cristo, você está bem? — perguntou Trautman. — É melhor deitar-se rápido.

Ele fez um gesto para manter Trautman longe. O operador de rádio disse abruptamente:

— Tem um relatório chegando... — Teasle forçou-se a ignorar o descompasso de seu coração e escutar.

— Deite — ralhou Trautman — ou vou obrigá-lo.

— Me deixa em paz! Escute!

"Aqui é o líder trinta e cinco da Guarda Nacional. Não entendo. Acho que estamos em tanta gente que os cães perderam o rastro. Eles querem que a gente suba a colina, em vez de seguir para a estrada."

— Eles não perderam o rastro — Teasle disse a Kern, abraçando o próprio corpo, a voz tremendo de dor. — Mas ele abriu uma distância e tanto da gente enquanto você tentava se decidir. Acha que consegue dar essa ordem agora?

9

Quando Rambo começou a subir a trilha de pedregulhos para chegar até a mina, uma bala ricocheteou nas pedras alguns metros à esquerda; o barulho do rifle ecoando pela floresta lá atrás. Olhando para a entrada da mina, ele apressou-se até o túnel, protegendo o rosto de estilhaços de pedra, quando duas outras balas atingiram o lado direito da abertura. Lá dentro, fora do alcance de mais tiros, ele parou recostado à parede, exausto, recuperando o fôlego. Não tinha conseguido manter distância deles. Suas costelas. Agora a Guarda Nacional estava a pouco menos de um quilômetro dali e se aproximando rápido, tão acometida pela caçada que disparava antes mesmo de ter um alvo claro. Soldados de final de semana. Treinados para aquilo, mas sem experiência, portanto carentes de disciplina e, na excitação, eram capazes de tudo. Avançar estupidamente. Cobrir de balas a ribanceira. Ele estava certo de ir para lá. Se tivesse tentado se render no córrego, o teriam executado. Precisava de um amortecedor que se colocasse entre eles, para que não fosse baleado antes de se explicar.

Voltou pelo túnel escuro até a luz que vinha da entrada, estudando o teto. Quando encontrou um ponto em que havia perigo de vir abaixo, tirou as vigas de suporte, retornando antes que o teto o soterrasse. Não se preocupou com o risco. Se o desabamento fosse tão grande a ponto de enterrar a entrada e bloquear seu ar, sabia que eles escavariam e o tirariam de lá antes que morresse. Mas, quando removeu as vigas, nada aconteceu, e teve de tentar as próximas, que ficavam três metros para baixo. Desta vez, quando as empurrou, o teto caiu, por pouco não o atingindo. O som do desmoronamento deixou seus ouvidos tinindo. A passagem se encheu de pó, fazendo-o sufocar e recuar, tossindo, esperando que a poeira se assentasse para que conseguisse ver o tanto de rocha que havia cedido. Um leve feixe de luz brilhava em meio ao pó, que logo se dissipou, e notou um espaço de uns trinta centímetros entre a barreira de pedras e o teto demolido. Mais rochas se deslocaram e o espaço diminuiu em uns quinze centímetros. A reduzida brisa que entrava soprou parte do pó túnel adentro. Ficou mais frio. Ele deslizou pela parede até o chão úmido, escutando o teto estalar e se acomodar, assim como as vozes abafadas lá fora.

— Acha que matamos ele?

— Quer rastejar lá pra dentro e descobrir?

— Eu?

Alguns deles riram, então, Rambo também sorriu.

— Uma caverna ou uma mina — sugeriu outro homem. Sua voz era alta e séria, e Rambo imaginou que estivesse falando pelo rádio de campo. — Vimos o sujeito correr para dentro, então o lugar caiu sobre ele. Vocês tinham de ver toda a poeira. Estamos com ele, sim. Espere um minuto, só um segundo. — Então, como se falasse com alguém lá fora — Tira esse seu traseiro inútil da entrada. Se ainda estiver vivo, ele pode ver você e atirar.

Rambo subiu pelas pedras caídas, seus joelhos pressionando com firmeza a rocha afiada, e espiou pelo buraco na parte de cima. Viu as laterais da entrada que emolduravam o declive de pedregulhos, as árvores nuas e o céu aberto, então, um soldado entrou em seu campo de visão seguindo da esquerda para a direita, seu cantil batendo contra o quadril conforme corria.

— Ei, não me ouviu dizer pra ficar longe da entrada? — disse o mesmo homem de antes, fora de sua vista, à direita.

— Dali não consigo ouvir o que você diz no rádio.

— Bom Deus.

Ele poderia pôr fim naquilo e gritou através da pequena abertura:

— Eu quero Teasle. Quero me entregar.

— Quê?

— Vocês escutaram isso?

— Tragam Teasle. Eu quero me entregar. — Suas palavras ecoaram no túnel. Escutou com cautela os ruídos no teto, tentando ouvir sinais de que ele fosse rachar e colapsar.

— Lá dentro. É ele.

— Espere um pouco, ele está vivo — o homem disse para o rádio. — Está falando com a gente. — Houve uma pausa e, a seguir, o homem falou bem mais perto da entrada, mas ainda fora da vista. — O que você quer?

— Já cansei de dizer. Eu quero Teasle aqui e, então, me entrego.

Eles sussurravam agora. O homem tornou a falar pelo rádio, repetindo a mensagem, e Rambo desejou que se apressassem, que aquilo acabasse logo. Não acreditava que render-se o faria sentir tamanho vazio. Agora que a luta havia terminado, tinha certeza de que levara quase ao limite sua fadiga e a dor nas costelas. Claro que poderia ter seguido adiante. Tinha conseguido na guerra. Então, mudou de posição, as costelas doeram e viu que não tinha exagerado.

— Ei, você aí dentro — o homem gritou, fora de vista. — Pode me ouvir? Teasle diz que não pode subir.

— Maldição. Não era isso que ele estava esperando? Diz para ele vir logo pra cá!

— Não sei nada sobre isso. Só disseram que ele não pode vir.

— Você falou que era o Teasle. Agora diz que são eles. Você falou com Teasle ou não? Quero ele aqui em cima. Quero a garantia dele de que ninguém vai atirar em mim por engano.

— Não se preocupe. Se algum de nós atirar em você, não será por engano. Se sair daí com cuidado, não cometeremos enganos.

223

Ele pensou no assunto.

— Certo. Mas preciso de ajuda para tirar essas pedras da frente. Não consigo fazer isso sozinho. — Ele os escutou cochichando e, logo após, o homem disse:

— Seu rifle e sua faca. Jogue-os para fora.

— Vou jogar até minha pistola. Tenho uma e vocês nem sabiam. Estou sendo honesto. Não sou idiota de abrir caminho por todos vocês na marra, então diga para os seus homens manterem os dedos longe do gatilho.

— Quando ouvir você jogar fora essas coisas.

— Estão indo.

Ele odiou ter de abrir mão delas, odiou a sensação de impotência que sentia sem as armas. Espiando pela abertura no topo das pedras deslizadas, olhou para a floresta e o céu aberto, e gostou de sentir a brisa gelada em seu rosto que entrava e descia túnel abaixo.

— Não escutei nada ainda — disse o homem. — Nós temos gás lacrimogêneo.

E daí? E aquele filho da mãe nem se dava ao trabalho de aparecer.

Ele estava empurrando o rifle pela abertura. Estava prestes a largá-lo, quando compreendeu. A brisa. A brisa túnel abaixo. Forte daquela maneira, ela tinha de sair por algum lugar. Estava soprando pela fissura, sendo sugada dali, sugada para fora por outra passagem na colina. Outra saída, era a única explicação. Se não fosse assim, a brisa não conseguiria se mover e circular. A adrenalina escaldou seu estômago. Ele ainda não tinha perdido.

— Cadê as armas? — perguntou o homem lá fora.

No seu cu, Rambo pensou. Ele puxou o rifle de volta e, com o coração batendo de entusiasmo, desceu pelo túnel envolto em trevas. As brasas de sua fogueira estavam mortas e foi preciso que tateasse o local para encontrar onde havia acampado. Segurou os ramos de abeto e os gravetos que não tinham queimado, e levou-os pelo túnel, até que, com a cabeça abaixada contra o teto baixo, escutou a água pingando e trombou com a parede sem saída. Fez uma nova tocha que o pudesse guiar o máximo possível.

A fumaça dos abetos o ajudaria a determinar a direção que a brisa seguia. Jesus, quem sabe funcionasse.

10

A dor retornou, e Teasle inclinou-se para frente e ficou a mirar uma mancha de óleo no chão de madeira. Sabia que não podia continuar daquele jeito por muito mais tempo. Precisava dormir, ah, como precisava. Também de um médico. Não dava para saber o quanto havia exigido e danificado seu corpo. Graças a Deus que estava quase acabado.

Só mais um pouquinho, ele disse a si mesmo. Só isso. Só aguente mais um pouco e ele será capturado.

Esperou até que Trautman e Kern estivessem olhando para outra coisa, apanhou mais dois comprimidos nos bolsos e engoliu.

— A caixa estava cheia na noite passada — Trautman falou, surpreendendo-o. — Não devia estar tomando tantos.

— Não é isso. Me atrapalhei e perdi alguns.

— Quando foi isso? Eu não vi.

— Você estava dormindo. Antes do amanhecer.

— Não poderia ter perdido tantos. Não deveria tomar tantos assim... muito menos com café.

— Eu estou bem. É uma cãibra.

— Que tal ir ver um médico?

— Não. Ainda não.

— Então vou chamar um aqui.

— Só depois que ele for pego.

Kern foi até perto dele. Por que não o deixavam em paz?

— Mas ele foi pego — disse Kern.

— Não. Ele só está encurralado. Não é a mesma coisa.

— Mas é como se fosse. É só questão de tempo. Por que é tão importante ficar sentado aqui, morrendo de dor, até que ponham as mãos nele?

— É difícil explicar direito. Você não entenderia.

— Então ligue para um médico — Trautman disse ao operador de rádio. — Peça um carro para levá-lo até a cidade.

— Eu não vou, já disse. Eu prometi.

— O que quer dizer?

— Prometi que ficaria até o fim disto.

— A quem?

— A eles.

— Está falando dos seus homens? Desse Orval, que morreu, e os outros?

Ele não queria falar sobre aquilo.

— Sim.

Trautman olhou para Kern e balançou a cabeça.

— Disse que você não entenderia — Teasle afirmou.

Virou-se para a parte de trás aberta da caçamba; a luz do sol que entrava feria seus olhos. Então ele teve medo, tudo ficou escuro e ele estava deitado com as costas no chão. Lembrou-se do barulho que as tábuas de madeira fizeram quando caiu.

— Estou avisando, não chame um médico — disse lentamente, incapaz de se mexer. — Só estou deitado aqui, descansando.

11

A chama iluminou a fissura, sua fumaça soprada pela brisa. Por um momento, Rambo hesitou, então deslizou o rifle entre o cinto e as calças, empunhou a tocha e se espremeu entre as duas paredes, a faixa de pedra sob seus pés molhada e escorregadia, inclinando-se para baixo. Pressionou as costas contra uma parede para que suas costelas não raspassem muito contra a outra e, quanto mais adentrava e descia a pedra, mais baixo ficava o teto da fissura. O reflexo laranja de sua tocha na pedra molhada lhe mostrava onde o teto e as paredes se afunilavam num buraco que levava diretamente para baixo. Segurou a tocha sobre ele, mas as chamas iluminavam apenas parte do caminho, e tudo que conseguia ver era um funil largo na rocha. Apanhou um cartucho do rifle, jogou e contou até três antes que atingisse o chão com um eco metálico. Três segundos não era fundo, então ele baixou uma perna e depois a outra, contorcendo-se lentamente. Quando estava na altura do peito, suas costelas se encravaram e não conseguia mais descer sem sentir uma dor enorme. Olhou para o fogo na entrada da fissura, cercado de fumaça que irritava suas narinas, e havia ruídos vindos da mina. Pensou que talvez fosse outro deslizamento de pedras. Não. Vozes, gritos que se fundiam e ecoavam até chegar a ele. Eles já estavam a caminho. Desceu o peito, forçando as costelas para dentro do buraco, fechou os olhos, empurrou e atravessou.

Os espasmos no peito quase o fizeram se soltar, mas não podia permitir tal coisa. Não tinha ideia do que havia abaixo. Com a cabeça ainda acima do buraco, persistiu em segurar-se pelos braços e cotovelos na beirada, enquanto movia os pés em busca de alguma rachadura ou saliência para se apoiar. O funil era escorregadio e liso, e ele permitiu-se descer um pouco mais, mas ainda não encontrava apoio. O peso de seu corpo alongou os músculos do peito, forçando as costelas. Escutava os homens gritarem de forma indistinta dentro da mina. Com os olhos lacrimejando por conta da fumaça, estava prestes a se soltar e cair o resto do caminho, esperando não haver pedras lá embaixo que o fraturassem, quando seu pé tocou algo fino e redondo que parecia madeira.

A parte de cima de uma escada. Da mina, pensou. Só pode ser. O sujeito que trabalhara nela devia ter explorado ali. Baixou seu corpo até o degrau, que se curvou, mas aguentou. Pisou com gentileza no segundo, que se partiu, e ele atravessou os dois degraus seguintes, até parar. O som de sua queda ecoou pela câmara, assustando-o. Quando desapareceu, tentou escutar os gritos dos homens, mas, com a cabeça abaixo do buraco, agora não conseguia. Então, conforme relaxou, o degrau que o segurava se curvou. Temendo que pudesse arrebentar e ele caísse até o fundo, rapidamente moveu a tocha para ver o que havia abaixo. Mais quatro degraus e o chão plano. Quando chovia, ele refletiu, a água de fora devia escorrer por ali; por isso a pedra era lisa.

Tocou o fundo, tremendo, e olhou em volta. Seguiu a única saída, uma fissura mais larga que continuava descendo. Havia uma velha picareta enferrujada encostada numa parede, seu cabo de madeira sujo e empenado por causa da umidade. À bruxuleante luz da tocha, o mesmo cabo lançava uma sombra na parede do túnel. Não entendia por que o minerador havia deixado ferramentas ali, mas não na parte de cima do túnel. Fez uma curva, água pingando de algum lugar, e o encontrou. O que restava dele. À luz laranja trêmula, o esqueleto era tão repulsivo quanto o primeiro soldado mutilado que havia visto. O gosto na boca de Rambo era de moedas de cobre quando se afastou por um instante do esqueleto, dando a seguir alguns passos na direção dele. Os ossos estavam tingidos de laranja pela luz, mas ele tinha certeza de que sua cor verdadeira era cinza, como o limo que se juntara ao redor. Os ossos estavam perfeitamente dispostos; nenhum quebrado ou fora do lugar. Nenhum sinal da causa da morte. Era como se ele tivesse se deitado para dormir e nunca mais acordado. Talvez um ataque do coração.

Ou gás venenoso. Rambo fungou apreensivo, mas não sentia cheiro de nada a não ser água parada. Sua cabeça não estava tonta, nem o estômago enjoado, nem qualquer outro sintoma de gás venenoso.

Então que diabos tinha matado aquele homem?

Ele tornou a estremecer e odiou a visão daquele conjunto perfeito de ossos, passando rapidamente por eles, ansioso para se afastar. Desceu ainda mais, e a fissura dividiu-se ao meio. Qual direção seguir? A fumaça tinha sido uma má ideia. Àquela altura já havia se dispersado, de modo que não conseguia ver para qual lado pairava, e ela também tinha anulado seu olfato, o que o impedia de usá-lo para detectar o caminho. A tocha queimava devagar no ar úmido, tremulando esporadicamente sem dar pista alguma de que direção seguir. O que lhe restara fora uma brincadeira infantil; umedecer o dedo na boca, segurá-lo diante de uma abertura e depois da outra. Sentiu a brisa levemente mais gelada na fissura à direita e, embora incerto, seguiu por lá, sendo forçado a se espremer entre as rochas e curvando-se de vez em quando. A cada segundo a tocha ficava mais fraca naquela umidade. Chegou a outro conjunto de aberturas e desejou ter uma corda ou algum fio para deixar atrás de si, o que tornaria possível encontrar a direção de volta caso se perdesse.

Isso mesmo, e que tal uma lanterna também? E uma bússola? Por que não vai até uma loja de utilidades e compra?

Por que não deixa as piadinhas pra lá?

A brisa pareceu tender para a direita novamente e, conforme a seguia, a passagem ficava mais complicada. Mais voltas e curvas. Mais ramificações. Logo era incapaz de lembrar como chegou onde estava. O esqueleto parecia estar a uma distância longa e confusa para trás. Foi estranhamente curioso que, no momento em que considerou dar a volta e refazer os passos, percebeu que tinha se perdido e que não conseguiria. Não queria retornar de fato, só estava considerando a hipótese, mas gostaria de ter essa opção, caso a brisa terminasse abruptamente. Ela estava extremamente leve, e ele perguntou-se se havia passado reto por alguma entrada na rocha por onde o ar escapava da colina. Deus, ele poderia vagar por ali até morrer e acabar igual àqueles ossos.

O murmúrio o salvou do pânico, e ele pensou que eram eles se aproximando, mas como poderiam encontrá-lo naquele labirinto? Logo reconheceu o barulho de água corrente. Apertou o passo tendo, enfim, uma meta perceptível em mente, espremendo-se contra as paredes, enquanto encarava as trevas além da luz de sua tocha.

Então o som desapareceu e ele tornou a sentir-se só. Desacelerou e parou, inclinando-se contra a pedra, desalentado. Não era o som de água corrente coisa nenhuma; ele o havia imaginado.

Mas pareceu tão real. Não acreditava que sua imaginação pudesse tê-lo logrado tão completamente.

Então o que aconteceu com o som? Se fosse real, para onde tinha ido?

Uma curva oculta, percebeu. Em sua pressa de alcançar o som, poderia ter passado reto por outras entradas na pedra. Volte. Procure. E, ao fazê-lo, tornou a escutar o barulho, encontrou a abertura no ponto cego de uma curva e deslizou por ela, escutando o som ficar cada vez mais alto conforme progredia.

Estava ensurdecedor agora. As chamas da tocha diminuíram até quase apagar, quando ele chegou ao ponto em que a fissura desembocava em uma saliência. Muito abaixo dela, uma correnteza passava por um buraco na rocha, rugindo por um canal e saindo por uma abertura. Aqui. A brisa só pode ter vindo para cá.

Mas não tinha. A água espumava por sobre a saliência e não havia espaço para que o ar fosse sugado. Mesmo assim, sentia a brisa forte ali; tinha de haver outra saída por perto. A tocha silvou e ele olhou ao redor em pânico, tentando memorizar o formato da saliência, então, estava nas trevas; trevas mais densas e plenas do que qualquer uma em que já estivera, tornadas ainda mais poderosas pela cascata abaixo, na qual poderia facilmente cair se não tomasse cuidado. Ele ficou tenso, esperando que a vista se acostumasse com a escuridão. Não aconteceu. Começou a perder o equilíbrio, a oscilar, o que o fez ficar de quatro no chão, rastejando na direção de uma passagem baixa na extremidade da saliência, a qual vira pouco antes de a luz morrer. Para passar pelo buraco, teve de se arrastar de barriga no chão. A pedra tinha reentrâncias que rasgaram suas roupas e arranharam a pele, ferindo suas costelas até que grunhisse sem parar.

Então ele gritou. Mas não por causa das costelas, mas porque, ao passar pelo buraco às cegas para uma câmara onde teve espaço para levantar a cabeça, estendeu a mão para se apoiar e tocou limo. Um punhado de limo úmido caiu sobre seu pescoço, alguma coisa mordeu seu dedão, e algo pequeno subiu pelo seu braço. Ele estava deitado sobre uma grossa camada de merda, que empapou suas camisas rasgadas e umedeceu sua barriga. Escutou os guinchos acima e o barulho de asas batendo, e Jesus Cristo, eram morcegos, ele estava deitado nos excrementos deles. E o que àquela altura era meia dúzia de coisas grossas correndo sobre suas mãos, mordiscando, eram besouros, os lixeiros da natureza, que se alimentavam de fezes e de morcegos doentes que caíam no chão. Eles conseguiriam devorar uma carcaça inteira, e mordiam a carne de seus braços, enquanto ele voltava insanamente pelo buraco, batendo a cabeça, arrancando-os das mãos, ferindo a lateral do corpo. Jesus, raiva; um terço de qualquer colônia de morcegos carrega essa doença. Se acordassem e o sentissem ali, poderiam atacar e cobri-lo de mordidas, enquanto ele só poderia gritar. Pare, disse a si. Vai atraí-los. Pare de gritar. Já havia asas batendo. Deus, ele não conseguia evitar gritar e se contorcer enquanto se arrastava de volta até a saliência, e então chegou, esfregando os braços e pernas, certificando-se de que estavam bem, ainda sentindo na pele as ferroadas. Eles podem te seguir, pensou de repente, voltando de forma apressada da entrada baixa para o buraco, desorientado no escuro, uma perna pendurada na saliência. O medo de quase ter caído o sacudiu. Virou-se na direção oposta, trombou contra uma parede de pedra e estremeceu, esfregando histericamente as fezes das mãos nela, raspando-as na camiseta para tentar removê-las. Sua camiseta. Havia algo lá, arranhando sua pele. Ele meteu a mão por dentro da roupa, segurou e esmagou, sentindo as entranhas úmidas e macias em seus dedos, antes de arremessar violentamente na direção do som da cascata.

Morcegos. Um buraco cheio de peste. O cheiro pútrido das fezes pinicando suas narinas e garganta. Foi assim que o trabalhador da mina morreu. Raiva. Deve ter sido mordido sem perceber e, dias depois, a doença o tirou de si; ele vagou insanamente pela floresta, para dentro do túnel, passando pela fissura, até que colapsou e morreu. Pobre coitado, deve ter achado que estava sendo acometido pela solidão. Pelo menos no começo. E, quando começou a delirar, estava insano demais para conseguir buscar ajuda. Ou, quem sabe, próximo do fim, soubesse que estava além de qualquer ajuda e foi para o fundo da fissura, onde poderia morrer sem representar perigo para ninguém.

Ou talvez nada daquilo. O que diabos você sabe sobre isso? Se ele estivesse com raiva, teria odiado água, até mesmo o cheiro dela, a ideia dela, então não teria descido por aquela fissura úmida. Você só está imaginando que essa será a sua forma de morrer. Se eles não te comerem antes.

Do que está falando? Os morcegos não podem comê-lo. Não esse tipo que vive aqui.

Eles não, mas talvez os besouros.

Ele ainda tremia, lutando para se acalmar. A brisa na câmara estava mais forte, mas não podia ir por aquele caminho. E não sabia como voltar para o túnel superior. Teve de encarar a realidade. Estava preso.

Mas não podia se permitir acreditar nisso. Ele tinha de combater o pânico e fingir que havia uma saída; precisava encostar as costas na pedra, tentar relaxar e, quem sabe se pensasse bastante, talvez encontrar uma saída. Mas só havia uma saída e ele sabia: na direção da brisa, passando pela toca dos morcegos. Lambeu os beiços e deu um gole na água quente de gosto metálico de seu cantil. Sabe que precisa entrar lá com aqueles morcegos, não sabe? É isso ou ficar aqui sentado, faminto, adoecer neste lugar úmido e morrer.

Ou se matar. Foi treinado para isso também. Caso as coisas se tornem insuportáveis.

Mas sabe que não fará isso. Mesmo que esteja desmaiando e tenha certeza de que morrerá, sempre existe uma chance de que vasculhem estas fissuras, cheguem até aqui e o encontrem inconsciente.

Mas não farão isso. Sabe que precisa seguir a brisa e passar pelos morcegos, não sabe? Você sabe disso.

12

Então vá em frente e acabe logo com isso, ele disse a si mesmo.

Mas, em vez disso, ficou sentado na escuridão, escutando o estrondo da água abaixo. Sabia o que o som estava fazendo com ele, o fluxo monótono entorpecendo seus ouvidos, incitando o sono pouco a pouco. Ele balançou a cabeça para manter-se desperto e decidiu encarar os morcegos enquanto ainda tinha energia, mas não conseguia se mover; a água fluindo, atordoando... ao acordar, estava de novo ao lado da saliência, um braço pendurado. Mas, grogue por causa do sono, desta vez não se sentiu muito perturbado pelo perigo de cair. Estava cansado demais para se importar. Era tão delicioso deitar-se estirado, o braço para fora, no vazio. Embalado pelo sono, não sentia mais nada, as costelas nem sequer o incomodavam mais, entorpecidas.

Você vai morrer aqui, pensou. Se não fizer alguma coisa rápido, as trevas e o barulho o deixarão fraco e estúpido demais para tentar qualquer coisa.

Não consigo me mover. Cheguei longe demais. Preciso de descanso.

Você foi bem além disso na guerra.

Sim. E foi o que acabou comigo.

Certo, então morra.

Não quero morrer. Só não tenho mais forças.

— Maldição, anda logo — disse em voz alta, e, em meio ao rugido das águas, suas palavras soaram secas, sem eco. — Vá rápido. Entre naquele negócio, atravesse-o e o pior terá passado.

— Pode apostar que sim — falou, esperou e então repetiu para si a frase. Mas, se tiver alguma coisa pior depois disto, não vou suportar, pensou.

Não. Isto aqui é o pior. Não pode haver nada além disto.

Eu acredito.

Devagar, relutante, ele rastejou de volta à entrada da câmara. Fez uma pausa, reuniu as forças e espremeu o corpo para dentro dela. Finja que está tocando num pudim de tapioca, ele disse para si, sorrindo diante da piada. Mas, quando sua mão tocou o muco e segurou alguma coisa cascuda, retraiu-se por reflexo. Respirou o fedor sulfuroso de fezes e podridão. O gás era venenoso; uma vez que estivesse lá dentro de corpo inteiro, teria de se apressar. Veja só, agora você pode dizer que não enxerga merda nenhuma, ele fingiu fazer outra piada, aguardou um instante, então arremeteu contra o lodo, lutando para se apoiar. Já estava tonto e nauseado por causa do gás. O muco chegou à altura dos joelhos e coisas raspavam em suas pernas conforme progredia. A brisa seguia direto para frente.

Não. Estava errado novamente. A brisa vinha dali. Era uma corrente de ar diferente. A que ele estava seguindo devia ter soprado em outra direção.

Estava errado sobre algo mais também. Não importava o quanto queria se apressar, lembrou que não deveria fazê-lo. Poderia haver buracos no chão. Tinha de testar cada parte do caminho com os pés e, a cada passo que dava, esperava não tocar mais muco, mas espaço aberto.

O som lá dentro tinha mudado; antes havia guinchos e o rufar de asas, mas agora só escutava o barulho lodoso de suas pernas atravessando o muco e a cascata vertendo do outro lado da entrada. Os morcegos deviam ter saído. Devia ter dormido mais do que imaginou, até a noite cair, e os morcegos tinham ido caçar e se alimentar. Deslizou na direção da brisa, enjoado por causa do cheiro, mas eles ao menos não estavam lá, o que o fez relaxar um pouco. Uma gota de algo podre atingiu seu nariz. Ele a limpou, e os pelos de seu pescoço se eriçaram quando a caverna explodiu em mil rajadas de vento e asas. Por ter ficado tanto tempo ao lado da saliência, o barulho da água devia tê-lo deixado parcialmente surdo. Os morcegos tinham estado ali todo o tempo, guinchando como antes, mas seus ouvidos se encontravam embotados demais para perceber. Agora, as criaturas estavam por todos os lados, açoitando-o, e suas mãos cobriam sua cabeça enquanto ele gritava.

Eles trombaram com seu corpo, asas de couro batendo diante de seu rosto, os guinchos agudos em seus ouvidos. Ele se debatia para afastá-los, abanava os braços, cobria a cabeça e então tornava a abanar. Seguiu adiante, desesperado para sair, tropeçou, caiu de joelhos, atolado até a cintura em muco agora, que encharcava suas genitais. Os morcegos não paravam de vir, um enxame sem fim, batendo e se agitando. Ele recuou com as mãos para cima, golpeando às cegas. O ar estava infestado deles. Rambo não conseguia respirar. Ele se agachou, protegendo-se, enquanto o atacavam da direita, enganchando-se em seus cabelos. Ele deu as costas e se abaixou ainda mais, a pele arrepiada.

— Jesus! Jesus!

Virou para a esquerda, tornou a escorregar e bateu o osso malar na rocha. A sua cabeça ficou em branco por causa do impacto e ele mal teve forças para se levantar, oscilando, segurando o rosto inchado enquanto os morcegos continuavam a cercá-lo, prensando-o contra a parede. Desesperado, ferido e quase inconsciente, sentiu algo lá dentro expandir, retesar e se romper; nada a ver com seu corpo, apenas o cerne daquilo que o mantivera firme e seguindo em frente até ali. Parou de lutar e se entregou a eles, deixou que o empurrassem, cambaleou ao lado deles, os braços lentamente colapsando ao lado do corpo e, naquela maravilhosa libertação do medo e do desespero, completamente sem esperança e passivo, nunca antes tão livre de se importar com o que acontecesse consigo, ele os compreendeu. Não estavam atacando-o. Estavam voando para sair. Ele não conseguiu controlar sua gargalhada, tremendo de alívio. Lá fora já era noite. Eles sentiram, o líder dera seu sinal e, como se fossem um só, desprenderam-se do teto da caverna na direção da saída, enquanto ele estava ali, junto deles, apavorado com a hipótese de terem vindo pegá-lo. Você queria uma corda para encontrar o caminho? Pois conseguiu, seu idiota imbecil. Estava lutando contra eles e o tempo todo eles só estavam lhe mostrando o caminho.

Ele escalou cumes afiados com eles, caiu em buracos e se arrastou. Logo os guinchos e o barulho das asas tornaram-se familiares, como se ele vivesse na companhia deles, até que os animais abriram distância, uns poucos retardatários para trás, e ele ficou sozinho; os únicos sons eram os ecos de suas mãos e pés raspando as rochas. A brisa gelada soprava mais forte em seu rosto e, inclinando-o para frente, pensando em como os morcegos haviam ajudado mostrando a saída, começou a ter uma estranha afeição por eles, sentindo sua falta agora que tinham ido, como se um laço tivesse se quebrado entre ambos. Ele apreciou respirar, limpar as narinas, a garganta e os pulmões, tirar o gosto de bosta da boca. O toque das mãos na pedra bruta foi uma sensação plena, pela primeira vez conscientemente real, e seu coração acelerou quando ele sentiu a terra, maravilhosamente arenosa. Ainda não estava do lado de fora. Aquilo era sedimento que a chuva levara para dentro da fissura na colina, mas sentia que estava próximo; continuou a subir de forma consistente, mas sem pressa, adorando a sensação arenosa abaixo de si enquanto engatinhava aclive acima. Quando chegou ao cume, saboreou o cheiro lá fora: folhas frescas, o vento soprando pela grama, odor de madeira no ar. Só mais alguns passos. Estendeu o braço com cuidado e sua mão parou numa barreira de pedra. Tateou e sentiu que a barreira o cercava por todos os três lados. Uma depressão. Qual sua altura? Ela poderia subir para sempre; estava tão perto de ser livre, contudo, continuava preso. Por mais que estivesse aliviado e satisfeito consigo, não achou que teria a força necessária para escalar até o cume.

Então esqueça a escalada, disse para si. Não se preocupe com isso. Ou você consegue, ou não. Não há nada a fazer se for alto demais. Pode esquecer.

Tudo bem, ele pensou, sentado e descansando na terra macia e confortável, acostumando-se à mudança dentro de si. Ele jamais estivera tão ciente das coisas. É verdade que no passado, em momentos de ação, tinha se sentido um pouco daquela maneira. Executava cada ação com calma e propriedade: correr, mirar, um toque gentil no gatilho, o recuo atingindo com firmeza seu corpo, a vida dependendo de sua elegância de movimentos... e era absorvido dentro do seu eu, a mente desaparecia deixando apenas o corpo naquele instante, totalmente sintonizado à operação. Os nativos aliados durante a guerra chamavam aquele estado de caminho do Zen, a jornada para atingir o momento mais puro e congelado, alcançado somente após um árduo treinamento, concentração e perfeita determinação. Uma parte do movimento quando o movimento em si cessava. As palavras deles não tinham uma tradução precisa para a língua inglesa, e eles diziam que, mesmo se houvesse, o momento não poderia ser explicado. A emoção era atemporal, não podia ser descrita dentro do tempo, poderia ser comparada a um orgasmo, mas não tão definida assim, porque não possuía centro físico, mas era corpórea em todas as direções.

Mas aquilo que sentia naquele momento era diferente. Não havia movimento envolvido e a emoção não era isolada num segundo eterno. Eram todos os segundos; sentado ali, na terra, recostado confortavelmente à pedra, ele vasculhou a mente em busca de palavras e, enfim, decidiu-se por "bem". Jamais se sentira tão bem.

Questionou se havia enlouquecido. Os gases deviam tê-lo afetado mais do que imaginava e aquilo era só parte do delírio. Ou quem sabe, ao ter se entregado para a morte, apenas estivesse soberbamente feliz por estar vivo. Ao passar pelo inferno, talvez visse prazer pleno em todo o resto.

Mas não vai se sentir assim por muito mais tempo se deixar que eles o encontrem aqui, disse para si mesmo, e ficou no escuro, testando o vazio acima para não bater a cabeça em nenhuma saliência. Mesmo assim, ergueu a cabeça, mas logo abaixou-se bruscamente ao perceber que tinha batido na extremidade de um galho. Havia um arbusto ali e, ao estender as mãos, tocou a borda da depressão, na altura da cintura. Fora. Esteve fora todo o tempo, logrado pela noite nublada que o fizera pensar que continuava debaixo da terra.

Protegendo as costelas, forçou o corpo para fora, sob o arbusto, e respirou fundo, saboreando o frescor e o cheiro amadeirado da planta. Ao longe e abaixo de onde estava, divisou uma pequena fogueira entre as árvores. Após as trevas densas da caverna, o fogo era brilhante, rico e vivo.

Enrijeceu o corpo. Alguém próximo à fogueira havia falado alguma coisa abafada. Outra pessoa moveu-se na direção das pedras e um som vívido de algo arranhando prenunciou um fósforo sendo riscado na caixinha. Então, a chama do fósforo se apagou e ele viu o brilho gentil de um cigarro.

Eles o aguardavam lá fora. Teasle tinha adivinhado o motivo pelo qual ele descera pelas fissuras e cavernas, e posicionara homens ao redor da colina para o caso de encontrar uma saída. Bem, eles não conseguiriam ver muita coisa à noite enquanto ele, após tanto tempo debaixo da terra, sentia-se à vontade na escuridão. Assim que descansasse um pouco mais, passaria facilmente por eles. Deviam achar que ele ainda estava nas cavernas e em pouco tempo já teria percorrido quilômetros pela estrada. E era melhor que ninguém ficasse no seu caminho. Bom Deus, não. Ele faria qualquer coisa. Aquilo que tinha sentido? Faria qualquer coisa, com qualquer pessoa, para conservar aquela sensação.

13

Estava escuro de novo e Teasle não entendia como havia chegado à escuridão da floresta. Trautman, Kern, o caminhão. Onde estavam todos? O que tinha acontecido com o dia? Por que ele estava tropeçando em meio às árvores com tamanha urgência?

Inclinou-se sem fôlego contra o tronco escuro de uma árvore, sentindo a dor no peito emergir por entre o torpor. Estava tão desorientado que sentiu medo. Mas sabia para onde ir. Sabia que tinha de continuar seguindo em frente, para algum lugar adiante, mas não entendia como ou por quê.

Trautman. Ele se lembrava daquilo. Trautman queria que ele visse um médico. Ele se lembrava de estar deitado na caçamba do caminhão e buscou uma explicação para como tinha ido de onde estava até ali. Brigou com Trautman para não ver o médico? Quem sabe tivesse fugido, saído do caminhão e corrido para as matas? Qualquer coisa para não abrir mão de sua vigília antes da hora. Continuar próximo do garoto e ajudar a apanhá-lo.

Mas não fazia sentido, sabia disso. Em suas condições, não poderia ter superado Trautman. Não conseguia pensar. Teve de continuar em frente, apesar da dor no peito e da sensação terrível de que alguém o perseguia, ou que em breve o perseguiria. O garoto. Seria o garoto quem estava atrás dele?

A capa de nuvens se dissipou e a lua brilhou, iluminando as árvores, e tudo que o cercava eram carcaças de carros, empilhados uns sobre os outros, dispostos entre as árvores, centenas, quebrados, depenados, corroídos. Era como um grotesco cemitério, cujos contornos eram refletidos pelo luar.

E silencioso. Mesmo quando ele se movia por entre as folhas, para-choques e vidro partido, não havia som. Ele estava planando. E, de algum modo, soube que não era o garoto quem o perseguia, mas outra pessoa. Mas por que ele temia a visão da estrada que havia além das carcaças espectrais? Por que temia a fileira de caminhões da Guarda Nacional estacionados ao longo da estrada? Deus, o que estava acontecendo? Ele tinha enlouquecido?

Não havia ninguém ali. Ninguém perto dos caminhões. O medo sugava suas forças. Um carro de polícia vazio, o último na fileira, da cidade mais próxima. Parado agora, abandonado, sem portas, bancos arrancados, capô erguido; seguia campo adentro, silencioso, próximo à terra, na direção do carro.

Um ruído súbito o perturbou, vidro quebrado captado pelos seus ouvidos, e ele piscou. Estava mais uma vez deitado de costas. Alguém tinha atirado? Passou a mão no corpo em busca do ferimento, sentiu um cobertor, nenhuma terra sob seu corpo. Almofadas macias. Um caixão. Teve um sobressalto e, em pânico, compreendeu. Um sofá. Mas onde, em nome de Deus? O que estava acontecendo? Procurou alguma luz, derrubou um abajur, o ligou e piscou, descobrindo estar em seu escritório. Mas e a floresta, os carros quebrados e a estrada? Eles eram reais, sabia que eram. Olhou para o relógio, mas este havia desaparecido, então olhou para o relógio sobre a mesa. Quinze para meia-noite. Via a escuridão lá fora através das persianas. Podia ser noite, mas, em sua última lembrança, era meio-dia. E quanto ao garoto? O que havia acontecido?

Sentou-se devagar, segurando a cabeça para evitar que a enxaqueca o partisse ao meio, e sua tontura fazia parecer que alguém havia transformado seu escritório em uma ladeira íngreme. Teasle praguejou, sem que palavras saíssem de sua boca. Bambeou até a porta, segurou a maçaneta com as duas mãos e a girou, mas a porta estava emperrada, obrigando-o a puxar com toda a força. Ele quase caiu de costas sobre o sofá quando ela se abriu de uma vez. Abriu os braços para se equilibrar, como se estivesse andando numa corda bamba, os pés descalços saindo do tapete macio do escritório para o piso frio do corredor. Estava escuro, mas uma luz vinha do escritório lá na frente; no meio do caminho, teve de apoiar a mão na parede.

— Acordou, chefe? — perguntou uma voz vinda do final do corredor. — Você está bem?

Responder era complicado demais. Estava ainda juntando os fatos. De costas, na caçamba do caminhão, olhando para a lona que constituía seu teto. A voz do rádio. "Meu Deus, ele não está respondendo. Correu para dentro da mina". A luta com Trautman para impedir que fosse levado à viatura. Mas e quanto à floresta, ao escuro...

— Perguntei se você está bem, chefe — disse a voz mais alta, e passos vieram em sua direção. Não havia eco projetado.

— O garoto — conseguiu dizer. — O garoto na floresta.

— Quê? — A voz estava diretamente ao lado dele, fazendo-o olhar. — Não devia estar andando por aí. Relaxe. Você e o garoto não estão mais na floresta. Ele não está atrás de você.

Era um policial, e Teasle tinha certeza de que deveria conhecê-lo, mas não conseguia se lembrar. Tentou. Uma palavra surgiu.

— Harris? — Sim, era ele. — Harris — repetiu com orgulho.

— É melhor vir até aqui na frente, sentar-se e tomar um café. Acabei de passar um fresquinho. Quebrei um jarro pegando água no lavatório. Espero que não tenha sido isso que te acordou.

O lavatório. Sim. Harris estava ecoando, e o sabor imaginário do café fez com que engasgasse. O lavatório. Ele cambaleou, passou pela porta e vomitou no mictório, sendo segurado por Harris que disse:

— Sente-se no chão! — Mas ele estava bem. Os ecos tinham parado agora.

— Não. Meu rosto. Água. — E, ao lavar as bochechas e os olhos com água fria, a imagem brilhou em sua mente, não mais um sonho, mas real. — O garoto — disse. — O garoto está na floresta, ao lado da estrada. Num cemitério de carros.

— É melhor ir com calma. Tente se lembrar. O garoto está preso dentro de uma mina e correu pra dentro de um labirinto de túneis. Venha. Me dê o seu braço.

Ele o afastou, apoiando-se com os braços na pia, o rosto pingando.

— Estou dizendo que o garoto não está mais lá agora.

— Mas você não tem como saber isso.

— Como foi que cheguei aqui? Cadê o Trautman?

— Voltou pro caminhão. Mandou alguns homens pra te acompanhar até o hospital.

— Aquele filho da mãe. Avisei pra não fazer isso. Como foi que cheguei aqui e não no hospital?

— Não se lembra disso também? Jesus, você deu uma dor de cabeça e tanta pra eles. Berrou e brigou dentro da viatura, e ficava agarrando o volante pra impedir que o levassem ao hospital. Gritava que, se era pra levarem você a algum lugar, que fosse para cá. Ninguém ia te amarrar numa cama, se você pudesse evitar. Finalmente começaram a ficar com medo de que acabariam te machucando se você resistisse mais e fizeram o que pedia. Pra ser sincero, acho que ficaram felizes por se livrar de você, com toda a zona que estava fazendo. Quase bateu num caminhão de transporte numa das vezes que tentou pegar o volante. Te colocaram pra dormir aqui e, assim que foram embora, você foi até um carro de patrulha para tentar voltar. Eu tentei te impedir, e até que foi fácil. Acabou desmaiando no volante antes mesmo de ligar o carro. Não lembra de nada mesmo? Um médico veio dar uma olhada em você logo depois, te examinou e disse que você não estava tão mal, exceto por estar exausto e ter tomado comprimidos demais. Eles são um tipo de estimulante e sedativo numa coisa só, e você tomou tantos que estava nas nuvens. O médico disse estar surpreso por você não ter apagado antes.

Teasle havia enchido a pia de água gelada, mergulhou o rosto dentro e se enxugou com toalhas de papel.

— Cadê meus sapatos e minhas meias? Onde você pôs?

— Pra quê?

— Não é da sua conta. Só diz onde estão.

— Não planeja voltar pra lá, né? Por que não se senta e relaxa um pouco? Tem um monte de gente vasculhando aquelas cavernas. Não há mais nada que possa fazer. Eles pediram que não se preocupasse e que ligariam no minuto em que encontrassem qualquer sinal dele.

— Já disse que ele não está mais lá... E perguntei onde diabos estão minhas meias e sapatos!

O telefone começou a tocar na recepção. Harris pareceu aliviado ao afastar-se para atendê-lo. Passou pela porta do banheiro enquanto o telefone tocava sem parar, até calar-se abruptamente. Teasle encheu a boca com água gelada e cuspiu algo leitoso. Não ousou engolir, temendo que passasse mal outra vez. Olhou para o piso sujo do chão do banheiro, pensou de forma incongruente que os faxineiros não estavam trabalhando direito e foi para o corredor. Harris estava de pé no final dele, seu corpo bloqueando parte da luz, desconfortável ao falar.

— Que foi? — Teasle o intimou.

— Não sei se devia te dizer isso. É pra você.

— É o garoto? — perguntou com os olhos brilhando. — É sobre o cemitério de carros?

— Não.

— Então o que foi? Qual o problema?

— É de longa distância... Sua esposa.

Ele não sabia se era a fadiga ou o choque, mas teve de apoiar-se na parede. Foi como ter notícias de alguém enterrado. Com tudo que havia acontecido por causa do garoto, tinha conseguido mantê-la gradualmente fora da sua cabeça e, agora, não conseguia se recordar de seu rosto. Tentou, mas não pôde. Santo Deus, por que queria se lembrar? Ainda desejava aquela dor?

— Se ela for te aborrecer ainda mais — Harris prosseguiu —, talvez seja melhor não falar com ela. Posso dizer que você não está. Anna.

— Não. Passe a ligação pro telefone de meu escritório.

— Tem certeza? Posso dizer que você está fora.

— Pode passar.

14

Sentou-se na cadeira giratória atrás de sua mesa e acendeu um cigarro. Ou o cigarro limparia sua cabeça, ou anuviaria sua mente e o deixaria tonto, mas valia a pena tentar, porque não poderia falar com ela abalado daquela maneira. Esperou, sentiu-se melhor e apanhou o telefone.

— Alô — disse baixinho. — Anna.

— Will?

— Sim.

A voz dela era mais grossa do que se lembrava, mais gutural, falhando um pouco em certas palavras.

— Will, você está ferido? Eu estava preocupada.

— Não.

— É verdade. Pode não acreditar, mas eu estava.

Ele tragou lentamente o cigarro. E lá iam eles de novo... mal-entendidos.

— O que quis dizer é que não estou ferido.

— Graças a Deus. — Ela fez uma pausa, então exalou lentamente, como se também estivesse fumando. — Não tenho assistido tevê, noticiários ou lido jornais, então, de repente, descobri esta noite o que está acontecendo e fiquei apavorada. Tem certeza de que está bem?

— Sim. — Ele cogitou descrever tudo, mas simplesmente soaria como alguém buscando compaixão.

— Eu teria ligado antes se soubesse. Verdade. Não queria que pensasse que não me importo com você.

— Eu sei. — Ele olhou para o cobertor amarrotado no sofá. Havia tantas coisas importantes a dizer, mas não conseguia forçar-se a fazê-lo. Elas não importavam mais para ele. A pausa foi longa demais. Teve de falar alguma coisa. — Pegou um resfriado? Parece que está resfriada.

— Estou me recuperando de um.

— Orval morreu.

Ele a escutou parar de respirar.

— Eu... eu gostava dele.

— Eu sei. Acontece que descobri que me importava mais com ele do que pensava. Shingleton também está morto. E o novo funcionário, Galt...

— Por favor, não me conta mais nada. Não quero saber de mais nada.

Pensou um pouco mais a respeito e, de fato, não havia mais muita coisa a ser dita no final da contas. A qualidade da voz dela não fez com que ele sentisse a saudade que achou que sentiria. Enfim, sentiu-se livre.

— Continua na Califórnia? — Ela não respondeu. — Acho que não é da minha conta — ele emendou.

— Tudo bem... não me importo. Ainda estou na Califórnia.

— Algum problema? Precisa de dinheiro?

— Will?

— Que foi?

— Eu não telefonei por causa disso.

— Certo, mas precisa de algum dinheiro?

— Não posso aceitar o seu dinheiro.

— Você não entendeu. Eu... eu acho que tudo vai ficar bem agora. Digo, me sinto bem melhor sobre tudo isso agora.

— Fico feliz. Estava preocupada com isso também. Eu nunca quis te machucar.

— O que estou querendo dizer é que me sinto melhor e que pode pegar algum dinheiro se precisar, sem que sinta que a estou pressionando pra voltar pra mim.

— Não.

— Bom... ao menos deixa eu pagar esta ligação. Deixa que eu aceito a cobrança.

— Não posso.

— Então ponho na conta da delegacia. Não serei eu a pagar, será a cidade. Pelo amor de Deus, deixe-me fazer alguma coisa por você.

— Não posso. Por favor, pare com isso. Não faça com que me arrependa de ter telefonado. Estava com medo que isto acontecesse e, por isso, quase não liguei.

Ele sentiu o telefone suado em sua palma.

— Você não vai voltar, não é mesmo?

— Não quero falar sobre isso. Não foi por isso que liguei...

— Mas você não vai voltar.

— Não, não vou. Sinto muito.

Tudo que ele queria era abraçá-la. Não queria fazer mais nada, apenas abraçá-la. Apagou seu cigarro bem devagar e acendeu mais um.

— Que horas são aí?

— Nove. Ainda me confundo com o fuso horário. Dormi catorze horas quando cheguei aqui, tentando me acostumar com isso. Pra eles eram onze horas, pra mim eram duas da manhã. Que horas são aí? Meia-noite?

— Sim.

— Tenho de desligar, Will.

— Já? Por quê? — Então se recompôs. — Não... não importa. Também não é da minha conta.

— Tem certeza de que não está ferido?

— Eles me enfaixaram, mas a maior parte é só arranhões. Ainda está morando com sua irmã? Pode pelo menos responder isso?

— Mudei para um apartamento.

— Por quê?

— Tenho mesmo de desligar. Desculpe.

— Me mantenha informado sobre o que estiver fazendo, ok?

— Se for te ajudar, sim. Não sabia que seria tão difícil. Não sei como dizer isto. — Ela pareceu soluçar. — Adeus.

— Adeus.

Ele esperou, tentando ficar com ela o máximo possível. Então ela desligou, e o sinal de discagem soou. Ele ficou ali sentado. Tinham dormido juntos por quatro anos. Como ela podia tornar-se uma estranha daquela forma? Não foi fácil. Ela estava soluçando. Anna tinha razão, também não era fácil para ela, e Teasle sentia muito por isso.

15

Acabou. Faça alguma coisa. Volte a pensar no garoto, que é sua obrigação. O garoto. Atrás do volante de um carro. Dirigindo rápido.

Ele viu suas meias e sapatos ao lado do armário de documentos e os vestiu rapidamente. Apanhou uma pistola Browning do armário de armas, inseriu um pente cheio e afivelou o coldre, virando-o para trás; da maneira que Orval sempre lhe disse para fazer. Ao retornar pelo corredor e chegar à recepção, Harris olhou para ele.

— Não diga nada — falou para Harris. — Não diga que eu não deveria voltar pra lá.

— Tá bom... não digo.

As luzes da rua estavam acesas lá fora e ele respirou o ar fresco da noite. Uma viatura estava estacionada na lateral. Estava entrando nela, quando olhou para a esquerda e viu aquele lado da cidade em chamas; o fogo refletia como ondas ao longo da noite enevoada.

Harris estava gritando dos degraus da fachada:

— O garoto! Ele saiu das cavernas! Eles telefonaram dizendo que roubou um carro de polícia!

— Eu sei.

— Como?

A força das explosões fizeram as janelas da delegacia chacoa-lharem. WHUMP, WHUMP, WHUMP! Uma série delas vinda da direção da estrada que atravessava a cidade. WHUMP, WHUMP!

— Jesus Todo Poderoso, o que foi isso? — perguntou Harris.

Mas Teasle já sabia. Engatou a marcha e saiu acelerando do estacionamento, para chegar lá a tempo.

16

Acelerando para o centro da cidade, dando uma guinada para ultrapassar um motociclista que estava parado olhando pasmo para trás, Rambo viu pelo espelho retrovisor a rua atrás de si tomada por chamas mais altas do que as árvores que a contornavam. As chamas vermelhas e ferozes irradiavam dentro da viatura. Ele pisou fundo no acelerador, atravessando a avenida principal; as explosões iluminando a noite, rompendo o padrão do fogo. Agora eles teriam de perder tempo dando a volta. Só para se precaver, precisava repetir tudo. Quanto mais distrações, mais ficariam confusos. Teriam de parar a perseguição para apagar o fogo.

Um dos semáforos adiante estava queimado. Sob ele, as luzes de freio de um carro brilharam, e seu motorista desceu para olhar as chamas. Rambo mudou para a faixa da esquerda, dando de frente para os faróis baixos de um carro esportivo. O veículo trocou para a faixa da direita para se desviar dele, bem quando ele fez o mesmo; o carro desviou ainda mais até subir na calçada, arrancar um parquímetro e atravessar a vitrine de uma loja de móveis. Sofás e cadeiras, Rambo pensou. Pelo menos vai ser um pouso macio.

Pisando firme no acelerador, ficou surpreso ao ver que não havia mais carros nas ruas. Que tipo de cidade era aquela, afinal?

Pouco depois da meia-noite, e todo mundo estava dormindo? As lojas apagadas. Ninguém saindo cantando dos bares. Bem, agora havia um pouquinho de vida nela, com certeza. A velocidade da viatura, o ronco forte do motor, o fizeram lembrar-se das corridas de carros que passavam nas noites de sábado anos atrás, e ele lembrou de como adorava aquilo. O carro, a rua e ele próprio. Tudo ficaria bem. Ele conseguiria. Descer pelas colinas sem ser notado e chegar até a estrada tinha sido fácil. Atravessar o cemitério de carros, cruzar o campo e entrar na viatura também. O policial do carro devia estar nas colinas com os outros, ou nas barreiras na estrada, checando os caminhões de transporte. A chave não estava lá, mas não foi complicado fazer ligação direta e agora, ao passar no farol vermelho de um cruzamento, a força do motor parecia ser transmitida pelo acelerador e inundar seu corpo; ele sabia que era questão de horas até estar livre. Sentiu-se bem por ter conseguido. A polícia daria um alerta pelo rádio para bloqueá-lo à frente, claro, mas a maioria das unidades provavelmente estava atrás dele, junto dos grupos de busca, então não haveria muita resistência adiante. Ele atravessaria a cidade, pegaria estradas vicinais e esconderia o carro. Então correria pelo interior. Quem sabe pegar carona num trem de carga. Quem sabe subir num transporte público. Ou quem sabe até roubar um avião. Deus, as possibilidades eram tantas.

— Rambo.

A voz vinda do rádio do carro foi um choque.

— Rambo, me escute. Sei que pode me ouvir.

A voz era familiar, vinda de anos atrás. Ele não conseguia assimilá-la.

— Me escute. — Cada palavra era macia e ressonante. — Meu nome é coronel Sam Trautman. Fui diretor da escola que o treinou.

Sim, claro. Nunca à vista. A voz persistente que falava pelo megafone do campo. A qualquer hora. Dia após dia. Mais corrida, menos refeições, menos horas de sono. A voz que sempre deixava as coisas mais difíceis. Então era isso. Teasle trouxera Trautman para ajudar. Isso explicava algumas das táticas que seus perseguidores usaram. Bastardo. Virando-se contra os seus.

— Rambo, quero que pare e se renda antes que eles o matem.

Claro que sim, seu desgraçado.

— Ouça. Sei que é difícil de entender, mas os estou ajudando porque não quero vê-lo morto. Já começaram a mobilizar outra força à frente, e depois dessa haverá mais uma, e eles vão desgastá-lo até que não reste mais nada. Se achasse que houvesse a menor chance de você vencer, diria para que seguisse em frente. Mas sei que não pode escapar. Acredite em mim. Eu sei. Por favor, desista enquanto ainda pode e saia vivo desta. Não há nada que possa fazer.

Então fique olhando.

Outra série de explosões estrondou atrás dele. Rambo deu uma guinada na viatura cantando os pneus e entrou em um posto de gasolina vazio, as luzes apagadas. Desceu do carro, arrombou a porta do escritório com um chute, entrou e ligou a eletricidade das bombas. Então apanhou um pé de cabra e voltou para fora, para destruir os cadeados das bombas. Havia quatro, duas mangueiras em cada. Ele as ativou, derramando gasolina pela rua, travando as linguetas para que não desligassem quando as soltasse. Quando subiu um pouco mais a rua com o carro e parou, o asfalto atrás de si estava inundado de gasolina. Um fósforo riscado e *vuush*, a noite se transformou em dia, um enorme lago de fogo de calçada a calçada, com seis metros de altura. As fachadas das lojas estalando, vidraças se partindo, o calor cercando-o, chamuscando-o. Ele acelerou a viatura, as chamas se espalhando, alcançando os veículos que estavam estacionados. BUM, BUM, eles explodiram. BUM! É culpa deles. A placa dizia que é proibido parar depois da meia-noite. Pensou no que aconteceria quando a pressão dos tanques de gasolina subterrâneos baixasse. O fogo entraria pelas mangueiras e desceria até os tanques, explodindo metade do quarteirão. Isso impediria que eles o seguissem, com certeza impediria.

— Rambo — Trautman disse pelo rádio. — Por favor. Estou pedindo que pare. Não adianta. Isso não faz sentido.

Então fique olhando, ele tornou a pensar e desligou o rádio. Estava quase saindo do centro da cidade. Dali a poucos minutos chegaria ao fim dela.

17

Teasle aguardou. Ele tinha bloqueado a avenida principal com a viatura na altura da praça da cidade e estava inclinado sobre o para-lama dianteiro, segurando sua pistola. Havia faróis vindo das chamas e das explosões. O garoto poderia ter sido mais rápido do que ele, já ter passado por ali e saído da cidade, mas não acreditava nisso. Ele via aquilo de dois ângulos de uma só vez: pelos olhos do garoto, quando a frente do carro roubado arremeteu em direção à praça; e do seu próprio ponto de vista, quando os faróis surgiram como dois discos brilhantes, o topo do carro distinto agora. Uma sirene; era um carro de polícia, e ele puxou o ferrolho de sua arma, mirando com firmeza. Tinha de fazer aquilo sem erros; não haveria outra oportunidade. Precisava ter certeza absoluta de que era o garoto e não um carro de patrulha desgarrado. O motor roncava cada vez mais alto. Os faróis brilhavam sobre ele. Ele premeu a vista, tentando discernir os contornos do motorista. Fazia três dias desde que vira o garoto pela última vez, mas não havia como confundir o formato da cabeça, os cabelos malcortados. Era ele. Finalmente, um contra um, não na floresta, mas na cidade, onde ele conhecia melhor o terreno e em seus próprios termos.

Cego pelos faróis, deu o primeiro tiro, então mais um; os cartuchos ejetados tilintando no asfalto. Gostou dessa? Ele mirou e, quando o garoto se abaixou atrás do painel, seu disparo estilhaçou o para-brisa. Imediatamente atirou nos pneus dianteiros, sentindo o solavanco triplo da pistola percorrer seu braço, apoiado sobre o capô do carro. A viatura deu uma guinada, fora de controle e veio em sua direção. Teasle saltou para fora do caminho quando os dois carros se chocaram numa colisão de metal e vidro que fez o dele sair girando e atirou o do garoto para a calçada. Um eixo foi lançado arrastando-se pela via, um jato de gasolina manchou o asfalto, e Teasle correu agachado para o carro do garoto, disparando repetidamente na porta até chegar a ele, então, inclinou-se para dentro e atirou abaixo do painel. Mas não havia ninguém lá; o banco da frente estava vazio, manchado de sangue, e Teasle virou-se para a avenida, os cotovelos junto ao corpo, olhando furtivamente ao redor, e viu por baixo do carro os calçados do garoto correndo pela calçada rumo a um beco.

Ele o seguiu, chegando à parede de tijolos ao lado do beco e preparou-se para entrar atirando. Não entendia as manchas de sangue no concreto. Não achava que seus tiros tinham acertado o alvo. Quem sabe o garoto tivesse se machucado na batida, mas era bastante sangue. Bom. Isso o atrasaria. De dentro do beco, escutou algo pesado bater contra madeira, como se o garoto estivesse arrombando uma porta. Quantos tiros ainda tinha? Dois nos faróis, um no para-brisa, dois nos pneus, cinco na porta. Isso lhe deixava três. Não era o bastante.

Rapidamente ejetou o pente e inseriu um cheio, prendeu o fôlego, tremendo e, a seguir, entrou de uma vez no beco, disparando uma, duas, três vezes, cápsulas vazias voando, enquanto se abaixava atrás de alguns latões de lixo, de onde viu a porta da Ferragens do Ogden aberta. Os latões eram finos demais para protegê-lo de um tiro, mas ao menos o escondiam enquanto decidia se o garoto estava de fato dentro da loja ou se a porta aberta era um truque, e o garoto pretendia emboscá-lo. Examinou o beco e não viu ninguém. Estava indo para a porta quando a coisa foi lançada, soltando faíscas. Mas o quê...? Dinamite. O pavio curto demais para que o arrancasse a tempo, curto demais para que a apanhasse e jogasse longe. Como se fugisse do bote de uma cobra, saltou para fora do beco e se encostou na parede de tijolos, protegendo os ouvidos com as mãos. A explosão o atordoou, pedaços de metal, madeira e papelão pegando fogo voaram do beco para a rua. Conteve-se de tornar a correr na direção da porta aberta. Pense bem. Pense bem. O garoto precisa fugir antes que mais gente chegue. Ele não pode ficar e lutar. A dinamite foi só para te segurar. Esqueça o beco, vá para a porta da frente.

Saiu correndo para a esquina da rua e o garoto já estava fora da loja, no meio do quarteirão, atravessando a avenida para as sombras do tribunal. Era difícil mirar com uma pistola daquela distância, mas ele tentou mesmo assim, caindo com um joelho no chão como numa genuflexão, deixando o outro erguido para apoiar um cotovelo, firmando a arma com as duas mãos, enquanto mirava e disparava. E errou. Sua bala se espatifou ruidosamente contra a parede de pedra do tribunal. A resposta foi o ruído de um rifle engatilhado próximo ao tribunal e uma bala que atravessou uma caixa de correio ao lado de Teasle. Ele pensou ver a silhueta do garoto se esgueirando para os fundos do tribunal e correu para segui-lo, quando três explosões em sequência incendiaram o edifício, lançando detritos cintilantes pelas janelas. Deus, ele perdeu a cabeça, Teasle pensou. Isso não é tentar me atrasar... ele quer explodir a cidade inteira.

A madeira dentro do tribunal era velha e seca, e as chamas devoravam tudo, até o andar de cima. Correndo, Teasle ignorou as cãibras que o acometeram, determinado a não deixar que isso o atrasasse, forçando-se a seguir em frente ao máximo até que o pouco de energia que lhe restava se esgotasse e ele caísse. O fogo no tribunal irrompeu, sua fumaça preenchendo a rua, de modo que ele não conseguia ver onde o garoto estava. À direita, do lado oposto ao tribunal, havia alguém se movendo nos degraus da frente da delegacia; Teasle achou que era o garoto, mas era Harris, que olhava para o fogo.

— Harris! — berrou, tentando chamar-lhe a atenção. — O garoto! Recue! Recue!

Mas suas palavras foram engolidas pelo trovão da maior explosão até então, que levantou a delegacia e a desintegrou, obliterando Harris numa nuvem de fogo e destroços. A onda de choque atingiu Teasle, deixando-o atônito. Harris. A delegacia. Era tudo que havia lhe restado e, agora, tinha desaparecido; o escritório, suas armas, os troféus, a Medalha de Serviço Distinto; então, ele tornou a pensar em Harris, amaldiçoou o garoto e gritou, sendo subitamente energizado por aquele novo surto de fúria que o fez arremeter pela calçada, rumo às chamas. Seu filho da puta, pensou. Você não precisava ter feito isso, não precisava.

À frente, à direita da calçada, havia mais duas lojas e o gramado da delegacia, iluminado pelas chamas. Conforme corria praguejando, um tiro acertou o asfalto aos seus pés, ricocheteando. Ele se jogou de barriga na sarjeta. A rua ficara clara, mas os fundos da delegacia ainda estavam nas sombras; ele atirou de volta, mirando na direção em que vira o brilho do rifle ao disparar. Deu mais dois tiros, mas, ao se erguer, seu joelho cedeu e ele caiu na calçada. Sua força desaparecera. O esforço dos últimos dias finalmente o esgotara.

Permaneceu deitado na calçada e pensou no garoto. Ele estava sangrando e também tinha de estar fraco, mas isso não o deteve. Se o garoto podia seguir em frente, então ele também poderia.

Mas estava tão cansado, era tão difícil se mover...

Então, toda aquela história de enfrentar o garoto um contra um, sem ninguém no caminho para se ferir, era tudo mentira, não? E Orval, Shingleton e o resto, a promessa que tinha feito, também foi mentira?

Não se faz promessas a mortos. Promessas assim não contam.

Não, mas você prometeu a si mesmo, e isso conta. Se não mover sua bunda, não vai valer mais porcaria nenhuma para si ou para qualquer outra pessoa. Você não está cansado. Está com medo.

Ele arfou, rastejou e se pôs de pé. O garoto estava à direita, atrás da delegacia, mas não podia fugir por ali porque o quintal acabava numa cerca de arame farpado bem alta e, do outro lado dela, havia uma queda íngreme que dava para os alicerces de um novo supermercado em construção. O garoto não teria tempo nem força para escalar e descer em segurança. Ele teria de subir a rua, na direção de onde havia duas casas, um parquinho e um terreno de propriedade da cidade, com grama alta, framboeseiras selvagens e uma cabana que algumas crianças haviam construído.

Ele prosseguiu com cautela, utilizando o aclive do gramado da delegacia como cobertura, espiando pela fumaça para tentar ver o garoto, sem ousar dar uma segunda olhadela do que restara de Harris, espalhado pela rua. Agora, Teasle estava entre a delegacia e o tribunal, iluminado pelas chamas, os olhos ardendo pela fumaça e a pele do rosto queimando por causa do calor. Curvou-se quando chegou mais perto do gramado, para se ocultar na luz. A fumaça se dissipou por um instante e ele viu que as pessoas que viviam nas duas casas próximas à delegacia estavam nas varandas, conversando e apontando. Deus, o garoto pode explodir a casa delas também. Matá-las igual fez com Harris.

Ele correu na direção delas, tomando cuidado com o garoto e gritando:

— Saiam daí! Para trás!

— Quê? — gritou alguém em resposta.

— Ele está perto de vocês! Corram!

— Quê? Não consigo ouvir.

18

Rambo abaixou-se próximo da varanda da última casa e mirou. O homem e as duas mulheres na varanda estavam tão distraídos com Teasle, que não viram o ex-soldado escondido bem próximo a eles. Mas, quando engatilhou o rifle, eles provavelmente escutaram o clique, pois houve um som abrupto de movimento na madeira lá em cima, e uma mulher inclinou-se sobre o parapeito, dizendo:

— Meu Deus. Meu bom Deus.

Aquilo foi aviso suficiente; Teasle saiu da calçada e adentrou o gramado da primeira casa, abrigando-se em sua varanda. Rambo atirou mesmo assim, sabendo que não atingiria, mas torcendo para assustá-lo. A mulher no alto gritou. Ele ejetou o cartucho vazio e mirou no canto da varanda mais distante. O calçado de Teasle estava aparecendo, iluminado pelas chamas. Puxou o gatilho, mas nada aconteceu. Seu rifle estava vazio, não havia tempo de recarregar, e ele o jogou fora e sacou o revólver da polícia, mas o sapato de Teasle havia desaparecido. A mulher ainda gritava.

— Ah, pelo amor de Deus, dona, cala essa boca — disse, e correu para a parte de trás da casa, estudando as sombras do quintal. Teasle não arriscaria vir pela frente, onde a luz das chamas o tornavam um alvo fácil. Ele se esgueiraria pelo escuro na parte de trás e tentaria progredir dali. Rambo se aproximou do canto e aguardou, olhando fixamente para além de uma bicicleta e um barracão de ferramentas. Sua testa estava aberta de quando o carro colidira com o de Teasle e o rosto bateu no rádio de polícia; sua manga, grudenta de tanto limpar o sangue que corria sobre a vista. A colisão também despertara a dor nas costelas, e ele não sabia o que doía mais.

Esperou um pouco, ficou brevemente sonolento, mas logo pôs-se em alerta. Não havia som algum, mas uma figura escura parecia estar deslizando ao longo da cerca traseira, em meio a arbustos de sempre-vivas. Limpou o sangue dos olhos, mirou, mas não se permitiu disparar. Não até ter certeza de que era Teasle. Se a figura fosse só um truque pregado por sua visão, atirar revelaria a sua posição. Também seria o desperdício de uma bala; ele só tinha cinco em sua arma. A Browning de Teasle tinha treze. Que ele desperdiçasse tiros. Podia dar-se esse luxo.

Tinha mais um motivo pelo qual não quis atirar imediatamente na figura; desde quando limpara o sangue dos olhos da última vez, eles não estavam focando direito, vendo em dobro, como se o sangue tivesse permanecido lá. Agora, não conseguia distinguir entre a forma escura e os arbustos, tudo se misturava, e estava sofrendo uma enxaqueca tão aguda que parecia prestes a partir seu crânio ao meio.

Por que a sombra não se movia? Ou se movia e ele é que não conseguia ver? Mas Teasle teria feito algum som. Vamos, faça algum som, por que você não faz? Estava ficando tarde. As sirenes já vinham soando. Talvez fossem dos bombeiros, mas talvez da polícia. Vamos, Teasle. Escutava as pessoas da varanda dentro da casa agora, conversando assustadas. Sentiu algo e olhou para trás, para ver se alguém ainda estava na varanda, armado ou com algo que o pudesse ferir e, meu Deus, lá estava Teasle, vindo pelo gramado dianteiro. Para sua surpresa, Rambo atirou antes de se dar conta, Teasle deu um grito e uma guinada para trás, num arco que o fez cair na calçada. Mas Rambo não entendeu o que estava acontecendo consigo mesmo, a forma como tinha sido jogado para trás, se virado e caído de cara na grama. Suas mãos estavam quentes e molhadas sobre o peito, e então ficaram pegajosas. Jesus, ele tinha sido atingido. Teasle conseguira um disparo e o atingira. Seu peito estava atordoado, os nervos paralisados. Tenho de me mover. Tenho de sair daqui. Sirenes.

Não conseguiu se levantar. Contorceu-se. Uma cerca de arame farpado na lateral da casa. Além dela, objetos indistintos se avolumavam na noite. As chamas da delegacia e do tribunal continuavam altas, deixando tudo laranja, mas ele ainda não conseguia ver direito. Forçou a vista. Sua visão clareou e, enfim, viu. Gangorras. A palavra soou oca em sua mente. Balanços. Escorregadores, um parquinho. De barriga, virou-se na direção dele, o som das chamas atrás era como o rugido de uma tempestade de vento sacudindo as árvores.

— Vou pegar a minha arma! Cadê a minha arma? — gritou o homem de dentro da casa.

— Não. Por favor — falou a mulher. — Não vá lá fora. Fique fora disso!

— Cadê a minha arma? Onde você pôs? Mandei não mexer nela!

Ele apoiou os cotovelos no gramado, contorceu-se mais rápido, chegou até a cerca, um portão, o abriu e passou de joelhos. Atrás dele, passos ocos soavam na madeira da escada do quintal.

— Cadê ele? — perguntou o homem, sua voz mais clara do lado de fora. — Pra onde foi?

— Ali! — disse a segunda mulher histericamente, a mesma voz da pessoa que o vira na varanda. — Ali, junto ao portão!

Certo, seus malditos, Rambo pensou e olhou para trás. As chamas ainda ardiam altas, e o homem estava de pé ao lado do barracão, mirando seu rifle. Mirava de forma desajeitada, mas tornou-se imediatamente gracioso quando Rambo atirou nele, agarrando devagar o ombro direito, dando um giro elegante e caindo perfeitamente por sobre a bicicleta estacionada. Então, voltou a parecer desajeitado quando a bicicleta tombou com seu peso e os dois foram ao chão num pequeno emaranhado de corrente e aros.

— Meu Deus, fui atingido — grunhiu o homem. — Ele me acertou... me acertou!

Mas o homem não sabia a sorte que tivera. Rambo mirara em seu peito, não no ombro. Incapaz de ver o tiro direito, incapaz de segurar a arma direito, seu tórax vertendo sangue rapidamente, ele não tinha esperança de escapar, nenhuma força para se proteger eficientemente, nada. Exceto talvez a banana de dinamite em seu bolso. A dinamite, pensou. Dane-se a dinamite. Com a pouca força que lhe restara, não conseguiria arremessá-la a dois metros dali.

— Ele me acertou — grunhia o homem. — Me acertou... fui atingido.

Eu também, parceiro, mas você não tá me escutando choramingar por causa disso, pensou e, já que não conseguia aceitar a ideia de meramente ficar à espera dos homens e sirenes para apanhá-lo, voltou a rastejar. Para uma piscina infantil seca, no centro do parquinho. Para dentro dela. Lá, seus nervos tilintaram, ganharam vida e, gradualmente, registraram a dor. O tiro de Teasle tinha atravessado suas costelas quebradas e era como lancetar uma pústula gigante, o pus se derramando. A dor cresceu até possuí-lo. Ele estava arranhando o peito, coçando, raspando. Balançou a cabeça, crispou o corpo, convulsionando tanto de dor que conseguiu usar aquilo para se pôr de pé e sair da piscina, a cabeça baixa, ombros arqueados, cambaleando até a cerca na extremidade do parquinho. Ela era baixa; Rambo inclinou-se por sobre ela arfando e jogou os pés para cima. Num salto grotesco, caiu do outro lado, esperando que suas costas batessem no chão; em vez disso, encontraram espinhos e galhos sem folhas. Um campo de framboesas pretas. Ele já estivera ali, não se lembrava quando, mas já estivera. Não. Estava errado. Foi Teasle quem estivera ali, lá nas montanhas, quando escapou passando por baixo de todos aqueles espinheiros. Sim, foi isso. Teasle tinha entrado. Agora era ao contrário; agora era sua vez. Os espinhos penetraram sua carne. A sensação era boa, ajudando a atacar sua dor. Teasle tinha escapado daquela maneira, usando espinheiros como aqueles. Por que ele não poderia também?

19

Teasle ficou de costas, deitado na calçada, ignorando as chamas, olhando fascinado para a luz amarela de um poste. Se fosse verão, ele pensou, haveria mariposas e mosquitos voando em torno da lâmpada. Então perguntou-se por que tinha pensado nisso. Estava perdendo o foco, piscando, segurando com ambas as mãos o buraco em seu estômago. Ficou espantado por, salvo por uma coceira compulsiva nos intestinos, não sentir nada. Também havia um buraco grande em suas costas, ele sabia, mas também era só uma coceira. Tanto dano e tão pouca dor, pensou. Quase como se o seu corpo não lhe pertencesse mais.

Estava ouvindo as sirenes, primeiro um punhado, então várias delas, soando de algum lugar além do fogo. Às vezes pareciam distantes, às vezes logo ali no começo da rua.

— Bem no começo da rua — falou para escutar a si próprio, e sua voz estava tão longe que a mente tinha de estar separada do corpo. Ele moveu uma perna, depois outra, ergueu a cabeça, arqueou as costas. Bem, ao menos a bala não tinha estilhaçado sua espinha quando o atravessou. Mas o lance é que você está morrendo, disse para si mesmo. Esse buraco enorme e tão pouca dor... Com certeza está morrendo, e isso também o espantou, o fato de conseguir pensar tão calmamente naquilo.

Desviou o olhar do poste para o tribunal em chamas, até seu telhado tomado pelo fogo. Depois mirou a delegacia, o fogo saindo de cada janela. E tinha acabado de pintar as paredes lá dentro. Alguém estava ao seu lado. Ajoelhando. Uma velha.

— Tem algo que eu possa fazer? — perguntou ela, gentilmente.

Você é uma velha, pensou. Todo esse sangue, e ainda assim veio até mim.

— Não. Não, obrigado. — Sua voz continuava distante. — Não acho que possa fazer alguma coisa. A não ser... Sabe se eu o acertei? Ele morreu?

— Acho que ele caiu — ela respondeu. — Moro na próxima casa abaixo, ao lado da delegacia. Não tenho certeza de nada.

— Bem...

— Minha casa está pegando fogo. As pessoas desta casa... Acho que uma delas foi baleada. Quer um cobertor? Um pouco de água? Seus lábios estão secos.

— Estão? Não, obrigado.

Era decerto fascinante; sua voz distante, mas a dela próxima, chegando aos seus tímpanos sem qualquer filtro, e as sirenes, ah, as sirenes, soando cada vez mais altas dentro da sua cabeça. Estava tudo ao contrário, ele fora do seu corpo, mas todo o restante no exterior dentro dele. Fascinante. Ele tinha de contar isso a ela. Ela merecia saber. Mas, quando se deu conta, ela já tinha ido embora, como se um espírito tivesse estado ao seu lado. Que tipo de sinal tinha sido aquele, que ele não percebeu quando ela desaparecera? As sirenes. Altas demais. Gritando como facas dentro do seu cérebro. Ergueu a cabeça e olhou entre as chamas na direção do ponto mais distante da praça, viaturas da polícia virando a esquina ali, acelerando rua acima, as luzes piscando. Ele contou seis. Nunca tinha visto coisa alguma com tamanha clareza, cada detalhe perfeitamente em foco, particularmente as cores das luzes, vermelho intermitente piscando, feixes dianteiros num brilho amarelo constante, homens atrás dos para-brisas numa tonalidade laranja sob o brilho das chamas. A visão era poderosa demais. Fez com que a rua girasse, e ele teve de fechar os olhos senão vomitaria. Era só o que precisava. Colocar tudo para fora, machucar ainda mais seu estômago e morrer ali mesmo, antes que pudesse descobrir como aquilo tudo acabaria. O fato de ainda não ter vomitado era um milagre. Tinha passado da conta há tempos. Permanecer firme. Era só o que podia fazer. Se fosse morrer, e tinha certeza de que morreria, não podia permitir que tudo acabasse ainda. Não até que chegasse ao fim.

Escutou pneus cantando e, quando tornou a olhar, os carros freavam diante da delegacia, policiais descendo antes que os veículos tivessem parado completamente, as sirenes se desligando. Um dos homens apontou para ele e todos vieram correndo em meio ao fogo, protegendo o rosto do calor, os calçados batendo contra o asfalto e, entre eles, reconheceu Trautman. Estavam de armas em punho. O coronel portava uma espingarda que devia ter pegado em alguma das viaturas.

Viu Kern entre eles também. Kern falava para um homem enquanto corria:

— Volte para o carro e chame uma ambulância! — Ele apontou para cima e para baixo na rua, dizendo aos demais — Tirem essas pessoas daqui! Mandem elas lá pra trás!

Que pessoas? Ele não entendia. Olhou em volta e dúzias de pessoas tinham se materializado. A súbita aparição delas o assustou. Estavam assistindo ao fogo. Tinha algo em seus rostos... Elas se atulhavam ao redor dele, olhos inflamados, corpos rígidos, e ele ergueu as mãos para mantê-las longe, com um medo irracional, prestes a gritar, "Ainda não", quando os policiais chegaram até ele, bloqueando-as e protegendo-o.

— O garoto — murmurou.

— Não fale — Kern disse a ele.

— Acho que o acertei — afirmou ele, calmamente. Concentrou-se, tentando imaginar que era o garoto. — Sim... eu o acertei.

— Vai precisar das suas forças. Não fale. O médico está a caminho. Teríamos chegado antes, mas tivemos de contornar os incêndios na...

— Ouça.

— Relaxe. Fez tudo o que podia. Deixe que a gente cuida disso agora.

— Mas tenho que dizer onde ele está.

— Aqui! — gritou uma mulher do gramado de sua casa. — Aqui atrás! Tragam um médico!

— Vocês oito venham comigo — Kern ordenou. — Espalhem-se. Metade daquele lado da casa, metade deste lado. Tomem cuidado. O resto ajude a dispersar essa multidão.

— Mas ele não está lá. — Era tarde demais. Kern e seus homens já tinham partido.

— Não está lá... — ele repetiu. — Kern. Qual é o seu problema? Por que não me escuta? — Ainda bem que não tinha esperado por ele naquela noite, no início da caçada. Se tivesse esperado, o grupo de busca teria ficado duplamente mais confuso e os homens que Kern levasse teriam morrido com os outros.

Trautman ainda não tinha falado nada. Os poucos policiais que permaneceram estavam tentando evitar olhar para todo aquele sangue. Mas não ele.

— Não... você não, Trautman. Você não se importa nem um pouco com o sangue. Está acostumado.

Trautman não respondeu, apenas continuou a encará-lo. Um policial disse:

— Kern está certo. Por que não tenta ficar quieto?

— Claro... e foi isso que disse a Orval quando ele foi baleado. Mas ele não queria morrer em silêncio, assim como eu. Ei, Trautman, eu consegui. Disse que conseguiria, não foi? E consegui.

— Do que ele está falando? — perguntou o policial. — Não entendi.

— Dá uma olhada nos olhos dele — disse outro. — Ficou louco.

Ainda encarando, Trautman fez um gesto para que eles ficassem quietos.

— Eu disse que ia surpreendê-lo, não disse? — Sua voz era como a de uma criança vitoriosa. Não gostou de como ela soou, mas não conseguiu se conter. Algo dentro de si estava se preci-pitando, pondo tudo para fora, o segredo. — Ele estava logo ali, ao lado da varanda, e eu estava uma casa abaixo, e pressenti que ele estava me esperando. Sua escola o treinou bem, Trautman. Ele fez exatamente o que foi treinado para fazer e foi assim que o surpreendi. — Seu ferimento estava formigando, e ele o coçou; o sangue vertendo, e sentiu-se cada vez mais fascinado pelo fato de conseguir falar. Devia estar resfolegando, espremendo cada palavra, mas elas estavam saindo todas com fluência, como um laço sendo puxado. — Fingi que era ele, entende? Pensei tanto nele, que foi como se soubesse o que ele ia fazer. E bem ali, cada um de nós junto a uma varanda, estava imaginando o que ele faria e, de repente, consegui ver o que pensava... que não iria atacá-lo pela rua, onde o fogo iluminava tudo, mas sim pela parte de trás, passando pelo quintal e pelas árvores. Pelas árvores, Trautman. Entende? Sua escola o treinou para guerrilha nas montanhas, então ele voltou-se por instinto para as árvo-res, e os arbustos e as moitas lá atrás. E eu? Depois do que ele fez comigo nas colinas? Diabos, eu nunca voltaria a lutar nos termos dele! Nos *meus* termos. Lembra que foi isso que disse a você? *Minha* cidade. E se eu fosse levar bala, teria de ser na *minha* rua, perto das *minhas* casas, com a luz do *meu* escritório em chamas. E consegui. Eu o surpreendi, Trautman. E ele levou um tiro meu no peito.

Trautman ainda não falou. Olhou por um longo período, antes de apontar para o ferimento na barriga de Teasle.

— Isto? É para isto que está apontando? Eu disse que sua escola o treinou bem. Meu Deus, que reflexos.

Na noite, além do ribombar do fogo, houve um rugido pode-roso que iluminou toda aquela parte do céu. O eco dele retumbou pela cidade.

— Cedo demais. Foi cedo demais — o policial disse, desgostoso.

— Cedo demais para quê? — Kern estava voltando dos fundos da casa, descendo pelo gramado até a calçada. — Ele não estava lá.

— Eu sei. Tentei dizer a você.

— Ele atirou no ombro de um sujeito. Era por isso que a mulher estava gritando. Meus homens o estão procurando agora. Estão seguindo os rastros de sangue. — Ele se distraiu, olhando para as ondas de luz que brilhavam no céu.

— O que foi isso? Que explosão foi essa? — Teasle perguntou.

— Meu Deus. Sabia que não teriam tempo suficiente.

— Tempo pra quê?

— As bombas de gasolina. Ele deixou duas pegando fogo. Os bombeiros alertaram pelo rádio. As bombas e o edifício estavam tão envoltos no fogo, que não conseguiram fechar a gasolina. Iam desligar a eletricidade de toda aquela parte da cidade, quando perceberam que, se parassem as bombas, a pressão se reverteria e o fogo desceria até o tanque principal, o que explodiria o quarteirão inteiro. Pedi que um esquadrão de meus homens fosse ajudar a evacuar a área. Um dos incêndios era num bairro residencial. Deus, espero que tenham tido tempo antes da explosão... e tem outra por vir... quantos mais vão morrer antes que isto acabe?

Um grito da lateral da casa:

— Ele passou pelo parquinho, naquela direção!

— Bem, que tal não gritar tão alto e alertá-lo de que estamos indo?

— Não se preocupe — falou Teasle. — Ele não está no parquinho.

— Não pode ter certeza disso. Ficou tempo demais deitado aí. Ele pode ter ido a qualquer lugar.

— Não. Precisa se pôr no lugar dele. Tem que fingir que é ele. O garoto se arrastou pelo parquinho, passou pela cerca e está nas framboesas, nos espinhos. Quando escapei, foi por um espinheiro como aquele, e ele vai tentar a mesma coisa, mas está ferido demais. Você não acreditaria na dor em seu peito. Tem um barraco lá que umas crianças construíram, e o garoto está se arrastando até ele.

Kern franziu a testa de forma interrogativa para Trautman e os dois policiais:

— O que aconteceu com ele enquanto a gente estava lá atrás? O que aconteceu?

Um policial balançou a cabeça de forma estranha:

— Ele acha que é o garoto.

— Quê?

— Ficou louco — disse o outro.

— Os dois fiquem de olho nele. Quero que não se mova — ordenou Kern. Ajoelhou-se junto a Teasle. — Aguenta firme, o médico está vindo. Não vai demorar, eu prometo.

— Não importa.

— Tente. Por favor.

Havia sinos tocando e mais duas sirenes ao que dois caminhões de bombeiros subiram pela praça e pararam ao lado dos carros de polícia. Bombeiros desciam em trajes de amianto, apanhando ferramentas para abrirem os hidrantes, puxando as mangueiras. Outro grito da lateral da casa:

— Ele passou pelo parquinho. Tem sangue por todo o lado! Tem um tipo de campo e arbustos!

— Mandei você não gritar! — Então voltou-se para Teasle na calçada. — Certo, vamos cuidar disso por você. Vamos ver se está certo sobre onde ele está!

— Espere.

— Ele vai fugir. Preciso ir.

— Não, espere. Tem que me prometer.

— Eu prometi. O médico está a caminho. Eu prometi.

— Não. Outra coisa... você tem que prometer. Quando o encontrar, precisa me deixar estar lá pro final. Passei por coisa demais pra não ver o final.

— Odeia ele tanto assim?

— Não odeio ele. Você não entende. Ele quer isso... Quer que eu esteja lá.

— Jesus. — Kern olhou pasmo para Trautman e os outros. — Jesus.

— Eu atirei nele e, na mesma hora, deixei de o odiar. Só sinto muito.

— Claro que sim.

— Não, não porque ele atirou em *mim* também. Não faria diferença ele ter me acertado ou não. Ainda sentiria muito. Precisa prometer que vai me deixar estar lá no final. Devo isso a ele. Preciso estar com ele no fim.

— Jesus.

— Prometa.

— Tudo bem.

— Não minta. Sei que está pensando que estou tão ferido, que não posso ser levado até aquele campo.

— Não estou mentindo — afirmou Kern. — Tenho que ir. — Ele se levantou, fez um sinal para seus homens ao lado da casa juntarem-se a ele e se espalharem, subindo a rua nervosos na direção do parquinho e do campo além dele.

Exceto Trautman.

— Não, você não, Trautman — Teasle falou. — Ainda quer ficar fora disso, não é? Mas não acha que devia ver? Não acha que deveria estar lá e ver como ele finalmente vai acabar?

Quando enfim Trautman disse algo, sua voz estava tão seca quanto a madeira do tribunal quando pegara fogo.

— Como você está?

— Não sinto nada. Não... estou errado de novo. O concreto é bem macio.

— Oh. — Outra enorme explosão iluminou o céu ali perto. Trautman a observou sem expressividade no rosto. A segunda bomba de gasolina.

— E o garoto marca mais um ponto — disse Teasle. — Sim, senhor, sua escola realmente o treinou bem. Sem sombra de dúvida.

Trautman olhou para os bombeiros apagando o fogo no tribunal e na delegacia, para o buraco na barriga de Teasle, e seus olhos tremularam. Ele engatilhou sua espingarda, injetou um cartucho na câmara e começou a seguir para o gramado nos fundos da casa.

— Por que fez isso? — Teasle perguntou, embora já soubesse.

— Espere.

Nenhuma resposta. As costas de Trautman afastaram-se da vista através do reflexo das chamas, desaparecendo nas poucas sombras que restavam na lateral da casa.

— Espere — Teasle repetiu, pânico em sua voz. — Não pode fazer isso! — gritou. — Não cabe a você!

Como Kern, Trautman também desapareceu.

— Maldição, espere! — Teasle virou de barriga para baixo, arrastando-se pela calçada. — Eu tenho que estar lá! Tem que ser eu!

Ficou de joelhos, tossindo, sangue pingando do estômago na calçada. Os dois policiais o seguraram, puxando-o.

— Você tem que descansar — disse um. — Relaxe um pouco.

— Me soltem! Estou falando sério!

Eles lutavam para controlá-lo enquanto se debatia.

— Tenho o direito... fui eu quem começou isto!

— É melhor deixá-lo ir. Se resistir mais, vai acabar alargando o ferimento.

— Olha esse sangue todo em mim... quanto mais sobrou dentro dele?

Chega, Teasle pensou. Chega. Ele tornou a ficar de joelhos, ergueu uma perna, depois a outra, concentrando-se para ficar de pé. Gosto salgado de sangue em sua boca. Eu comecei isto, Trautman. Ele é meu, não seu. Ele quer que seja eu.

Ele se preparou, deu um passo, escutou, lutando para manter o equilíbrio. Se caísse, sabia que não conseguiria mais se levantar. Ordenou a si que permanecesse firme, oscilando conforme atravessava o gramado. Eu sei, Trautman, ele pensou. Ele quer que seja eu. Não você, eu.

20

Em agonia, Rambo rastejou pelos espinheiros até o barraco. A luz dos incêndios incidia fraca sobre ele, permitindo-o ver como uma parede se inclinava para dentro, o teto torto, mas não conseguia discernir nada além de escuridão lá dentro pela porta semiaberta. Rastejava, mas parecia demorar demais para cobrir um espaço tão curto, então, descobriu que só estava fazendo os movimentos de se arrastar, sem sair do lugar. Esforçou-se mais, conseguindo lentamente progredir um pouco.

Mas, ao chegar à entrada, recusou-se. Lá dentro era parecido demais com o buraco em que estivera preso na guerra; escuro, apertado, claustrofóbico. Estranhamente, aquilo o fez lembrar-se do banho que Teasle o fizera tomar na delegacia e da cela onde ele queria trancá-lo. Lá era tudo claro, é verdade, mas a repulsa fora igual. Considerando tudo o que está vindo atrás de mim e no quanto estou cansado, como posso achar que vou conseguir empreender uma resistência ali dentro?

Seja como for, àquela altura, uma resistência estava fora de cogitação. Tinha visto homens demais morrer por ferimentos a tiros para negar que estava sangrando até a morte. A dor era contínua no peito, na cabeça, acentuada por cada pulsação de seu coração, mas as pernas estavam geladas e entorpecidas por causa da perda de sangue. Por isso ele não conseguia se arrastar; seus dedos tinham perdido a sensibilidade, as mãos, as extremidades nervosas, gradualmente se desligando. Restava-lhe pouca vida. Pelo menos ainda podia escolher o local onde ela deixaria seu corpo. Ali dentro não, como nas cavernas. Estava determinado a não vivenciar aquilo novamente. Não, seria em campo aberto, onde pudesse ver o céu e sentir o cheiro da brisa noturna.

Desviou para a direita do barraco, entocando-se desajeitadamente dentro dos arbustos. O lugar certo. Era disso que precisava. Um lugar confortável e amigável. Adequado. Tranquilizador. Precisava encontrá-lo antes que fosse tarde demais. Uma vala rasa do comprimento de seu corpo pareceu promissora, mas, quando se deitou nela com o rosto voltado para cima, achou que ela se parecia demais com um túmulo. Haveria bastante tempo para jazer num túmulo. Precisava de outro lugar, o oposto daquilo, alto, aberto, para saborear seus últimos momentos.

Rastejando, espiou além dos arbustos, onde viu uma leve inclinação adiante e, ao chegar ao topo dela, verificou que era um montículo cercado de moitas por todos os lados, cujo cume aberto estava forrado pela grama outonal. Não era tão alto quanto gostaria, mas ao menos ficava acima do campo, e deitar-se sobre a grama era agradável, como num colchão feito de palha. Olhou para os gloriosos padrões laranjas que as chamas projetavam nas nuvens. Relaxou. Aquele era o lugar.

Sua mente ficou completamente à vontade, mas a dor se alastrou rápido, devastando-o, e, em contraste, o torpor se espalhou para seus joelhos e cotovelos. Logo ele rastejaria até seu peito e cancelaria a dor, e para onde depois disso? Para a cabeça? Ou ele morreria antes disso?

Bem. Era hora de pensar se ainda havia alguma coisa importante a ser feita, alguma coisa da qual havia se esquecido. Enrijeceu por causa da dor. Não... parecia não haver mais coisa alguma.

E quanto a Deus?

A ideia o embaraçou. Foi só em momentos de medo absoluto que pensara sobre Deus e rezara, sempre envergonhado, porque não acreditava naquilo e sentia-se hipócrita por estar rezando por medo, como se, a despeito de sua crença, quem sabe existisse um Deus que pudesse ser enganado por um hipócrita. Ele acreditava quando era criança. Com certeza acreditava. Como era o Ato de Contrição, que repetia à noite? As palavras vieram hesitantes, quase desconhecidas. Meu Deus, eu me arrependo de todo o coração... Pelo quê?

Por tudo o que tinha acontecido nos últimos dias. Sinto muito que tudo isso tenha acontecido, mas tinha que acontecer. Ele se arrependeu, mas sabia que se fosse segunda-feira novamente, passaria os dias seguintes da mesma maneira, assim como Teasle. Não havia como ter evitado aquilo. Se a luta de ambos tinha sido por orgulho, também fora por algo mais importante.

O quê?

Que tal por um monte de merda, disse a si mesmo. Liberdade e direitos. Ele não tinha se disposto a provar um princípio. Ele tinha se disposto a lutar contra qualquer um que voltasse a mal-tratá-lo, e isso era algo bem diferente; não foi ético, mas pessoal, emocional. Ele tinha matado um monte de gente e podia fingir que suas mortes foram necessárias porque todas faziam parte daquilo que o agredia, tornando impossível para alguém como ele se encaixar. Mas não acreditava totalmente nisso. Apreciara demais a luta, apreciara demais o risco e a excitação. Quem sabe tivesse sido condicionado pela guerra, pensou. Quem sabe tivesse se acostumado tanto à ação, que não conseguisse mais se desligar dela.

Não, isso também não era verdade. Se realmente quisesse ter se controlado, teria feito isso. Ele apenas não quis. Para viver da sua maneira, determinou-se a enfrentar qualquer um que interferisse. Então tudo bem, de certo modo, lutara por um princípio. Mas não era tão simples assim, porque também havia sentido orgulho e alegria ao mostrar às pessoas o quanto era bom em combate. Ele era o cara errado a ser provocado, ah, sim, ele era, e agora estava morrendo, e ninguém quer morrer, e tudo o que estava pensando sobre princípios era um monte de bosta para justificar aquilo. Pensar que faria tudo novamente da mesma maneira era só um truque para convencer a si próprio de que aquilo que estava acontecendo agora não poderia ter sido evitado. Deus, a gente vive no presente, e não havia nada que pudesse fazer, e nem princípios ou orgulho importavam diante do que estava por vir. O que deveria ter feito era ter paquerado mais garotas, bebido mais água gelada e comido mais melões docinhos. E isso também era só mais um monte de bosta; o que deveria ter feito e todo aquele papo sobre Deus só estava complicando o que tinha decidido fazer: se o torpor que subia por suas coxas e braços era uma maneira fácil de morrer, também era uma medíocre. E indefesa. Derrota passiva. A única escolha que lhe restara era como morrer, e não seria como um animal ferido e entocado, silencioso, patético, perdendo seus sentidos pouco a pouco. Morreria de uma vez, numa grande explosão de sensações.

Desde a primeira vez que vira homens das tribos mutilarem um cadáver na selva, tinha medo do que aconteceria ao próprio corpo ao morrer. Como se seu corpo ainda tivesse terminações nervosas, imaginava com repulsa arrepiante como seria ter o sangue drenado das veias, fluido embalsamador bombeado no lugar dele, os órgãos removidos, a cavidade peitoral tratada com substâncias conservantes. Imaginava como seria ter os lábios costurados, as pálpebras fechadas, e isso o nauseava. A morte... Era estranho que ela não o incomodasse tanto quanto o que aconteceria depois. Bem, não poderiam fazer aquilo tudo se não sobrasse nada dele. Ao menos daquela maneira, restaria uma oportunidade para o prazer.

Apanhou a última banana de dinamite do bolso, abriu a caixinha de pavios e explosivos, prendeu um conjunto deles à banana, então a colocou entre suas calças e barriga. Hesitou em acender o pavio. Aquele negócio maldito de Deus complicava tudo. Estava prestes a se suicidar, o que poderia mandá-lo para o inferno para sempre. Se acreditasse. Mas ele não acreditava, e tinha vivido com a ideia de cometer suicídio por um bom tempo, na guerra, carregando aquela cápsula de veneno que seu comandante dera para evitar que fosse capturado e torturado. Então, quando foi capturado, não tivera tempo de engoli-la. Mas agora podia acender o pavio.

Mas e se houvesse um Deus? Bem, se existisse, não o culparia por ser verdadeiro à sua descrença. Uma intensa sensação ainda guardada para ele. Nada de dor. Instantâneo demais para dor. Apenas um clarão brilhante. Isso ao menos seria alguma coisa. O torpor estava na sua virilha agora, ele pronto para acender o pavio. Então, com uma última olhadela para o campo e para o parquinho, viu sob a tênue luz do fogo os contornos de um homem vestindo a roupa dos boinas-verdes, cruzando com cautela o campo. Ele trazia um rifle. Ou uma espingarda, os olhos de Rambo não conseguiam mais determinar qual. Mas viu que era um uniforme dos boinas--verdes e sabia que era Trautman. Não podia ser outra pessoa. E, atrás de Trautman, tropeçando pelo parquinho, segurando a barriga, vinha Teasle. Tinha de ser ele, cambaleando contra o labirinto retangular de barras de metal de um trepa-trepa, e Rambo compreendeu que havia uma maneira melhor.

21

Teasle se apoiou às barras para descansar, então empurrou-se adiante e cambaleou na direção da cerca. Temia que Trautman chegasse antes do que ele ao campo, mas agora, tudo ficaria bem, Trautman só estava alguns passos à sua frente, agachado ao lado de um banco e estudando os densos arbustos do terreno. Só alguns passos à frente. Segurou-se no banco para não cair e ficou apoiado nele, respirando pesadamente. Sem desviar os olhos do campo, Trautman disse:

— Abaixe-se. Ele vai ver você com certeza.

— Eu me abaixaria, mas nunca mais ficaria de pé.

— Então o que faz aqui? Nas suas condições, não servirá para nada. Fique fora disso ou vai acabar se matando.

— Quer que fique deitado e deixe você terminar isto por mim? Dane-se. Estou morrendo de qualquer maneira.

Trautman o encarou.

Kern estava nas proximidades, fora da vista, gritando:

— Cristo, fique abaixado! Ele tem uma cobertura perfeita, e não vou arriscar perder nenhum homem entrando lá! Mandei trazer gasolina. Se ele gosta de brincar com fogo, vamos queimar tudo para desentocá-lo!

Sim, esse é mesmo seu estilo, Kern, Teasle pensou. Ele pressionou a barriga e impeliu o corpo de forma desajeitada até a cerca.

— Fique abaixado! — Kern tornou a gritar.

Merda. Queimar tudo pra fazê-lo sair, Kern. É o tipo de ideia que esperaria de você, pensou. E pode apostar que antes que o fogo o alcance, o garoto sairá atirando para levar alguns homens consigo. Só há uma maneira de fazer isto, que é um sujeito como eu, que não tem qualquer esperança de sobreviver, entrar lá e acabar com ele. Saberia disso a esta altura, caso tivesse perdido tantos homens quanto eu.

— Que diabo você disse? — Kern gritou, e Teasle percebeu que acabou falando em voz alta as coisas nas quais estava pensando. Isso o assustou, e sentiu que tinha de passar pela cerca enquanto ainda podia. Havia sangue nela. Do garoto. Bom. Estava indo na direção certa, seu próprio sangue pingando sobre o dele. Reuniu forças e passou por cima dela. Concluiu que tinha batido firme contra o chão, mas seu cérebro não registrou a dor.

Numa rápida arremetida, Trautman saiu do banco, saltou a cerca e aterrissou de forma perfeita numa moita ao lado dele.

— Fique longe daqui — Teasle disse a ele.

— Não. E, se você não calar essa boca, ele vai saber tudo o que estamos planejando.

— Ele não está por perto para escutar. Está ali no meio do campo. Olha, você sabe que ele quer que seja eu. Tenho o direito de estar presente no fim. Você sabe...

— Sim.

— Então fique fora do que não lhe diz respeito.

— Comecei isto muito antes do que você e vou ajudar. Não há vergonha em aceitar auxílio. Agora cala a boca e vamos prosseguir enquanto ainda podemos.

— Tudo bem, quer ajudar? Então me ajude a ficar de pé. Não consigo sozinho.

— Está falando sério? Isso aqui vai ser uma bagunça.

— Foi o que Shingleton disse.

— O quê?

— Nada.

Trautman o ajudou a se levantar e, a seguir, desapareceu, esgueirando-se pelos arbustos. Teasle ficou parado, a cabeça mais alta do que a vegetação, examinando os arredores e pensando. Vá. Vá o mais rápido que puder. Não vai fazer diferença. Eu vou pegá-lo antes.

Ele tossiu, cuspiu algo salgado e atravessou os arbustos numa linha reta, seguindo para o barraco. Estava claro que o garoto tinha ido por ali; os galhos estavam quebrados, deixando um rastro tosco para ser seguido. Manteve um ritmo lento para não arriscar cair. Mesmo assim, ficou surpreso pela rapidez que chegou ao barraco. Mas, ao que se preparava para entrar, percebeu por instinto que o garoto não estava lá. Olhou ao redor e, como que atraído por um ímã, cambaleou seguindo outra trilha imperfeita que levava a um montículo. O garoto estava lá. Ele sabia, conseguia sentir. Não havia dúvida.

Quando estava caído na calçada, alguém disse que ele estava delirando. Mas não era verdade. Ele não delirou, não naquela hora. Agora... Agora estava delirando, e seu corpo parecia estar derretendo; apenas a mente flutuando por cima dos arbustos até o montículo, e a noite tornava-se um dia glorioso, o reflexo laranja das chamas ficando mais brilhante, dançando selvagemente. No sopé do monte, parou de flutuar e pairou, transfixado, iluminado pelo fulgor esplendoroso. Estava chegando. Seu tempo se esvaindo. Como se sua vontade pertencesse a outra pessoa, viu seu braço erguer-se à sua frente e a pistola mirar no montículo.

22

O torpor chegara aos ombros de Rambo agora, ao seu ventre, e manter a arma firme era como mirar com dois tocos de madeira. Ele viu com sua visão triplicada Teasle chegar até ali, os olhos brilhando, mirando, e sabia que não havia alternativa. Não seria tragado para o nada passivamente. Nada de pavio aceso ou autodestruição. Seria dessa maneira, a única maneira correta, no final da luta, dando seu melhor para matar Teasle... Olhos e mãos traindo-o, não achava que conseguiria atingir seu alvo, mas tinha de tentar. Então, se errasse, Teasle veria o clarão da arma e dispararia. Pelo menos eu terei morrido tentando, pensou. Esforçou-se para apertar o gatilho, mirando na imagem central de Teasle. O tambor estava oscilando; ele jamais acertaria, mas não podia fingir aquilo. Tinha de tentar ao máximo. Mandou que sua mão apertasse o gatilho, mas ela não queria funcionar e, ao que se concentrava na ação, crispando os músculos, a arma disparou por acidente. Com descuido, com negligência. Ele praguejou. Não era a grande batalha que esperava e, agora, o tiro de Teasle o atingiria sem que ele o merecesse. Rambo aguardou. A resposta já deveria ter chegado. Apertou a vista para tentar ver melhor, olhando do montículo para onde Teasle estava estirado, em meio aos arbustos. Deus, eu acertei ele. Ele não queria aquilo e o torpor estava tão pleno àquela altura, que jamais conseguiria acender o pavio antes que o matassem. Tão medíocre. Um fim tão feio e medíocre. Então a morte o tomou, mas não foi o sono entorpecedor, insondável e lúgubre que esperava. Era mais como o que esperava da dinamite, mas vindo da cabeça em vez do estômago, e não conseguia entender por que tinha de ser daquela maneira, e isso o assustou. Então, uma vez que era só o que lhe restava, deixou que acontecesse, seguiu com ela, emergiu livre pela nuca e a parte de trás de seu crânio, foi catapultado pelo céu e através de uma miríade de espectros, para frente, para fora, para sempre cintilando, brilhando, e pensou que, se continuasse assim por tempo suficiente, quem sabe estivesse errado e poderia, no final das contas, ver Deus.

23

Bem, Teasle pensou. Bem. Estava caído de costas sobre os arbustos, maravilhando-se com as estrelas, repetindo para si que não sabia o que o tinha atingido. Não sabia mesmo. Ele tinha visto o brilho da arma e caído, mas a queda fora lenta e gentil, e não sabia de verdade o que o tinha acertado, não sentiu ou respondeu àquilo. Pensou em Anna, mas logo parou com isso, não porque a lembrança era dolorosa, mas porque, depois de tudo, ela apenas não parecia mais ser importante.

Escutou alguém se aproximar em meio à vegetação. O garoto vindo, pensou. Mas devagar, bem devagar. Bom, claro, ele está bastante ferido.

Mas era apenas Trautman de pé ao seu lado, a cabeça sublinhada pelo céu, o rosto e o uniforme lustrosos por causa das chamas, mas os olhos embotados.

— Como é? — ele perguntou. — É ruim?

— Não — Teasle respondeu. — Na verdade, é até prazeroso. Se eu não pensar no que está acarretando. O que foi a explosão que escutei? Pareceu outro posto de gasolina.

— Eu. Acho que fui eu. Arranquei o topo da cabeça dele com minha espingarda.

— Como foi para você?

— Melhor do que quando sabia que ele estava sentindo dor.

— Sim.

Trautman ejetou o cartucho vazio de sua espingarda, e Teasle observou o arco amplo que ele descreveu pelo ar. Tornou a pensar em Anna, e ela ainda não o interessava. Pensou na casa que tinha reformado nas colinas, em seus gatos, e nada disso o interessou também. Pensou no garoto, sentiu-se inundado de amor por ele e, apenas um segundo antes de o cartucho vazio ter completado seu arco e chegar ao chão, aceitou tudo pacificamente. E estava morto.

SOBRE O AUTOR

David Morrell é o premiado autor de *First Blood,* o romance em que Rambo foi criado. Ele nasceu em 1943, em Kitchener, Ontário, no Canadá. Em 1960, aos dezessete anos, tornou-se fã da clássica série televisiva *Route 66,* sobre dois homens num Corvette conversível que viajavam pelos Estados Unidos para encontrar seu país e eles mesmos. Os roteiros de Stirling Silliphant impressionaram tanto Morrell que ele decidiu tornar-se escritor.

Em 1966, o trabalho de outro escritor (o especialista em Hemingway, Philip Young) motivou Morrell a mudar-se para os Estados Unidos, onde estudou com Young na Universidade da Pensilvânia, recebendo seu mestrado e doutorado em literatura americana. Lá ele também conheceu o respeitado escritor de ficção científica William Tenn (nome verdadeiro, Philip Klass), que ensinou Morrell a base da escrita de ficção. O resultado foi o inovador romance *First Blood.*

Este "pai" dos romances de ação modernos foi publicado em 1972, quando Morrell era professor do departamento de Inglês da Universidade de Iowa. Ele lecionou lá de 1970 a 1986, escrevendo simultaneamente outros romances, muitos deles *best-sellers* internacionais, incluindo a clássica trilogia de espionagem *The Brotherhood of the Rose* (base para uma minissérie da NBC transmitida após o Super Bowl), *The Fraternity of the Stone* e *The League of Night and Fog*.

Posteriormente, desgastado pelas duas profissões, Morrell abriu mão da carreira acadêmica para escrever em tempo integral. Pouco depois, seu filho de quinze anos, Matthew, foi diagnosticado com uma rara forma de câncer ósseo e faleceu em 1987, uma perda que assombrou não só a vida de Morrell, mas também seu trabalho, como visto em suas memórias sobre Matthew, *Fireflies*, e em seu romance *Desperate Measures*, cujo protagonista perdeu um filho.

"O professor de modos gentis e visões sanguinárias", conforme um crítico o descreveu, é autor de trinta e dois livros, incluindo *thrillers* de ação como *Creepers*, *Scavenger* e *The Spy Who Came for Christmas* (ambientado em Santa Fé, no Novo México, onde ele vive). Sempre interessado em formas diferentes de narrativa, ele escreveu uma história em quadrinhos em seis partes, *Capitão América: A Escolha*. Seu livro sobre escrita, *The Successful Novelist*, analisa o que ele aprendeu durante quase quatro décadas como autor.

Morrell é cofundador da organização International Thriller Writers. Conhecido por suas pesquisas, ele é graduado em sobrevivência na natureza pela National Outdoor Leadership School e também pela G. Gordon Liddy Academy of Corporate Security. Também é membro honorário da Special Operations Association e da Association of Intelligence Officers. Possui treinamento com armas de fogo, negociação de reféns, substituição de identidades, proteção executiva e direção ofensiva/defensiva, entre numerosas outras habilidades de ação que descreve em seus romances. Para pesquisar as sequências aéreas em seu livro *The Shimmer*, tornou-se piloto particular.

Morrell ganhou três vezes o notório Bram Stoker Award, o último pelo romance *Creepers*. A organização International Thriller Writers lhe concedeu o prestigioso Thriller Master Award. Com dezoito milhões de cópias impressas de seu trabalho, já foi traduzido para vinte e seis línguas.